KNAUR

Kerstin Cantz

Fräulein Zeisig
und der frühe Tod

Kriminalroman

Besuchen Sie uns im Internet:
www.knaur.de

Originalausgabe März 2019
Knaur Taschenbuch
© 2019 Knaur Verlag
Ein Imprint der Verlagsgruppe
Droemer Knaur GmbH & Co. KG, München
Alle Rechte vorbehalten. Das Werk darf – auch teilweise –
nur mit Genehmigung des Verlags wiedergegeben werden.
Redaktion: lüra – Klemt&Mues GbR, Wuppertal
Covergestaltung: U1berlin/Patrizia Di Stefano
Coverabbildung: Stephen Mulcahey/Trevillion Images;
LoudredCreative/Getty Images
Satz: Adobe InDesign im Verlag
Druck und Bindung: CPI books GmbH, Leck
ISBN 978-3-426-52261-5

2 4 5 3

Für Picus

PROLOG

Merkendorf, 17. April 1945

Während sich unbeirrt der Frühling ankündigte, lag über dem Dorf kalte Angst. Strahlend blauer Himmel bot in diesen Apriltagen für Fliegerangriffe klare Sicht. Die Bahnhöfe der Umgebung waren zerstört, Züge fuhren nicht mehr. In den Nächten fluteten endlose Kolonnen von deutschen Truppen und Kriegsgefangenen die Landstraßen, während von der anderen Seite amerikanische Panzer vorrückten. Der Volkssturm bewaffnete sich und grub Schützengräben.

Jagdbomber flogen tief, Bordkanonen knatterten, Häuser gingen in Flammen auf, Schuppen und Scheunen, die Kirche. Die Frauen suchten mit den Kindern Schutz im Felsenkeller der Brauerei.

Er war gerade auf Anweisung der Mutter dabei, zwei Kisten mit Wertsachen in den Gemüsebeeten zu vergraben, als das Heulen der Sirenen vom Dorf über die weiter entfernt liegenden Höfe zog. Er wusste, dass die Mutter jetzt den Hund ins Haus rufen und in der Küche warten würde, bis es vorüber war. Wenn der Hof in Schutt und Asche gelegt wurde, sagte sie, wollte sie darunter begraben sein.

Er verließ den Garten und lief hinüber zur Scheune, um sein Fahrrad zu holen. Unter dem Leiterwagen scharrten ein paar Hühner, und als die Sirenen jetzt verstummten, konnte er das Pferd auf der Koppel wiehern hören. Kurz überlegte er anzuspannen, doch die Flieger würden gleich kommen. Er musste schnell sein. Er wollte auf freier Fläche sein, wenn sie in der Ferne am Himmel auftauchten.

Atemlos trat er in die Pedale, während das Summen der Flugzeugmotoren in der Luft anschwoll wie ein näher kommender Hornissenschwarm. Die Lenkstange vibrierte unter seinen Händen, so schnell raste er mit dem Rad über die Sandwege zwischen den braunen, für die Kohlaussaat bereiteten Äcker. Er sah die Flugzeuge am Horizont auftauchen und lärmend auf das Dorf niederstoßen. Das Knattern der Bordkanonen explodierte in seinen Ohren, und der Atem schmerzte in seinen Lungen, während die Erde um ihn unter den Einschlägen aufspritzte. Sein Kopf dröhnte. Das Blut schoss in einem heißen Strom durch seine Adern. Er brüllte vor Glück.

Dann war es vorbei. Sein Herz raste.

Inzwischen war er nicht mehr weit vom Dorf entfernt. Vor ihm ragten Panzersperren auf, die wenige Tage zuvor von den Männern des Volkssturms gebaut worden waren. Er selbst hatte mitgeholfen, die schweren Eisenträger in den Boden zu graben.

Er bremste ab, um zu wenden, als er das Mädchen sah. Es schien wie aus dem Nichts zu kommen, musste sich zwischen den Panzersperren versteckt haben. Über die staubigen Meter hinweg, die in der Stille zwischen ihnen lagen, starrten sie einander an. Es war wohl eins von den jungen Dingern aus dem Dorf. Unwichtig. Er kannte Leute nicht näher. Plötzlich wandte sich das Mädchen ab und rannte.

Warum floh es vor ihm?

Der lockere Ackerboden flog unter seinen derben Schuhen auf, als er ihr nachsetzte, reflexartig, ohne zu wissen, warum. Doch sein Herz wollte ihm aus der Brust springen vor Freude.

Noch bevor er sie einholte, stolperte sie und fiel zwischen die Furchen. Er war sofort über ihr. Er war schnell. Er fühlte ihre Schlagader gegen seine Hände pochen, während er ihr den Hals zudrückte.

Er bedauerte es, als ihr dünner Körper schlaff unter ihm wurde. Er blickte zum Himmel und lauschte dem hämmernden Pulsschlag in seinen Ohren nach.

Nicht mehr lange. Dann würde die Leere zurückkommen.

Donnerstag, 21. Juni 1962

Fronleichnam

*D*as Kind lag mitten auf der Wiese, ausgestreckt auf einem roten Tuch, wie aufgebahrt unter der Morgensonne.

Erst als sie näher kam, konnte sie erkennen, dass es sich um einen hölzernen Klappliegestuhl handelte, auf dem das Kind sorgsam platziert war.

Hauptkommissar Manschreck stand seitlich darübergebeugt und zog hustend an seiner Filterlosen. Die Kirchenglocken von St. Margaret riefen nicht enden wollend zum Gottesdienst.

»Kommen Sie, Fräulein Zeisig«, sagte er.

Der Zigarettenqualm wölkte sich in der Windstille des frühen Morgens über seinem grauen Hut.

Er richtete sich auf.

»Nun kommen Sie schon.«

Elke Zeisig ließ den Fotografen vorbei und näherte sich dem abgesperrten Feld, unterhalb des Schuttbergs, wo Unkraut Kriegstrümmerreste begrünte. Sie ging in die Hocke, hielt ihren Rock in den Kniekehlen fest und verfluchte einmal mehr, dass es ihr verboten war, im Dienst Hosen zu tragen. Ein lächerlicher Anflug von Ärger, der sich in nichts auflöste, als sie in das Gesicht des Kindes blickte.

Es war unmöglich, sich in die Behauptung zu retten, die Kleine sähe aus, als ob sie schliefe. Ihre Lippen hatten das gleiche fahle Blau wie die Adern, die sich an den Schläfen unter der kindlich durchscheinenden Haut abzeichneten.

Ein Augenlid war geöffnet, ganz leicht nur, unter dem Wimpernkranz schimmerte es milchig. Lange Zöpfe flossen über die Schultern und glänzten in der Sonne wie träge Schlangen.

Das Mädchen trug ein verwaschenes Kleid, blassblau kariert mit weißen Wäscheknöpfen, genau wie die Mutter es beschrieben hatte.

Der Rock mit dem ausgelassenen Saum lag drapiert, wie glatt gestrichen über den Beinen und endete auf den knochigen Knien, an denen es blaue Flecke gab, Kinderknie eben und Schrammen an den Waden. Einige leichte Kratzer, wie sie beim Spielen im Freien entstehen, auch an den dicht am Körper liegenden Armen. Die Handflächen waren nach innen gewandt, als wollte das Kind den Rock festhalten oder strammstehen, wenn man es ließe.

Elke Zeisig streckte die Hände aus und umschloss die kalten, steifen Füße des Mädchens.

Das anhaltende Läuten der Kirchenglocken schien noch einmal anzuschwellen, zornig und streng, bevor es dann plötzlich vorbei war.

»Keine Schuhe?«

»Nein«, sagte Manschreck. Er blies den Zigarettenqualm über das Kind hinweg. »Es wurden keine gefunden. Wir haben nichts. Falls es Spuren gegeben haben sollte, sind sie von einer Menge Leute im feuchten Gras zertrampelt worden, seit die Kleine entdeckt wurde.«

Sie zog ihre Hände zurück.

Über ihnen auf dem Hügel standen Leute, angelockt von den unten parkenden Streifenwagen. Schutzpolizisten schirmten Hauptkommissar Manschreck und das tote Kind ab, und nun auch das Fräulein Zeisig von der Weiblichen Kriminalpolizei.

Die Männer vom Erkennungsdienst verstauten die Koffer in ihrem Volkswagenbus und blickten zu ihnen herüber. Sie wechselten ein paar Worte mit dem Polizeifotografen. Wahrscheinlich fragten sie sich, warum Manschreck die junge WKP-Beamtin zum Fundort der Leiche hatte kommen lassen.

Es war ungewöhnlich.

Gestern am frühen Abend, um 18:30 Uhr, war ein fünfjähriges Mädchen bei der Dienststelle KP Süd vermisst gemeldet worden. Elke hatte die Mutter aufgesucht, sie und die Nachbarskinder befragt, die mit Johanna am Nachmittag bei den Gärten zum Spielen gewesen waren. Die halbe Nacht hatte sie mit der Mutter in der Küche gewartet – in der Hoffnung, dass das Kind doch noch zurückkam. Vergeblich. Also hatte sie die letzte Tram zurück zum Präsidium genommen und dort noch das Protokoll getippt. Manschreck hatte es gleich angefordert, als um 6:30 Uhr die Meldung über den Fund des toten Mädchens eingegangen war.

Elke spürte, dass der Alte sie jetzt ansah, während er seine Kippe im Deckel einer zerbeulten Blechschachtel ausdrückte, die er wohl immer bei sich trug.

»Wer hat das Mädchen gefunden?«, fragte sie.

»Eine Frau mit Hund«, sagte Manschreck. »Hundebesitzer sind für dergleichen geradezu prädestiniert.« Er steckte die Schachtel weg und zog seinen Block aus der Jackentasche. Darauf hatte er den Fundort des Kindes und die Umgebung skizziert. Vom Schutthügel fiel die Wiese bis zu einem schmalen Sandweg ab, der an den Laubengärten entlangführte und wo jetzt Polizeifahrzeuge und der Leichenwagen standen. Hinter den Gärten erstreckten sich staubige, brachliegende Flächen, kostbares Bauland, unter dem Hunderte Gärten des Stadtteils Sendling begraben waren.

»Sie kam von da oben, vom Harras.«

Die Richtung, aus der die Zeugin mit ihrem Hund gekommen war, hatte Manschreck mit einer gestrichelten Linie markiert.

»Die Zeugin wohnt dort?«

Elke hatte sich erhoben und holte nun, froh, ihre Hände bewegen zu können, in denen sie noch immer die Kälte der kleinen Füße fühlte, ihren Block aus der Umhängetasche.

Manschreck nickte.

»Ich möchte, dass Sie die Frau später noch einmal vernehmen. Sie war zu aufgewühlt, um Fragen beantworten zu können.«

»Verstehe.«

Elke ließ sich von Manschreck Namen und Adresse diktieren, während sie aus den Augenwinkeln eine Fliege auf dem Gesicht des toten Kindes landen sah. Von den Streifenwagen flogen blecherne Stimmfetzen aus dem Funk zu ihnen herüber.

»Wie ist das Kind gestorben?«

»Erstickt möglicherweise. Vielleicht in der Nacht. Auf jeden Fall vor mehr als acht Stunden.«

Ein Leichenwagen rollte heran, glänzend schwarz in der Sonne, wuchtig neben den Volkswagen der Polizei.

Elke wartete darauf, dass Manschreck es aussprechen würde. Dass es das vermisste Mädchen war. Doch er tat es nicht.

Die Fliege kroch auf das leicht geöffnete Auge des Kindes zu.

»Es ist Johanna Bartl«, sagte Elke. Sie scheuchte die Fliege weg.

Manschreck schien in die Beobachtung versunken, wie die Bestatter den Sarg aus dem Wagen zogen, viel zu groß für das Kind. Ein junger Schutzpolizist, der das Funkgespräch geführt hatte, machte sich zu ihnen auf den Weg und meldete, dass die Mutter des vermissten Mädchens im Präsidium vorgesprochen hatte. Und dass sie gebeten worden war zu warten.

Elke stolperte, als sie den Bestattern Platz machte. Manschreck griff nach ihrem Arm.

»Schaffen Sie das?«

»Ja«, antwortete sie und fragte sich, was genau er meinte und vor allem, was auf sie zukommen würde.

*

Ludwig Maria Seitz, Kriminalreporter der Münchner Zeitung, hielt Abstand zu den starrenden Leuten, die beobachteten, wie der Sarg davongetragen wurde. Er wollte nicht hören, was sie flüsterten, wie sehr das Grauen sie gepackt hatte.

Er hasste Geschichten über Kinder, besonders über vermisste und tote. Dem nackten Gerüst dieser Geschichten gab es von seiner Seite nichts hinzuzufügen, zu viel Elend der falschen Sorte. Er wollte sich nicht fragen, warum es ihn leer ließ, und schon gar nicht, ob er sich verdorben fühlen musste deshalb.

Umflattert von seinem hellen Sommermantel, für den es schon jetzt zu warm war, lief Ludwig Maria die Wiese hinunter, Manschreck nach. Und der jungen Brünetten in dem schlecht geschnittenen Kostüm, die der Mordermittler bei sich hatte – wer immer das war. Sportliche Waden, flache Schuhe, eine Schreibkraft aus dem Polizeipräsidium vielleicht, aber nein, das passte nicht zum Alten. Er war akribisch mit seinen Notizen.

»Guten Morgen, Manschreck.«

Der Alte machte keine Anstalten, stehen zu bleiben. Nur das Fräulein wandte kurz den Kopf mit dem kinnlangen Haar und ließ ihr Profil sehen – die gerade Nase nicht eben klein, schöner Mund, wenn auch etwas verkniffen im Moment –, um dann an der Seite des Hauptkommissars weiter auf den schwarzen BMW zuzusteuern.

»Können Sie fahren?«, fragte Manschreck.

Sie schien überrascht.

»Ja.«

»Dann darf ich bitten.«

Manschreck hielt ihr die Wagenschlüssel hin, während er sich dem Reporter zuwandte. Als er sich eine weitere Zigarette zwischen die Lippen schob, hatte Ludwig Maria sein Zippo (ein Geschenk seines amerikanischen Schwagers Colonel Mitch Keagan) bereits in der Hand und gab ihm Feuer.

»Ist es das vermisste Mädchen?«

Schotter knirschte. Langsam fuhr der Leichenwagen hinter ihnen vorbei. Manschreck schaute auf seine Uhr.

»Die Pressekonferenz dürfte um sechzehn Uhr stattfinden, Seitz.«

Ludwig Maria nahm die Sonnenbrille ab und blickte zu dem Liegestuhl. Das Rot wirkte heiter wie Klatschmohn auf der Morgenwiese.

»Ob sich jemand die Mühe gemacht hat, den Liegestuhl hierherzubringen, um die Leiche der Kleinen darauf abzulegen?«

Manschreck hustete hässlich in Richtung Laubenkolonie. Natürlich würde ihm der Alte nicht antworten, nicht jetzt. Der Motor des BMW sprang an, Manschreck stieg ein. Ludwig Maria setzte die Sonnenbrille wieder auf und beugte sich zum Wagenfenster.
»Wer ist denn eigentlich sie?«, fragte er. Das Fräulein legte den ersten Gang ein und wartete.
»Wir fahren«, sagte Manschreck.
Ludwig Maria blickte dem Wagen nach und sah den Hauptkommissar in einer knappen Bewegung aus dem Fenster winken. Er würde ihn um vierzehn Uhr anrufen. So verhielt es sich zwischen ihnen.
Den Mantel über die Schulter geworfen, lief er zurück über die Wiese, vorbei an einem Polizisten, der den Liegestuhl zusammengeklappt hatte, um ihn zum Volkswagenbus des Erkennungsdienstes zu tragen.
Ludwig Maria grub in seiner Hosentasche nach den Schlüsseln des mandelhellen Karmann Ghia, der beim Schuttberg in unpassender Eleganz auf ihn wartete. Sein Anblick erfreute ihn noch immer, was unter anderem daran lag, dass er ihn quasi nagelneu von jemandem hatte kaufen können, der ihn schnell loswerden musste. Zweitausend Mark, ein Witz, der ihn glücklich machte, weil der Wagen zu ihm passte wie ein gut geschnittener Anzug. Er fühlte sich darin zu Hause, was er von der möblierten Wohnung in Schwabing, an die er unter gleichsam fragwürdigen Umständen geraten war, niemals behauptet hätte, hätte ihn jemand gefragt. Allerdings war es zu einer derartigen Intimität bislang nicht gekommen.
Ludwig Maria setzte auf dem Schotterweg zurück, bog hinter dem Schuttberg auf die Plinganserstraße und lenkte den Karmann Richtung Innenstadt.

Bis vor wenigen Tagen hatte ihn der Prozess gegen Vera Brühne beschäftigt, ihn, die Stadt, die ganze Republik. Eine Schöne, schön wie die Monroe, sagte man, eine Verruchte. Eine Mörderin aus Habgier, hatte das Landgericht München entschieden. Der Fall Brühne war eine Geschichte nach dem Geschmack aller und deshalb auch nach dem von Ludwig Maria.

Er war Teil der Meute gewesen, die nach allem gejagt hatte, was es von und über Vera B. zu finden gab, die einen reichen Münchner Arzt zu beerben gedachte. Ob sie schuldig oder unschuldig war, interessierte ihn dabei wenig. Ludwig Maria interessierte der Aufruhr, den diese Frau erregte, diese sagenhafte Unruhe, die sie auslöste und damit auch er, wenn er über sie schrieb, geschrieben hatte bis zu ihrem Haftantritt, den man sie ungeschminkt, in schwarzem Kostüm und weißem Mantel absolvieren sah, gebrochen, wie es denen gefiel, die so eine wie sie dauerhaft entfernt wissen wollten.

Ludwig Maria hielt an einer roten Ampel und drehte das Radio an. Die Neun-Uhr-Nachrichten liefen. Nichts über das tote Kind. Gut. Es gab ihm Zeit, sich mit einer anderen Geschichte zu befassen, einer im Vergleich jetzt nebensächlichen, die – so würde es Gunzmann, sein Chef, sehen – auf Seite eins ab sofort nichts mehr zu suchen hatte.

Die Sache interessierte Ludwig Maria absolut persönlich. Am Goetheplatz setzte er den Blinker. In der Pettenkoferstraße gab es ein heruntergekommenes Hotel, das Paloma. Er würde das miserable Frühstück auf sich nehmen und warten.

*

Im Polizeipräsidium litt Kommissariatsleiterin Irmgard Warneck unter fliegender Hitze, während sie darüber nachdachte, was Hauptkommissar Manschreck bewogen hatte, die junge Kollegin Zeisig anzufordern. Weil sie in der Nähe des Fundorts wohnte? Warum überhaupt hatte der Leitende Mordermittler eine Beamtin der WKP an den Fundort einer Leiche bestellt? Auch wenn es die eines Kindes war.

Und warum hatte er nicht sie, Warneck, die erfahrene, führende Beamtin herangezogen?

Nebenan klapperte die Schreibmaschine. Kollegin Probst tippte Ergänzungen zum gestrigen Protokoll der Kollegin Zeisig. Die Mutter der kleinen Johanna saß indessen bei ihr, andernfalls hätte sie in dem neu eingerichteten Vernehmungszimmer für Kinder warten müssen, wo Märchenbilder an den Wänden und Spielzeug für freundliche Stimmung sorgten, oder aber auf dem Gang. Nichts von beidem war der armen Person zuzumuten.

Sie hatten ihr Kaffee gebracht und eine Breze, die sie mit zitternden Fingern zerkrümelte, statt sie zu essen.

Sie hatten sie kaum beruhigen können, aber das Vertrauen der Frau gewonnen. Sie wussten ihre Fragen zu stellen, ohne dass sie sich am Pranger fühlte, und so hatte sie sich alles von der Seele geredet, was unter Umständen noch von Bedeutung sein könnte.

Die Hoffnung, die sie in ihr weckten – dass ihr Kind lebte und man es ihr wohlbehalten zurückbringen würde –, war nicht beabsichtigt. Sie hatten Frau Bartl bis jetzt mit der Nachricht über den Leichenfund verschont.

Und wenn das tote Mädchen nicht Johanna Bartl war, dann würde es das Kind einer anderen Mutter sein, die sie informieren und in die Pathologie begleiten mussten.

Für Aufgaben wie diese, Befragungen, die weibliches Einfühlungsvermögen verlangten und die Fähigkeit, Gefühlsregungen im gleichgeschlechtlichen Gegenüber richtig zu deuten, wurden sie von den anderen Kommissariaten, selbstredend alle ausschließlich männlich besetzt, herangezogen. Irmgard Warneck kannte es nicht anders, seit sie 1941 unverheiratet und auf den Führer vereidigt in den Dienst der WKP getreten war, die Entnazifizierung nach Kriegsende pflichtgemäß bewältigt hatte und mit den Jahren alle Beförderungsstufen bis zur Kriminaloberinspektorin.

Sie waren die Schattenarmee. Die Öffentlichkeit wusste so gut wie gar nichts von ihnen. Sie taten ihre Arbeit im Stillen und blieben im Hintergrund. Ihr Zuständigkeitsbereich waren Kinder und Jugendliche. Als Dienststellenleiterin legte Irmgard Warneck allergrößten Wert darauf, dass ihre Anwärterinnen aus sozialen Berufen kamen. Nur so konnten sie Verständnis aufbringen, ohne sich einwickeln zu lassen.

Bis vor wenigen Jahren waren sie noch Streife gegangen, äußerlich unauffällig, aber mit geschultem Blick für die verlorene Jugend der Nachkriegsjahre. Verwahrlost und misshandelt die einen, verroht und kriminell die anderen. Diebe, Herumtreiber, minderjährige Prostituierte. Schlüsselkinder. Im Stich gelassene Geschöpfe, die Gefahr liefen, unrettbar in das Heer der Berufsverbrecher abzusinken.

Nebenan klingelte das Telefon. Die Probst schob sich kurz darauf durch die Tür, die beide Räume verband.

»Kollegin Zeisig holt jetzt Frau Bartl ab«, sagte sie mit gedämpfter Stimme.

Warneck wurde von einer erneuten Hitzewelle geflutet. Sie stand auf, schob ein Alpenveilchen zur Seite und öffnete das Fenster. Noch war es draußen eine Spur kühler als in ihrem stickigen Büro, wo dunkle Aktenrollschränke ihren Schreibtisch bedrängten.

Unten, im kopfsteingepflasterten Hof des Präsidiums, sah sie die junge Kollegin Zeisig auf der Fahrerseite aus dem BMW der Mordermittler steigen.

»Ach, deshalb hieß es, sie soll Frau Bartl in die Rechtsmedizin *fahren*«, sagte Fräulein Probst, die neben Warneck getreten war und einen langen Hals machte, während Elke Zeisig in diesem Moment zu ihnen heraufblickte.

»Stimmt, sie hat ja einen Führerschein«, sagte die Probst, »vergesse ich immer.«

Warneck befühlte die Blumenerde der Topfpflanze. Trocken.

»Soll ich Frau Bartl runterbringen?«

Die Kommissariatsleiterin wandte sich vom Fenster ab.

»Die Kollegin Zeisig wird sie schon holen«, sagte sie.

*

Elke trat in den Paternoster und strich sich das Haar hinter die Ohren. Sie hatte die Skepsis ihrer Vorgesetzten bis hinunter in den Hof gespürt, als würde ihr ein kalter, nasser Lappen ins Gesicht gedrückt. Doch es dämpfte ihre Erregung nicht im Geringsten.

Sie verließ den Paternoster im dritten Stock, wo die WKP sich einen Flur mit der Sitte teilte.

Der Autoschlüssel lag verwegen in ihrer Jackentasche.

Manschreck hatte sich vor dem Gebäude des Pathologischen Instituts absetzen lassen und sie weitergeschickt. Übermütiger Stolz hatte sie gepackt, als sie allein hinter dem Steuer plötzlich Teil des spärlichen Feiertagsverkehrs war. Während sie – umsichtig und souverän, wie sie fand – den BMW durch die Innenstadt gelenkt hatte, war der Schrecken dieses Morgens für kurze Zeit von ihr abgefallen. Und als sie auf den Hof des Präsidiums gefahren war, hatten die Blicke der Polizisten, die sich dort aufhielten, sie fast zum Lachen gebracht.

Das war noch nie vorgekommen.

Die Weibliche Kriminalpolizei fuhr mit der Tram. Manche der Frauen benutzten ihr eigenes Rad. Selten nahm ein Streifenwagen sie mit, wenn sie in entlegenere Stadtteile mussten. Keine von ihnen hatte je einen Wagen aus dem polizeilichen Fuhrpark chauffiert.

Die Chefin las in einer Akte, als Elke das Büro betrat. Die Tür zum Nebenzimmer, das sie mit Doris Probst teilte, war geschlossen.

»Frau Bartl ist nebenan?«, fragte Elke leise.

»Sie ist es also«, sagte die Warneck und blickte auf.

»Die Beschreibung der Kleidung passt.«

Die Chefin schien keine näheren Erläuterungen zu erwarten. Sie verlor auch kein Wort über Elkes erstaunlichen Fahrdienst. Sie wusste zu gut, dass es Wichtigeres gab. Nebenan begann die Frau zu schluchzen.

Doris Probst erschien in der Tür.

»Sie will nicht kommen.«

Warneck stemmte sich hinter ihrem Schreibtisch hervor. Im Nebenzimmer beugte sie sich zu der schmächtigen Frau, die sich an der Sitzfläche des Stuhls festkrallte, auf dem sie seit fast zwei Stunden saß.

Warneck war jetzt ganz Mutter Erde, mächtig und warm. Elke hatte einige Male erlebt, welche Wirkung sie damit erzielen konnte, so wie jetzt, als sie über die verkrampften Hände der Frau Bartl strich, ihre Finger vom Stuhl löste, den Arm um sie legte und sie an den Schultern hochzog. Die Frau sackte gegen die Oberinspektorin.

»Sie gehen jetzt mit meiner Kollegin«, sagte Warneck mit sanfter Bestimmtheit und festigte den Griff um die Schultern der Frau. Sie würde keine Gegenwehr zulassen, und Frau Bartl schien das zu begreifen.

*

```
            PPMünchen/Kom.C1 20.6.1962
                Vernehmungsprotokoll
                        über
              das vermisst gemeldete Kind
            Bartl, Johanna, geb. 12.12.1955

Befragte: die Mutter
Hildegard Bartl
Geb. 21.2.1928
Familienstand: verwitwet
Wohnhaft: München-Sendling, Valleystr. 51
Beruf: Standlfrau, Obst und Gemüse

Frage: Die Johanna ist Ihr einziges Kind, Frau
   Bartl?
Antwort: Ja.
Frage: Seit wann sind Sie verwitwet?
Antwort: Johanna war noch kein Jahr alt, als mein
   Mann gestorben ist.
Frage: Woran ist Ihr Mann gestorben?
```

(Die Befragte zögert. Das Thema scheint ihr peinlich. Oder schmerzhaft? Sie antwortet erst auf Nachfrage.)

Antwort: Er hat getrunken. Wegen dem, was er im Krieg mitgemacht hat. Das waren ja noch Kinder damals. So wie ich.

Frage: Wie Sie?

Antwort: 45, meine ich. Da war ich 17.

Frage: Sie kannten sich damals schon? Ihr Mann und Sie?

(Die Befragte verneint kopfschüttelnd.)

Antwort: Ich habe den Fritz erst 54 kennengelernt. Am 1. Dezember haben wir geheiratet, weil die Johanna unterwegs war. Ein Jahr später war er dann schon tot, fast auf den Tag genau. In den Glockenbach ist er gefallen, sturzbesoffen.

Frage: Die Johanna hat ihren Vater also eigentlich gar nicht gekannt.

Antwort: Nein.

Frage: Leben Ihre Eltern noch, Frau Bartl?

Antwort: Meine Mutter ist seit zwei Jahren tot.

Frage: Gibt es Großeltern vonseiten Ihres verstorbenen Mannes?

(Die Befragte verneint kopfschüttelnd.)

Frage: Das muss schwer für Sie sein, allein mit dem Kind.

Antwort: Die Johanna macht es mir nicht schwer.

(Die Befragte weint und will wissen, ob die Polizei denn schon nach ihrer Tochter sucht, was ihr bestätigt wird.)

Frage: Wo ist denn Ihre Tochter untergebracht, wenn Sie an Ihrem Stand Obst verkaufen?
Antwort: Ich habe sie oft dabei, die Johanna. Sie hilft mir so gern. Wenn das Wetter schlecht ist, nimmt meine Nachbarin sie zu sich, Frau Lienert, die hat selbst drei Kinder, und die verstehen sich. Dafür bekommt sie von mir Ware umsonst. Also was ein bisschen angeschlagen ist, aber noch gut.
Frage: Johanna ist also im Grunde regelmäßig mit Ihnen gegangen? Könnte man das so sagen?
Antwort: Ja. Manchmal ist sie zu müde. Ich muss ja schon um fünfe in der Sortierhalle sein.
Frage: Sortierhalle.
Antwort: Im Großmarkt.
Frage: Und da ist Johanna auch oft gewesen mit Ihnen?
Antwort: Ja. Ihr gefällt es da. Die vielen Leute. Die Händler haben sie gern. Sie ist ja ein fröhliches Kind. Immer bekommt sie etwas geschenkt von den Leuten.
Frage: Mit Ihrem Obstwagen, stehen Sie da jeden Tag an der gleichen Stelle, am Sendlinger Tor?
Antwort: Ja. Links neben dem Turm, wo der Wein hochwächst.
(Die Befragte weint heftig, ist nicht zu beruhigen.)

*

Manschreck faltete das Protokoll der Länge nach und schob es zurück in die Innentasche seiner Anzugjacke. Es würde die Hölle werden zu ermitteln, wer alles mit der Kleinen in Kontakt gewesen war. *Die vielen Leute.* Ob der Täter sie beobachtet und ausgewählt hatte. Meistens war es so.

Immer bekam sie etwas geschenkt.

Ihm platzte der Schädel. Er trat aus der Pathologie hinaus in die Sommerwärme und zündete sich eine Zigarette an. Die Granatsplitter in seinem Kopf, zwei von siebzehn, die man nicht hatte entfernen können, waren eine Erinnerung an den Kessel von Charkow, 43. Üblicherweise quälten sie ihn bei Föhn. Heute hatte es ihn kalt erwischt, unten am Tisch, als Hildegard Bartl ihr Kind identifizierte.

Reglos hatte sie in der Tür gestanden, nachdem sie mit der WKP-Beamtin eingetroffen war. Eine ganze Weile. Niemand drängte sie. Niemand forderte sie auf, sie möge sich doch nun bitte zügig dem brutalsten Moment ihres Lebens stellen.

Der Geruch nach Verwesung und scharfen Desinfektionsmitteln in den Kellergewölben hatte das Fräulein Zeisig verstohlen die Hand vor die Nase heben lassen. War wohl neu für sie. Es würde Tage dauern, bis sie den Geruch los war.

Schließlich war die Frau an den Tisch getreten. Der Assistent der Rechtsmedizin, ein junger, nervöser Mensch, zog dem Kind das Tuch vom Gesicht. Die Frau hatte keinen Laut von sich gegeben. Kein Schluchzen, kein Aufstöhnen. Sie hatte genickt, als Manschreck fragte, ob dies ihre Tochter Johanna sei.

Mit beiden Händen hatte sie das Tuch gegriffen, ihr Kind zugedeckt, behutsam, ein letztes Mal.

Schon wieder läuteten irgendwo Glocken. Das würde den ganzen Tag so gehen.

Der Schmerz wütete hinter seinen Schläfen.

Erfahren zu müssen, dass die Obduktion erst am nächsten Tag würde stattfinden können, hatte ihm den Rest gegeben.

Ausgerechnet wegen eines forensischen Kongresses verloren sie kostbare Zeit.

Stotternd hatte der Assistent ihn wissen lassen, dass die Rechtsmedizin »quasi geschlossen« am frühen Morgen nach Bremen geflogen war, um zwei führende Forensiker aus den USA über neueste Methoden berichten zu hören.

Resigniert blickte Manschreck zum Wagen hinüber, der im Schatten einer Linde geparkt war. Er wünschte, er müsste nicht selbst fahren mit diesem elenden Kopfrasen. Doch die junge Kollegin hatte er vorausgeschickt. Sie begleitete die Mutter nach Hause, deren Zusammenbruch noch bevorstand. Und wenn sie den Eindruck hatte, Frau Bartl allein lassen zu können, so hatte er es Fräulein Zeisig aufgetragen, sollte sie zügig die Nachbarskinder aufsuchen.

*

Als Manschreck dazukam, kroch Ursel, das jüngste der drei Lienert-Kinder, unter den Esstisch und blieb fortan stumm hinter der bestickten Tischdecke verborgen. Die beiden älteren Geschwister saßen steif in Sonntagskleidern auf dem Sofa. Vermutlich kratzte der Bezug an ihren nackten Beinen.

Manschreck lehnte die angebotene Tasse Kaffee ab und bat darum, das Fenster zu öffnen.

Die gleichlautende Bitte Elkes hatte Frau Lienert eine Viertelstunde zuvor überhört, weshalb sich die abgestandene Kühle des wenig genutzten Zimmers bereits zu stickiger Wärme ausgedehnt hatte, als Manschreck eingetroffen war.

Nun stieß die Frau das Fenster mit einem energischen Ruck auf. Im Gegensatz zu Manschreck, der sich auf dem zweiten der Sessel niederließ, konnte Elke ihre Verdrossenheit sehen.

Vielleicht tat sie der Frau unrecht, und sie war auf eine ruppige Art, die offenbar ihr Wesen ausmachte, niedergeschlagen wegen des Todes des Nachbarkindes, das nahezu jeden Tag mit den ihren verbracht hatte.

»Valentin und Betti«, stellte Elke die Kinder dem Kommissar vor. »Zehn Jahre alt. Sie sind Zwillinge.«

Unter dem Tisch hinter Manschreck regte sich etwas.

»Die beiden haben noch eine unsichtbare Schwester.«

Manschreck nickte und versuchte, Milde auszustrahlen.

Die Kinder hatten eben erst erfahren, dass Johanna jetzt bei den Engeln war. Sie mussten verstört und erschrocken sein, es war schwer zu sagen, nur dass ihre runden Gesichter fahl waren unter der ersten Sommerbräune. Die Wucht einer nie gekannten Bestürzung legte ihnen dunkle Schatten unter die Augen.

»Wir sprachen gerade noch mal über den Nachmittag gestern«, sagte Elke. »Ihr habt mir erzählt, die Johanna wollte ihre Mutter abholen am Sendlinger Tor.«

»Ja genau.«

Valentin umfasste mit den Händen die Träger seiner kurzen Lederhose und sah an Elke vorbei zu Manschreck, der sich vorgebeugt hatte.

»Hat sie das öfter gemacht?«

»Sie hatte immer Zehnerl für die Tram.«
»Und ihr nicht.«
»Was?«
»Ihr hattet keine Zehnerl und habt sie nicht begleitet.«
»Das wäre ja noch schöner«, sagte Frau Lienert.

Betti blickte zum Fenster, wo ihre Mutter stand und die Hände in die Rocktaschen steckte. Betti liebte diesen grünen Rock, auf dem schwarze Figuren tanzten. Wie auf einer Wiese, dachte sie, ohne es zu wollen, denn jetzt würde die Wiese immer der Ort sein, wo Johanna ganz und gar tot gelegen hatte. Heftig wünschte sich Betti, sofort groß genug zu sein, um den Rock der Mutter zu tragen, denn dann wäre alles schon lange her und vergessen.

»War das dann mit Ihnen abgesprochen, wenn die Johanna fuhr?« Im Stillen fragte Elke sich, warum Hildegard Bartl ihr davon nichts gesagt hatte.

»Was denken Sie denn?« Frau Lienert zog die Hände aus den Rocktaschen und verschränkte die Arme vor der Brust. »Sie durfte das, seit ihrem sechsten Geburtstag letzten Winter. Johanna darf mich abholen, wenn sie mag, hat die Hilde gesagt. Das Mädel musste mir nur Bescheid geben, wenn es fahren wollte.«

»Und Johanna hat Ihnen gestern Bescheid gesagt.«

»Hat sie nicht, hat sie nicht«, wisperte Ursel unter dem Tisch.

»Nein«, sagte ihre Mutter, »gestern wusste ich nichts davon.«

Auf dem Sofa begann Betti zu weinen.

»Hör auf!«, schrie Valentin seine schluchzende Schwester an. Fuchsteufelswild.

»Wollen Sie jetzt etwa uns die Schuld geben?«

Frau Lienert schoss ihre Frage vom Fenster aus ab, ohne sich von der Stelle zu rühren. Offenbar fiel es ihr leichter, die Wut ihres Sohnes zu teilen, als ihre Töchter zu trösten, denn Ursel unter dem Tisch weinte jetzt auch.

*

Es war kurz nach fünfzehn Uhr. Sie hatten die Geschichte als Aufmacher für die Abendausgabe. Der Redaktionsbote war unterwegs zum Polizeipräsidium, das Foto der Kleinen für den Aufruf abzuholen. Ihr Vorteil, dass in den Redaktionen anderer Münchner Zeitungen an Fronleichnam nicht gearbeitet wurde. Gottlob.

WER HAT JOHANNA ZULETZT GESEHEN?

Das sechsjährige Mädchen, brünett, mit schulterlangen Zöpfen, war im Stadtteil Sendling zunächst mit drei Spielkameraden – einem Buben und zwei Mädchen – gemeinsam unterwegs. Am späteren Nachmittag trennten sich die Kinder bei den Gärten hinter dem Kidlerplatz.

ZEUGEN GESUCHT!

Johanna trug ein hellblau kariertes Kleid und braune Ledersandalen. Wenn Ihnen das Kind am Nachmittag oder am Abend des 20. Juni allein oder in Begleitung aufgefallen ist, melden Sie sich bitte bei einer Polizeidienststelle.

So war es nun aller Voraussicht nach: Die Stadt suchte einen Mörder. Grandiose Schlagzeile, nur leider verbrannt. Er würde eine andere finden müssen.

Ludwig Maria griff nach seinen Zigaretten. Er hatte Lust auf Gin, aber er trank nicht, wenn er schrieb. Alkohol hatte seine Texte noch nie besser gemacht.

Andere Drogen interessierten ihn nicht. Er hatte sich niemals zwingen müssen von Kokain, Amphetaminen oder Heroin Abstand zu halten.

Anders als Chet, dem das wohl nie mehr gelingen würde.

Ludwig Maria wurde sofort wütend, als er an den Musiker dachte. Er wollte ihn spielen hören.

Dieses begnadete Arschloch.

Gestern hatten sie Chet Baker in einer Schwabinger Apotheke verhaftet, als er versuchte, mit einem gefälschten Rezept an Jetrium-Tabletten zu kommen. Der Apotheker hatte den King of Cool erkannt. Ein Jazzfan war der Mann aber offenbar nicht, denn er telefonierte eilig von einem Nebenraum mit der Polizei und verstand es im Folgenden, den süchtigen Amerikaner hinzuhalten, bis die Beamten eintrafen.

Chet gab höflich sein Geständnis zu Protokoll und ließ sich widerstandslos nach Haar abtransportieren. In die Kreisirrenanstalt, zu einem weiteren vergeblichen Entzug.

Ludwig Maria kannte Chet Baker persönlich, seit er vor drei Jahren in München aufgetreten war. Chet hatte damals bemerkt, dass er bei ausnahmslos jedem Gig auftauchte, was dazu führte, dass sie die Nächte zusammen durchsoffen, bis Mr Baker die Stadt wieder verließ. Unter Männern konnte gemeinsames Trinken durchaus der Beginn einer Freundschaft sein.

Zum ersten Mal hatte Ludwig Maria das göttliche Spiel Chet Bakers gehört, als Colonel Mitch Keagan sich vor fast zehn Jahren anschickte, sein Schwager zu werden und mit Babette eine Verlobungsparty im Birdland feierte.

Chets Musik machte Ludwig Maria weich, wie nichts und niemand es sonst vermochte.

Ein Jahr später, fast auf den Tag, nachdem Chet Baker wie Gold in seine Adern geflossen war, reiste Ludwig Maria nach Paris, um ihn live zu sehen. Als Chet *Funny Valentine* sang, samtig mit einem fulminant fehlenden Frontzahn, heulte er hemmungslos.

Heute Morgen, im La Paloma, hatte Ludwig Maria auf Chets Mädchen gewartet, weil er wissen wollte, wie es um ihn stand. Ludwig Maria kannte Carol Jackson, der Chet nach seinem letzten Entzug in Italien begegnet war, bislang nur von Fotos der amerikanischen Presse. Eine zierliche, dunkelhaarige Person mit großen, schwarz umrandeten Augen. Bildschön.

Sie war nicht aufgetaucht.

Das Telefon klingelte Ludwig Maria aus seinen abschweifenden Gedanken. Gunzmann natürlich. Als hätte sein vermeintlich träger Blick die Wände des Zimmers vom Chef durchdrungen, um im Kopf seines Kriminalreporters nach dem Rechten zu schauen.

»Herr Seitz, besteht eine Chance, dass wir heute noch mehr aus dem Polizeipräsidium kriegen?«

»Wegen der kleinen Bartl?«

»Ja natürlich. Herrgott.«

So simpel es war, den Chef hochgehen zu lassen – dass Gunzmann auch nach Jahren noch darauf hereinfiel, daran fand Ludwig Maria jedes Mal wieder Gefallen.

»Wir haben jetzt das Foto von dem armen Ding«, sagte Gunzmann. »Wie weit sind Sie?«

»Durch«, log Ludwig Maria. Er begann ein paar Schlagzeilen auf seinen Block zu kritzeln. Als er zehn Minuten später aufstand, um Gunzmann den fertigen Text zu bringen, klebte ihm das Hemd am Rücken.

Die Feiertagsbesetzung der Redaktion schwitzte im Kollektiv. Drei Ventilatoren verwirbelten die stehenden Tabakschwaden mit dem Geruch von Männerachselschweiß in Nyltesthemden, den Haarspraydämpfen der Kolleginnen und den Kölnisch-Wasser-Wolken der Sekretärinnen zu einem Gemisch, das es nicht aus den geöffneten Fenstern des Großraumbüros schaffte.

Wie starb die kleine Johanna? Fund einer Kinderleiche in Sendling gibt Polizei Rätsel auf.

Gunzmann schmeckte der Schlagzeile nach wie dem Abgang eines Weines. Der Chef schwitzte nicht. Dabei hatte er nicht mal die Anzugjacke abgelegt. Sein dichtes graues Haar schmiegte sich wie frisch mit dem nassen Kamm gezogen an seinen Schädel. Gunzmann legte größten Wert auf eine gepflegte Erscheinung, auch bei seinen Reportern, die »das Gesicht der Zeitung dieser Stadt für die Leute da draußen« hinhielten.

»Das Kind ist also erstickt? Das bleibt alles so vage«, sagte Gunzmann, nachdem er den Artikel zum zweiten Mal gelesen hatte.

»Mehr weiß man noch nicht. Keine Spuren von äußerer Gewalt, nach erstem Ansehen.«

Ludwig Maria lehnte sich in dem Lederfreischwinger zurück, von denen zwei vor dem überfüllten Schreibtisch des Chefbüros standen. Er wusste, was jetzt kam.

»Also, ich bitte Sie, wo bleibt Ihr Instinkt, Seitz? Dieser rote Liegestuhl und so weiter ...«

»Es gab noch keine Obduktion.«

»Warum nicht? Man sollte doch denken, dass ein totes Kind Vorrang vor allem anderen hat.«

Ludwig Maria zündete sich eine Zigarette an.

»Interne Gründe. Wir haben keine faktische Grundlage, um von Mord ...«

»Falls es Mord war«, fuhr Gunzmann ungeduldig dazwischen, »müssen wir die Leute da draußen warnen, verdammt noch mal, damit es nicht noch ein weiteres unschuldiges Kind erwischt.«

»Wir müssen die Mordfrage offenhalten, dafür stehe ich bei Manschreck im Wort.«

Gunzmann würde ihm nicht mit der Informationspflicht kommen. Damit, dass die Zeiten vorbei waren, in denen man sich diktieren ließ, was man schrieb und was nicht. Dafür kannten sie einander zu lange.

Ludwig Maria hatte seine ersten Meldungen für die Münchner Zeitung geschrieben, als das Verlagsgebäude in der Sendlinger Straße noch von Kriegsschäden gezeichnet war. Gunzmann hatte ihn den straffen Stil gelehrt, die Konzentration aufs Wesentliche und den Blick für jene Details, die aus einer Geschichte eine gute Geschichte machten.

»Geh dem Leser unter die Haut. Und mich langweile nicht, Junge«, hatte Gunzmann zu ihm gesagt. »Selbst dann nicht, wenn du über einen entflogenen Sittich berichtest.«

Nachdem Ludwig Marias erster Artikel unter eigenem Namen erschienen war, siezte Gunzmann ihn.

Dass Ludwig Maria den Beruf des Reporters damals überhaupt in Betracht hatte ziehen können, verdankte er Manschreck, der ihm während einer Schwarzmarkt-Razzia erst das Leben rettete und ihn dann laufen ließ. Dieses einschneidende Geschehen ergab sich, als die Münchner Polizei dem »Pinscher« auf der Spur war, einem kleinwüchsigen Großschieber, der es sich angewöhnt hatte, seine Konkurrenten und andere Leute, die ihm nicht passten, mit Kopfschüssen aus dem Weg räumen zu lassen. An jenem verregneten Oktobertag 1947, in der finstersten Ecke eines halb verschütteten Hinterhofs, wohin einer von Pinschers Männern ihn verfolgt hatte, blickte Ludwig Maria siebzehnjährig in den Lauf einer Walther PPK. Doch trotz der nachdrücklichen Geste dachte er nicht im Traum daran, sich von Pinscher, der scharf auf seine guten Kontakte zu den Amerikanern in Giesing war, für seine Bande anwerben zu lassen. Ludwig Maria registrierte jedoch, dass seine Lage aussichtslos war, als er schwitzend in den Pistolenlauf von Pinschers Killer starrte. Dann tauchte Manschreck auf. Der damals junge Kommissar setzte Pinschers Mann mit zwei glatten Durchschüssen in Schenkel und Schulter außer Gefecht und befasste sich im Folgenden kurz mit dem minderjährigen Schwarzmarkthändler, der zitternd bemüht war, sich nicht zu bepinkeln. Er stellte ihm in Aussicht, dass er bald tot sein oder im Knast landen würde, wenn er so weitermachte, und bot ihm an, ihn gehen zu lassen, wenn er den Mumm besäße, ihn persönlich binnen zwei Wochen im Präsidium aufzusuchen. Ludwig Maria haute ab und brachte zehn Tage später den Mumm auf. Manschreck hatte sich Respekt verschafft, auf eine Weise, die dem jungen Mann unbekannt war. Freundlich.

Niemand außer ihnen beiden kannte die Geschichte.

Auch Gunzmann nicht, der dann im dritten Nachkriegsjahr monatelang jeden Tag, wieder und wieder mit dem Rotstift durch die Texte seines sehr jungen Volontärs Seitz gegangen war, durchstrich, umkringelte, Frage- öfter als Ausrufezeichen setzte und die Seiten wie von Blut durchtränkt über den Schreibtisch zurückgereicht hatte.

Der Chefredakteur wusste nur – und das reichte ihm völlig –, dass sein bester Reporter und Kriminalhauptkommissar Manschreck eine professionelle Verbindung pflegten, die für beide Seiten von Nutzen war.

Gunzmann zog den wuchtigen Glasaschenbecher zu sich heran. Er hatte sich einen seiner Zigarillos angezündet, von denen er vier am Tag rauchte, nie mehr – selbst dann nicht, wenn in der Redaktion der Teufel los war –, und blies den süßen Rauch mit geschürzten Lippen über den Schreibtisch.

Gunzmann wartete.

»Also gut«, sagte Ludwig Maria. »Nehmen wir den Mord mit Fragezeichen in den Titel.«

Gunzmann nickte zufrieden und griff nach dem Telefon, um nach dem Redaktionsboten schicken zu lassen.

*

Wendelin sprang an Elkes Beinen hoch, seit sie die Wohnung betreten hatte. Fräulein Niklas, die Besitzerin des kleinen Rauhaardackels, hatte es aufgegeben, ihn davon abhalten zu wollen. Mit ihren dünnen Fingern kramte sie in dem abgegriffenen Portemonnaie, das sie aus der Schublade des Küchenbuffets hervorgeholt hatte.

»Ich bestehe darauf«, sagte sie und legte drei Mark neben Elkes Block.

»Das ist wirklich nicht nötig«, bekräftigte Elke ein weiteres Mal. Die Laufmaschen in ihren Nylons waren ihr gleichgültig. Sie wollte die Befragung der Zeugin zu Ende führen.

»Manchmal bringt das Tier mich um den Verstand«, sagte die alte Dame matt und setzte sich wieder zu Elke an den Küchentisch. »Ich weiß nicht, was er hat, vielleicht ist es die Hitze.«

Dass es heiß werden würde, hatte die seit Langem pensionierte Lehrerin schon früh am Morgen in den Fünf-Uhr-Nachrichten gehört und war deshalb zeitiger als sonst mit dem Hund vor die Tür gegangen. Von ihrer Wohnung direkt am Harras benötigte sie mit ihren kleinen Schritten, zu denen die Angst vor Stürzen sie zwang, ziemlich genau zwölf Minuten bis zum Schuttberg.

Dort hatte sie wie immer den Hund von der Leine gelassen. Für gewöhnlich blieb sie morgens beim ersten Gang oben stehen, sah Wendelin zu, wie er kurzbeinig den Berg hinunterrannte und wieder herauf, nachdem er sich unter einem der wilden Gebüsche gelöst hatte. So hatte sie es ihm beigebracht, und kaum jemanden erstaunte es mehr als sie selbst, dass der Dackel sich daran hielt, seine Geschäfte diskret zu erledigen.

Fräulein Niklas hatte über die Gärten hinweg zur Stadt geschaut, über der sich gerade das Rot eines atemberaubenden Sonnenaufgangs verzog. Als sie den Blick gen Süden wandte, um zu sehen, ob die Berge sich am Horizont zeigten, hatte sie Wendelins Bellen gehört, das hell und aufgebracht klang.

Und da erst war ihr der Liegestuhl aufgefallen, der wie vergessen auf der frühmorgendlichen Wiese stand. Weil der Dackel nicht auf ihr Rufen hörte und sich wie wild gebärdete, packte sie abrupt die Angst, dass etwas Schreckliches sie erwarten würde.

Sie konnte nicht einfach den Berg hinablaufen. Sie musste ihn halb umrunden, zu der hölzernen Treppe gelangen, an deren Geländer man sich leicht einen Spreißel ziehen konnte.

Ein Auto auf der Plinganserstraße anzuhalten – auf die Idee war sie erst gar nicht gekommen. An einem Feiertag waren zu dieser frühen Zeit ohnehin kaum Fahrzeuge unterwegs.

Fräulein Katharina Elisabeth Niklas hatte den größten Teil ihres stets unverheirateten Lebens Volksschulkinder im Lesen und Schreiben unterrichtet. Sie hatte dies in Friedens- wie Kriegszeiten getan, und es war ihr wie ein Geschenk Gottes erschienen, dass sie nie, selbst während der Bombardierung und in Zeiten des großen Hungers, nie ein Kind hatte sterben sehen müssen.

Außer Atem vor Beklemmung und vom schnellen Gehen unten bei den Gärten angekommen, musste sie erkennen, dass es eine kleine Person war, die in dem Liegestuhl lag – regungslos dem inzwischen heiseren Gebell des Dackels ausgesetzt.

Fräulein Niklas begann zu weinen, während sie durch das taufeuchte Gras näher heranging, ganz und gar hoffnungslos, dass sich noch etwas zum Guten wenden könnte, dass eine Regung, ein Blinzeln, ein Zucken in den blassen Mundwinkeln einen Schabernack offenbaren würde, den das Kind trieb mit dem, der es finden sollte – mit ihr.

Wie spät es genau war, als sie das Kind dann von Angesicht zu Angesicht vor sich hatte, wusste Fräulein Niklas nicht zu sagen. Ihr frühzeitiger Aufbruch hatte sie vergessen lassen, die Armbanduhr anzulegen.

Den Rückweg zum Harras war sie wie betäubt gegangen, den Dackel an sich gepresst, dessen Herz in ihre Hand hämmerte, während bleierne Stille sie einhüllte, als hätte Gott in Sendling den Ton abgestellt. Und nein, gesehen hatte sie sonst niemanden, weder am Berg noch bei den Gärten, keine Menschenseele.

Vom Bäckerladen, unten in ihrem Haus, war es ihr überraschend möglich gewesen, die 110 anzutelefonieren, weil der alte Bäckermeister, der Vater des jungen, dort trotz des Feiertags irgendetwas zu wirtschaften hatte. Er musste ihr einen Schemel von der Backstube bringen, so sehr zitterten ihr die Beine. Wendelin hatte eine Breze vom Vortag bekommen, während sie auf die Polizei warteten. Später, zu Hause, hatte es Fräulein Niklas nicht wenig Anstrengung gekostet, das Mehl von dem Bäckereischemel aus ihrem dunklen Rock zu bürsten.

»Haben Sie bemerkt, ob die Kleidung des Mädchens feucht war? So wie die Wiese, vom Tau?«

Elke hatte das Kleidchen trocken in Erinnerung. Wegen der Morgensonne vielleicht.

»Darauf habe ich nicht geachtet«, sagte Fräulein Niklas verloren. »Ich habe die Haut des Kindes berührt. Ein Knie, das linke, glaube ich, und den Hals. Ich musste mich doch vergewissern.«

»Sie haben alles richtig gemacht, Fräulein Niklas«, sagte Elke. »Das war ein schlimmer Tag für Sie.«

»Ja. Ein schlimmer Tag.«

Das alte Fräulein fuhr mit den Händen über den nackten Tisch, behutsam, als gäbe es dort etwas zu glätten. Wendelin war inzwischen dazu übergegangen, Elke unter dem Tisch hervor bewegungslos anzustarren.

»Vielleicht fällt Ihnen morgen oder auch erst in den nächsten Tagen noch etwas ein«, sagte Elke sanft. »Das kann eine Kleinigkeit sein, irgendetwas, das Ihnen vollkommen bedeutungslos erscheint. Melden Sie sich nur. Ich schreibe Ihnen eine Telefonnummer auf.«

Fräulein Niklas nickte geistesabwesend. Während Elke die Nummer des WKP-Büros aufschrieb und den Zettel von ihrem Block riss, lauschte die Lehrerin auf das unbekümmerte Lärmen von draußen.

Die Küche ging zum Hof hinaus, der schon im Schatten lag. Die Tür zu dem kleinen Balkon, auf dem drei rote Geranien in Töpfen wuchsen, stand einen Spaltbreit offen, gerade so weit, dass der Hund hindurchpassen würde, wenn er wollte. Unten stritten sich kreischende Kinder um einen Ball. Elke konnte ihn dumpf gegen die Hauswand prallen hören, sobald eines der Kinder ihn ergattert hatte.

»Die Zöpfe waren feucht«, sagte Fräulein Niklas, als Elke aufstand. »Und bitte, nehmen Sie das Geld für die Strümpfe.«

*

Vorbei an einer schier endlosen Reihe von Stümpfen gefällter Platanen fuhr Elke mit dem Rad die Lindwurmstraße entlang. Die alte Allee vom Sendlinger Tor bis zum Sendlinger Berg war der Verkehrsplanung zum Opfer gefallen, die eine Verbreiterung der südlichen Einfallstraße ins Innere Münchens vorsah. Es war bereits damit begonnen worden, das Kopfsteinpflaster aufzureißen. Die Schienen der Tramlinie 20 ragten aus dem Geröll wie ein freigelegtes Gerippe.

Der frühe Abend brachte noch keine Abkühlung. Staub von der aufgerissenen Straße legte sich auf Haut und Haare. Im Nacken meinte Elke zu spüren, wie sich der schweißfeuchte Kragen ihrer hellen Bluse schwärzte.

Es war kurz nach neunzehn Uhr, als sie das Präsidium erreichte.

Auf der einzigen Damentoilette zog sie die von Wendelin hingebungsvoll ruinierten Strümpfe aus und warf sie in den Mülleimer, wo sie merkwürdig obszön aussahen, wie das Zeugnis eines Notzuchtverbrechens.

Elke holte die zerrissenen Strümpfe wieder heraus und ließ sie zusammen mit dem verschwitzten Strumpfgürtel, den sie sich von den Hüften gezerrt hatte, in den Tiefen ihrer Umhängetasche verschwinden.

Als sie hörte, wie jemand den Waschraum betrat, zog sie hastig den Rock über die Knie und fühlte sich seltsam ertappt.

Vor einem der Waschbecken hockte der Hausmeister und hatte damit begonnen, den Siphon abzuschrauben. Leise fluchte der grau Bekittelte über Frauen vor sich hin, die nichts Besseres zu tun hatten, als im Polizeipräsidium ihre Haare zu toupieren und selbst an Fronleichnam die Waschbecken zu verstopfen. Den Dialekt des Hausmeisters, mit dem sie noch nie ein Wort gewechselt hatte, bemerkte Elke zum ersten Mal. Ihren Gruß erwiderte er nicht, und sie nahm sich vor, ihn das nächste Mal nach seinem Namen zu fragen.

Im Büro lehnte Doris Probst mit Pinzette und Handspiegel am offenen Fenster und suchte im Gegenlicht ihr Kinn nach Haaren ab.

»Die Warneck ist weg. Wollte zu Hause noch an ihrem Vortrag arbeiten.«

Elke und Doris hatten den Kriminalanwärter-Lehrgang in der Polizeischule gemeinsam absolviert, zu zweit mit zweiunddreißig Männern. Das hatte sie verbunden, aber nicht zu Freundinnen werden lassen. Sie waren sehr verschieden.

Doris, mit ihren fünfundzwanzig Jahren ein Jahr älter als Elke, war verlobt, was sie vor der Warneck geheim hielt – nicht etwa vor ihren Eltern.

Bei Einstellungsgesprächen erforschte die Chefin als Erstes die Heiratsambitionen der Kandidatinnen und sie nahm es damit sehr genau. WKP-Beamtinnen hatten ledig zu sein und zu bleiben. Die berufliche Pflicht sollte nicht hinter einer ehelichen zurückweichen müssen. Warneck beharrte darauf. Ihre Erfahrung hatte gezeigt, dass mühsam angeworbene und mit aller Sorgfalt ausgebildete Polizistinnen den Dienst sehr bald quittierten, wenn sie erst einmal einem Ehemann gehorchten, der Bereitschaftsdienste, Spät- und Nachtschichten bemäkelte.

»Ach ja, der Vortrag.«

»Das nenne ich ein Leben für die WKP.«

Elke ließ sich auf ihren Stuhl fallen. Fragen und Tadel der Chefin zu ihren strumpflosen Beinen würden ihr erspart bleiben.

»Sonnabend kommen die Eltern der Alfonsschule in den Genuss.«

Doris stellte das Zupfen störender Gesichtshaare ein und ging zu ihrem Schreibtisch, der dem von Elke gegenüberstand.

Ihr Büro war klein und bis in Schulterhöhe mit erbsengrüner Ölfarbe gestrichen. Als Wandschmuck gab es einzig einen Bildkalender mit Motiven aus der bayerischen Bergwelt. Im vergangenen Jahr waren sie Monat für Monat mit Tierarten derselben bekannt gemacht worden. Den Wandschmuck suchte Warneck aus. Bei ihr hing Adenauer.

Elke begann die Befragung von Fräulein Niklas abzutippen.

»Ihr Schlüsselkind-Vortrag dürfte ja jetzt besonders gut ankommen«, redete Doris weiter und spannte einen Bogen Papier in ihre Maschine. »Was der kleinen Bartl passiert ist, ist doch Wasser auf Warnecks Mühlen. Selbst wenn die Kleine noch kein Schlüsselkind war, mit dem Schuleintritt wäre sie spätestens eins geworden.«

Johanna würde kein Schulkind werden. Die Mutter würde ihrem Kind nie einen Schlüssel an einem Schnürsenkel um den Hals hängen. Elke dachte an die nassen Zöpfe.

Am frühen Nachmittag hatte der Bürobote einen vorläufigen Bericht auf den Tisch gelegt. Von Kommissar Manschreck war dieser mit einem handschriftlichen Vermerk versehen: Zeugin befragen! Darunter die Adresse von Fräulein Niklas.

Automatisch hatte Elke nach dem Telefon greifen wollen und es dann lieber gelassen. Offenbar hielt Manschreck es nicht für nötig, sie weiter zu instruieren.

Mach schon!, schien die steile Schrift sie aufzufordern. Worauf wartest du noch! Leg los.

Elke hatte der Kommissariatsleiterin den Bericht übergeben, bevor sie zur Befragung von Fräulein Niklas aufgebrochen war.

Während sie vor dem Schreibtisch stehend wartete, bis die Warneck gelesen hatte, hatte Elke darüber nachgedacht, wie sich alles zugetragen haben könnte. Wie ein Mensch beschaffen sein musste, der möglicherweise erst den Tod des Kindes verursacht und es dann – wenn auch auf eine Weise, die man als zynisch empfinden konnte, aber keinesfalls musste – so deponiert hatte, dass seine Würde erhalten blieb.

Hatte diese Person tatsächlich Johannas Tod verursacht? Initiiert? Der Sechsjährigen beim Sterben zugesehen? Oder fühlte jemand sich lediglich schuldig und befand sich voller Scham und Angst?

»Auch falls es keine Akte über sie geben sollte, was wir frühestens morgen herausfinden werden«, hatte Kommissarin Warneck gesagt, »muss man die Mutter sorgfältig überprüfen.«

Die WKP stand in engem Austausch mit der Sozialfürsorge und dem Jugendamt. Wenn das Kindeswohl gefährdet war, luden die WKP-Beamtinnen zur Befragung ins Präsidium vor.

»Das würde eine sehr perfide Vorgehensweise verlangen«, entgegnete Elke. »Trauen Sie Frau Bartl das zu?«

Die Chefin blickte erst jetzt von dem Bericht zu ihr auf.

»Was genau, Fräulein Zeisig? Ihr eigenes Kind zu töten? Das traue ich jeder Mutter und jedem Vater zu, wenn sie verzweifelt oder krank genug sind zu glauben, sie täten damit das Beste für ihr Kind.«

Elke vermutete, dass die Kommissariatsleiterin sich wie so oft auf Geschehnisse bezog, mit denen sie sich als Polizistin während des Krieges hatte befassen müssen. Und dem hatte sie wie stets nichts entgegenzusetzen.

Dennoch gelang es Elke nicht, sich vorzustellen, dass diese Frau, die mit rot geweinten Augen vor ihr gesessen hatte, ihre Tochter getötet und dann vermisst gemeldet haben sollte. Dass sie irgendwann in der Nacht oder bei Tagesanbruch die Leiche des Kindes von einem Versteck zur Wiese gebracht und dort in einen Liegestuhl gesetzt hatte, damit irgendwer sie fand.

»Fräulein Zeisig«, hatte die Warneck freundlich gesagt, in etwa so, wie man ein entmutigtes Schulkind ansprach,

»ich kann mir vorstellen, was in Ihnen vorgeht, ja, ich möchte behaupten, es ganz genau zu wissen. Sie sind heute von Hauptkommissar Manschreck in einer ungewöhnlichen Weise zum Fall Johanna Bartl herangezogen worden. Sie haben die Leiche des Kindes am Fundort gesehen, das ist noch mal etwas vollkommen anderes als die Rechtsmedizin. Man empfindet die Schutzlosigkeit des Opfers viel stärker, nicht wahr?«

Elke hatte nur stumm genickt.

»Und nun wollen Sie alles, was Ihnen möglich ist, dazu beitragen, damit der Täter oder die Täterin gefasst wird. Sie können es auch. Sie haben gute Vernehmungen durchgeführt. Sie werden das jetzt, und wann immer Hauptkommissar Manschreck Sie darum ersuchen wird, weiterhin tun. Aber Sie werden nicht ermitteln. Erhoffen Sie sich das nicht.«

Die Chefin hatte Elke den Durchschlag des Berichts mit einem Blick über die Lesebrille zurückgereicht.

»Ich habe mich jahrelang dafür eingesetzt, dass wir von den Ermittlern stärker mit einbezogen werden. Ja, dass wir die gleiche Arbeit tun können wie die männlichen Kollegen. Es ist nicht gewünscht. Beherzigen Sie das. Sonst schaden Sie der gesamten Abteilung.«

Ob Manschreck noch im Haus war?, dachte Elke nun, während sie das fertige Verhörprotokoll aus der Maschine zog. Die Warneck hatte vollkommen recht gehabt. Es drängte sie, jetzt am Ende dieses Arbeitstages alle Gedanken vor dem Leitenden Mordermittler auszusprechen, um möglicherweise zu ersten Vermutungen zu gelangen, von denen alle noch weit entfernt waren. Noch war sie nicht sicher, wie sie Manschreck einzuschätzen hatte. Sie kannte ihn kaum. In den vergangenen zwei Dienstjahren bei der WKP war sie vom K11 vielleicht ein halbes Dutzend Mal zu Befragungen weiblicher Zeugen herangezogen worden.

Die Mordermittler erschienen ihr wie eine exklusive Bruderschaft innerhalb des Polizeipräsidiums. Manschreck hatte die höchste Aufklärungsrate. Sie wollte von ihm lernen. Egal, was die Warneck sagte.

*

Manschreck war froh, in seine Wohnung zurückzukehren. Es gab Tage, an denen es sich anders verhielt. Tage, an denen er fürchtete, die Leere könne ihn anspringen und zu Boden reißen.

In der Küche am offenen Kühlschrank stehend, belohnte er sich mit einigen ersten Schlucken Bier aus der Flasche. Das konnte er machen, wenn Marie nicht da war. Wobei er nicht so recht wusste, noch immer nicht, inwieweit Väter ihren Töchtern als Vorbild taugten, gleichgültig, ob gut oder schlecht. Seiner Überzeugung nach wäre Maries Mutter dafür zuständig und besser als sonst jemand geeignet gewesen, aber vielleicht speiste er diese Überzeugung aus seiner nicht endenden Sehnsucht nach ihr.

Manschreck schloss den Kühlschrank und stellte die Bierflasche auf dem Tisch ab, der gegenüber der Küchenzeile an der Wand stand, so, dass drei Stühle daran Platz hatten. Über die Lehne des mittleren hängte er seine Jacke. Die kalte Bierflasche hatte indessen auf dem hellblauen Resopal einen Kreis aus Kondenswasser gebildet, den er mit dem Hemdsärmel fortwischte, bevor er die Unterlagen über den Fall Johanna Bartl aus der Aktentasche holte. Alles, was über den Tag zusammengekommen war, Fotos, Befragungsprotokolle, breitete er auf dem Tisch aus und setzte sich.

Weil Marie wie immer über das Wochenende kommen würde, und das war schon übermorgen, nutzte er ruhige Abende wie diesen für das ungestörte, kontemplative Studium der Akte außerhalb des Büros. Wo auch an Feiertagen Telefone klingelten und – in Fällen wie diesem – der Polizeipräsident ihn aus seinem Obermenzinger Haus anrief (Manschreck hatte die Vögel im Garten zwitschern hören), um sich eine persönliche Einschätzung geben zu lassen, womit man es zu tun hatte.

Im Moment war ihm das noch völlig unklar.

Das Rot des Liegestuhls stach aus den Fotos auf der blauen Tischplatte hervor, und ein anderes Bild kam ihm in den Kopf, er konnte es nicht verhindern.

Gardasee 1953, Marie auf der roten Seite einer zweifarbigen Luftmatratze, sechs Jahre alt, wie Johanna Bartl. Christine bringt ihr das Schwimmen bei. Er selbst, wasser- und sonnenscheu, auf einem gestreiften Klappstuhl, den am Lido hastig erstandenen Sonnenhut tief ins Gesicht gezogen. Ein groteskes, wüstentaugliches Ding, das Christine jedes Mal in Gelächter ausbrechen lässt, wenn sie ihn ansieht.

Er hatte den Hut in den Müll geworfen, als er ihm nach Christines Tod noch mal in die Finger gekommen war. Anschließend hatte er sich mit Chantré betrunken. Da war Marie schon bei den Englischen Fräulein.

Der nagelneue und daher so leuchtend rote Liegestuhl, in dem sie Johanna Bartl gefunden hatten, war – so wusste man inzwischen – aus einem der Laubengärten entwendet worden. Dieser befand sich in der äußeren Reihe vor dem Schuttberg und war noch nicht lange im Besitz eines jungen Ehepaares.

Die Frau hatte den Nachmittag des 20. Juni im Garten verbummelt, unter dem Kirschbaum im Liegestuhl *Bonjour Tristesse* gelesen und die Tritte ihres ungeborenen Kindes gespürt, das in fünf Wochen zur Welt kommen sollte. Sie war eingedöst und dann hochgeschreckt, als die Kirchenglocken von St. Margaret zur vollen Stunde läuteten. Es war schon fünf, sie musste noch zum Metzger in der Oberländerstraße. Bei ihrem eiligen Aufbruch vergaß sie, den Liegestuhl in den Schuppen zu sperren.

Ja, sie hatte Kinder spielen hören. Überall spielten Kinder, in den Nachbargärten, auf der Wiese am Schuttberg, einfach überall. Sie hatte nicht weiter darauf geachtet, und ihr war nichts Besonderes aufgefallen, sie hatte gelesen, sie hatte geschlafen. Das Mädchen auf dem Foto, nein, leider – oder sollte sie sagen: Gott sei Dank? – kannte sie es nicht. Laut Protokoll war die Frau dann in sehr aufgebrachte Stimmung geraten und hatte wissen wollen, ob das Mädchen in ihrem Liegestuhl gestorben war. Auch wenn man ihr darüber keine Auskunft gab, sie wollte ihn auf keinen Fall zurückhaben.

Es gab an dem Leichnam einige Schrammen und unauffällige Hämatome, doch bislang – vor der Leichenöffnung – wies nichts darauf hin, dass jemand das Mädchen gewaltsam ums Leben gebracht hatte.

Im Moment sah es für Manschreck so aus, dass man sich auf das nahe Umfeld des Mädchens konzentrieren musste. Es sei denn, es würden sich neue Hinweise aus der Bevölkerung ergeben. Von den Aufrufen in der Presse war allerdings selten etwas zu erwarten.

Manschreck schob den Stuhl zurück und blickte aus dem Küchenfenster über die Dächer von Neuhausen, während er den letzten Schluck Bier aus der Flasche nahm.

Er erhoffte sich mehr von den Nachbarskindern mit ihrer unsichtbaren Schwester. Fräulein Zeisig musste die Befragung weiterführen. Am besten ohne ihn.

*

Die Gerüche des Tages und seiner Anstrengungen hatten sich in ihrem Achselhaar gesammelt. Nicht nur wegen des schmutzigen Kragens würde sie die Bluse auswaschen müssen, bevor sie zu Bett ging.

Elke öffnete die Knöpfe und beugte sich über eines der beiden Waschbecken, das sie mit Theres teilte, und wenn es bald wieder eine weitere Untermieterin geben würde, auch mit dieser teilen würde. Das zweite Becken benutzte allein Friederike Mauser, die ihre Witwenpension damit aufbesserte, drei von sechs Zimmern ihrer einstmals großbürgerlichen Wohnung an junge, alleinstehende Frauen zu vermieten. Bad und Küche galt es zu teilen, was mit gewissen Regeln verbunden war, auf deren Einhaltung Frau Mauser ihren wechselhaften Gemütsverfassungen entsprechend mal mehr, mal weniger streng achtete. Vor allem suchte sie zu vermeiden, dass man ihr auswich, wenn sie in Plauderlaune war.

Elke seifte Gesicht, Hals und Achseln ein und tastete blind nach ihrem Waschlappen, als es energisch an der Tür klopfte.

»Hallo? Fräulein Zeisig!«

Elke hielt den Waschlappen unter den kalten Wasserstrahl und drehte dann den Hahn ab.

»Ja?«

»Telefon!« Die Entrüstung ihrer Vermieterin schepperte durch die geschlossene Tür, als würden Topfdeckel zusammengeschlagen. »Ihre Mutter!«

»Ich komme.«

Seife brannte Elke in den Augen, während sie hastig die Bluse zuknöpfte.

»Ich darf annehmen, dass es etwas Wichtiges ist«, die Stimme der Wohnungsherrin entfernte sich klagend, »wenn sie um diese Zeit anruft!«

Elke entriegelte die Badtür und sah Friederike Mauser in ihrem Chintz-Morgenmantel durch den langen Flur auf ihr Wohnzimmer zustreben, wo es das Radiohörspiel weiterzuverfolgen galt, von dem sie nun kostbare Minuten verpasst hatte, was unverzeihlich war und nicht so schnell vergessen sein würde.

Die Witwe knallte die Wohnzimmertür zu. Dahinter näherten sich Lara Antipowa und Doktor Schiwago dem Höhepunkt eines fraglos leidenschaftlichen Dialogs.

Elke nahm den Hörer des weißen Telefons auf, das ihr auf einen Stuhl im Flur gestellt worden war.

»Mutter?«

»Volker ist nicht nach Hause gekommen.«

»Wann?«

»Was meinst du mit wann?«, fragte ihre Mutter atemlos.

»Ist er von der Schule nicht nach Hause gekommen, oder …«

»Heute ist Fronleichnam«, fiel Frau Zeisig ihrer Tochter ins Wort. Im Wohnzimmer wurde das Hörspiel lauter gedreht.

Elke hielt sich das freie Ohr zu, indessen sich am anderen Ende der Leitung die mütterliche Stimme höherschraubte.

»Volker war weg, als ich von der Kirche kam.« Mitunter

besuchte ihre Mutter katholische Gottesdienste, obwohl sie evangelisch waren. Wegen der schöneren Zeremonien, sagt sie. Weil sie dort auf erstklassig informierte Dörflerinnen traf, kam der Wahrheit näher.

»Weil er keine Nachricht hinterlassen hat«, redete ihre Mutter weiter, »dachte ich, er ist nur kurz aus dem Haus. Aber dein Bruder erschien nicht zum Mittagessen, auch nicht zum Abendessen, jetzt ist es Viertel nach neun, und ich bin krank vor Sorge.«

Elke nahm den Telefonapparat vom Stuhl, schob diesen, soweit es die in der Tür eingeklemmte Schnur zuließ, mit dem Fuß ein Stück weiter, setzte sich und stellte den Apparat auf den Knien ab.

Krank zu sein vor Sorge war eine Befindlichkeit, die bei ihrer Mutter häufig vorkam. Und natürlich hatte sie allen Grund dazu.

Die Flucht aus dem bombardierten Ruhrgebiet nach Bayern. Das spurlose Verschwinden ihres Mannes in der englischen Kriegsgefangenschaft, nachdem er bei seinem letzten Fronturlaub noch Volker gezeugt hatte. Die Nachkriegszeit auf dem Dorf, allein mit zwei Kindern und einer wortkargen Tante, die sie aufgenommen hatte. (An Tante Anni hatte Elke deutlich mehr Erinnerung als an ihren Vater, den sie ein letztes Mal gesehen hatte, als sie sechs war und ihn auch da schon kaum mehr kannte.)

»Hallo? Elke? Möchtest du dich mal äußern, bitte?«

»Du solltest dir keine Sorgen machen, Mutter. Volker ist siebzehn. Er wird mit seinen halbstarken Freunden unterwegs sein, irgendeinen Unsinn anstellen und …«

»Ich soll einfach nur hier sitzen?«, fragte ihre Mutter aufgebracht.

Sucht denn die Polizei nach meinem Kind?, hörte Elke Hildegard Bartl fragen. Das war gestern gewesen. Vor kaum mehr als vierundzwanzig Stunden. Als ihr Kind schon tot war.

»Ich habe das mit dem toten Mädchen im Radio gehört«, sagte Frau Zeisig und stieß den Atem aus. »Hast du etwa beruflich damit zu tun?«

»Nein«, log Elke.

Sie wollte Nachfragen ausweichen, auch wenn diese ihre Mutter kurzfristig von der Sorge um Volker ablenken konnten. Doch ein sich in diese Richtung entwickelndes Gespräch würde zwangsläufig zu mindestens einem ihrer verständnislosen Kommentare über Elkes Berufswahl führen. Und da das Bedürfnis ihrer Mutter nach Ablenkung gerade überwältigend groß war, würde im Nullkommanichts ein Schwall von Klagen aus dem Hörer an ihr Ohr schwappen.

Über die aufgelöste Verlobung, über die verpasste Chance, wie es sie nur einmal im Leben gab. All das nie enden wollende Unverständnis ihrer Mutter darüber, dass Elke sich freiwillig mit deprimierenden Verhältnissen befasste, anstatt das Beste aus ihrem Leben zu machen, würde zuverlässig über sie hereinbrechen.

»Volker befindet sich in keiner Gefahr, Mutter, glaub mir. Er amüsiert sich irgendwo. Wahrscheinlich ist er einfach nur sternhagelvoll. Vielleicht spuckt er sich gerade die Seele aus dem Leib.«

»Aber das hat er noch nie gemacht!«

»Eben, Mutter. Oder er hat es heimlich gemacht. Heute Nacht irgendwann oder spätestens morgen in der Früh ist er wieder da, lässt deine Standpauke über sich ergehen und

freut sich, wenn du ihn die Schule schwänzen lässt und sein Lieblingsessen kochst vor lauter Erleichterung.«
»Jetzt bist du wieder so absichtlich hart.«
»Versuch zu schlafen. Trink ein Gläschen Melissengeist, das beruhigt. Mach dir das Radio an, da gibt's ein Hörspiel.«

Nachdem sie ihrer Mutter versprochen hatte, am nächsten Tag anzurufen und am Wochenende aufs Land rauszukommen, um sich Volker vorzuknöpfen, legte Elke auf und stellte den Stuhl leise wieder dicht neben die Tür.

Sie musste noch die Bluse durchwaschen. Sie würde sie ins offene Fenster ihres Zimmers hängen, wo sie schnell trocknen sollte, so warm, wie es immer noch war.

Tatsächlich machte sie sich nicht die geringsten Sorgen um ihren hitzköpfigen Bruder. Sie hätte es gespürt, wenn etwas mit ihm nicht in Ordnung war, so etwas sah man kommen. Sie hätte es kommen sehen.

Während Elke wieder das Bad betrat, drängte sich die Erzählerstimme des Hörspiels in den Flur, einen Moment lang, den Frau Mauser benötigte, um das Telefon zurück ins Zimmer zu holen.

Die Nacht war unbeschreiblich schön.

Die erste Nacht

Das war gewaltig.

Volker hatte sich planlos durch die Stadt treiben lassen wollen, zunächst mal, und er hatte entschieden, es allein zu tun, einfach um zu wissen, wie es sich anfühlte. Die Idee war ihm direkt nach dem Aufwachen gekommen. Sie war sofort da.

Das Radio war ausgeschaltet gewesen. Er konnte sich nicht erinnern, es selbst getan zu haben. Er war mit Musik eingeschlafen, sehr leiser Musik, damit es kein Meckern gab aus dem Flur, kein Inszimmerstürmen, ohne zu klopfen, kein »Jetzt ist aber mal Schluss!« und Ausdrehen und »Wieso kannst du nicht einmal Rücksicht nehmen. Die Gäste!«

Damit ihn all das nicht ereilte und störte und ablenkte von so vielem, über das er nachzudenken hatte.

Wenn Volker sich abends in sein Zimmer zurückzog, hörte er Musik, so leise es ging und so laut wie möglich, was ihn dazu zwang, sich dicht mit dem Stuhl vor das Regal zu setzen, auf dem das Radio stand, weil es woanders rauschte. Wenn er es sich erst im Bett bequem machte, schlief er meistens auch ein, denn die Musik erreichte ihn dann nur noch sehr vage.

Sein Radio war ein alter Volksempfänger, den er vor drei Jahren im Keller gefunden hatte. Mit einem Lumpen abgedeckt stand er in dem Verschlag mit der Drahttür auf einem Brett über den Einmachgläsern. Ganz offensichtlich hatte Volker erst eine bestimmte Körpergröße erreichen müssen, um darauf aufmerksam werden zu können, denn das verhüllte Ding war ihm nie zuvor aufgefallen.

Es kam genau richtig.

Beim Hochtragen war ihm damals ein vergilbter Zettel vor die Füße gefallen, der sich vom Radioboden gelöst hatte:

Denke daran –
das Abhören ausländischer Sender ist ein Verbrechen
gegen die nationale Sicherheit unseres Volkes.
Es wird auf Befehl des Führers
mit schweren Zuchthausstrafen geahndet.

Dieser Zettel hatte das Gerät noch viel kostbarer gemacht. Volker klebte ihn, zum Ärger seiner Mutter, dem Radio quasi auf die Stirn. Trotzdem hatte sie ihre Drohung, diesen schauderhaften Text zu entfernen, wenn er es nicht selbst tat, nie wahrgemacht. Denn er hatte absolut vor, endlich ungestört und exklusiv ausländische Sender zu hören, weil es dort die Musik gab, die ihn fortriss. *It's midnight in Central Europe!* Splendid.

Booker T. & the M. G.'s waren ihm so dermaßen eingefahren heute Nacht, er hätte schreien können, tanzen wollen, Mädchen küssen, sich das Hemd vom Leib reißen. Stattdessen war er ins Bett gegangen, weil ihm nichts anderes übrig blieb. Er hatte es unterlassen, Hand an sich zu legen, in seinem nicht abzuschließenden Zimmer, während die Mutter nebenan schlief oder *Ich denke oft an Piroschka* las und sich womöglich an seinen Vater erinnerte, ohne den er aufgewachsen war.

Nachdem er mittags ratlos vor den Studios von AFN in der Kaulbachstraße rumgelungert und sich weder getraut hatte, reinzugehen, geschweige denn jemanden anzusprechen, der die alte Villa verließ, war er in den Englischen Garten abgezogen. Schnurstracks hatte er sich zum Monopteros begeben. Natürlich, wohin sonst. Als er am Hang auf der Wiese lag, den Gitarre spielenden Jungs zuhörte und den Mädchen zusah, die sich bewegten wie Schlingpflanzen am Boden eines glasklaren Gewässers, schon da war er wie weggetreten vor Glück.

Als ihm der Magen knurrte, hatte er sich zu einem Kiosk getrollt – es war alles so einfach –, immer den Leuten nach, zwei Paar Wiener Würstchen verschlingen und mit einer Flasche Bier zurück. Rumliegen, ohne Sinn und Verstand, wegratzen, aufwachen, manche der Leute von zuvor sind noch da, andere hinzugekommen, der Mond ist aufgegangen, und die Combo oben auf der Mauer spielt in einer anderen Besetzung. *If I Had a Hammer.* Alle singen mit.

Als die Polizei im Kleinen Überfallkommando anrückte, stand er gerade abseits in den Büschen, wohin ihn das Bier getrieben hatte. Man möge die Ruhestörung sofort unterlassen, plärrte es aus den Lautsprechern, und die Leute gingen lachend auseinander, ganz in Frieden. Nicht enttäuscht, so wie er.

Auf der Leopoldstraße dachte er zum ersten Mal an diesem Tag darüber nach, was er jetzt machen sollte. An einer Telefonzelle zog er für den Bruchteil einer Sekunde in Erwägung, zu Hause anzurufen, es war wirklich das Allerletzte.

»Wartest du auf wen?«

Eine Gruppe Jugendlicher zog gut gelaunt an ihm vorbei. Die Jungs in Hemden mit offenen Krägen, die Mädchen in Röcken, die über runden Hintern spannten.

»Und auf wen wartest du?«
Eine Blonde drehte sich neben ihm, ihr Pferdeschwanz streifte seine Wange. Rückwärts laufend fixierte sie ihn, neugierig, ohne zu lächeln. Sie trug eine lose, leichte Bluse zu engen Hosen. Vielleicht waren ihre Augen grün. Ihm fiel keine Antwort ein. Sie wandte sich ab, stieß wieder zu den anderen und hakte sich bei einem der Mädchen unter.

Er war so ein Idiot.

Wenn ihm nur einfallen würde, wie das Café hieß, wo die Theres arbeitete. Sie hatte es ihm mal gesagt. Er wusste nur, dass es an einer Straßenkreuzung der Leopoldstraße lag, aber an welcher? Einfach weitergehen.

Es waren unfassbar viele Leute unterwegs, Musik quoll mit ihnen aus den Bars und Cafés auf die Gehsteige voller Gelächter, während zu Hause der Ort in Totenstille versank und kein Licht mehr zu sehen sein würde außer den Sternen am Himmel, jetzt gegen elf.

Es kam ihm vor, als liefen alle nur noch in eine Richtung, junge Leute, so viele, kaum älter als er, und wenn schon, es war vollkommen gleich, er gehörte dazu.

Jetzt drängten sie auf die Fahrbahn. Die Autos kamen schon längst nicht mehr weiter und hupten, das aufgebrachte Klingeln zweier Trams mischte sich mit wütenden Rufen. Weiter vorn konnte er ein Blaulicht erkennen. Stumm rotierte es auf einem Polizeiwagen, der in der aufgewühlten Menge schaukelte. Volker warf sich nach vorn, wollte dahin mit den anderen, ohne zu wissen, was vor sich ging. Aber die Straße gehörte ihnen.

*

Theres hatte nicht den geringsten Schimmer, was los war. Eben noch hatte sie alle Hände voll zu tun gehabt, und jetzt plötzlich rannten die Leute vom Trottoir auf die Straße. Manche warfen ein paar Münzen auf den Tisch, an dem sie gerade noch ihr Bier getrunken hatten. Theres fing zwei, drei Stühle auf, die von den Aufspringenden wegkippten. Nicht allzu hastig begann sie, Gläser und Kaffeetassen abzuräumen. Drinnen war es wie leer gefegt. Little Eva sang *Locomotion*. Micky hatte die Platte aus London mitgebracht und Theres zum x-ten Mal versprochen, sie das nächste Mal dorthin mitzunehmen.

Theres schwang die Hüften, tanzte mit dem vollen Tablett hinter die Bar und spülte die Gläser im Takt ab, den inzwischen Dion vorgab: *Yeah, I'm the wanderer, yeah, the wanderer, I roam around, around.* Den Blick hielt sie auf die Straße gerichtet, wo eine Völkerwanderung eingesetzt hatte, im Laufschritt sozusagen. Gab es Freibier irgendwo? Befand sich Prominenz auf der Straße? Die Pfiffe und Buhrufe sprachen dagegen. Sie fuhr herum zum Spiegel hinter der Bar und überprüfte in Windeseile den Sitz ihrer Frisur. Alles, was Rang und Namen hatte, war gerade sowieso in Berlin. Theres las jeden Tag jede Zeile über die ersten Filmfestspiele in der seit einem Jahr durch eine Mauer geteilten Stadt. (Dass James Stewart den Checkpoint Charlie besucht hatte, war eine der Meldungen, die sie kaltließen, ehrlich gesagt.)

Mit nassem Finger korrigierte sie den Lidstrich. Korallenrot zog sie die Lippen nach, als Martinshörner die Musik im Café übertönten.

»Nazi-Polizei!«, hörte sie draußen jemanden brüllen, und ein Pfeifkonzert setzte ein. Irgendwo splitterte Glas.

Ob sie den Laden zusperren sollte? Micky anrufen? Sinnlos. Zu Hause war der sowieso nicht.

Theres ging vor die Tür. Die Fahrbahn, das Trottoir, alles war voller Leute, wie sie sonst zu ihren Gästen gehörten. Die Stimmung war seltsam gut, hier im nachschiebenden Teil der Menge, trotz der Polizeiwagen, die weiter vorn aus den Seitenstraßen auf die Kreuzung gefahren waren.

»Was ist denn los?«, rief Theres einem Paar zu, das Hand in Hand auf den Pulk zusteuerte.

»Keine Ahnung!«

Jemand rempelte sie im Vorbeirennen an, und zum Glück sah sie in diesem Moment Micky. Er schob sich zwischen den Leuten durch. Er kam gerade rechtzeitig, um einen jungen Mann aufzufangen, der vor dem Café auf einen der Tische gestiegen war und nun mitsamt diesem umkippte.

»Langsam, Sportsfreund«, sagte Micky, »wir wollen doch keine Verletzten.«

Und wieder dachte Theres, dass er was von Paul Newman hatte, nur mit mehr auf den Rippen. Sie war heilfroh, dass er da war. Sie drängte sich an ihn. Spürte seinen Herzschlag wie ein Donnern. Roch seinen frischen Schweiß und war dankbar, als er den Arm um ihre Schultern legte. Micky war ein Beschützer.

»Machen wir den Laden zu?«

Micky schüttelte den Kopf, während er sich eine Zigarette anzündete. Theres nahm sie ihm aus den Fingern und inhalierte tief.

»Das da ist in ein paar Minuten vorbei.«

»Was denn eigentlich?«, fragte Theres und gab ihm die Zigarette zurück. »Was ist dann vorbei?«

Im Moment wäre es ihr egal gewesen, wenn Warren Beatty auf der Kreuzung den Twist tanzte. Es war gerade schön so, wie Micky sie im Arm hielt, während die johlende Menge an ihnen vorbeizog. Er zuckte mit den Schultern.

»Irgendein Ärger mit der Polizei halt. Wir erfahren es früh genug.« Zu ihrem Bedauern ließ er sie los.

»Vopo! Vopo!«, skandierten weiter vorn die Leute.

»Was schreien die?«, fragte Theres.

»Menschenskind, Theres, also wirklich!«

Micky ging ins Café. Leider hatte er sie nicht Baby genannt, dann hätte sie gewusst, dass es nett gemeint war. Von drinnen winkte er sie zu sich, ohne sich nach ihr umzudrehen.

*

Wenn Klima und Stimmung sich italienisch gaben, fuhren die Autos auf der Leopoldstraße im Schritttempo, Ludwig Maria war das gewohnt. Jetzt allerdings ging gar nichts mehr. Alles stand, und dabei hatte er noch nicht mal die Münchner Freiheit passiert. Er ärgerte sich maßlos, dass er in Haar nichts erreicht hatte, nachdem er schon im Hotel La Paloma vergeblich auf Carols Eintreffen hatte warten müssen. Streng genommen musste er gar nichts, die Chet-Baker-Geschichte war gerade kalt wie eine Frostbeule, und genauso schmerzte es ihn. Die Story war ihm egal, egal.

Für Carol hatte er im Hotel seine Telefonnummern hinterlassen. *Call me, Carol. I'm a friend of Chet. Ludwig Maria Seitz.* Konnte ja jeder behaupten. Und doch verhielt es sich genau so. Nur, woher sollte sie das wissen? Er war sicher, dass Chet sich an seinen Namen erinnern würde. Er liebte seinen Namen. *Lüdwick Märeia, oh boy!*

Weit vorn begann ein Hupkonzert, das zu einem ohrenbetäubenden Tosen anschwoll, je weiter es sich nach hinten fortsetzte. Ludwig Maria öffnete die Fahrertür, stieg aus und blickte nachdenklich die Straße hinunter. Autos, Trams und Busse waren zu einem Bandwurm verschmolzen, der vor sich hin glimmend den nächtlichen Boulevard verstopfte.

Immerhin krochen hier und da erste Wagen langsam aus dem Strom in die Seitenstraßen.

Ludwig Maria ließ sich wieder hinter das Steuer fallen und drehte in der Hoffnung auf eine aktuelle Ansage das Radio an. Fehlanzeige.

Nach zwei Zigarettenlängen konnte er endlich in die Clemensstraße abbiegen und parkte wenig später vor dem Haus, in dem er wohnte. Es war immer noch warm. Er hatte kaum noch Zigaretten. Er dachte an die Nachtschwester des Nervenkrankenhauses in Haar, die ihn am Portal abgewiesen und jegliche Auskunft verweigert hatte. Feiner, hellblonder Flaum auf der unteren Wangenlinie ließ sie wie ein possierliches Tierchen wirken, trotz des hochgeschlossenen Kragens ihrer Schwesterntracht und der starren Haube.

»Kann ich Mr Baker eine Nachricht hinterlassen?«

»Können Sie. Professor Heitmann wird dann entscheiden, ob Mr Baker sie erhält.«

Durch das vergitterte Türfenster hatte er sie davongehen sehen und sich gefragt, ob ihre weißen Schuhe wohl auf dem blanken Boden quietschten.

Von der Leopoldstraße flog das Hupen über die alten, dunklen Häuser Schwabings. Vereinzelt mischten sich Warnrufe der Martinshörner darunter. Hier und da gingen in den Wohnungen Lichter an. Ludwig Maria schloss den

Karmann noch einmal auf und holte die Leica aus dem Handschuhfach.

Erst als er die Straße überquerte, sah er, dass auch bei Schöppler Licht brannte. Noch – oder schon wieder. Der Mann schlief offensichtlich nie. Vielleicht verkaufte er ihm noch Zigaretten. Kein Vielleicht.

Helmut Schöppler öffnete immer, wenn er sah, dass es Ludwig Maria war, der an die staubige Scheibe im Souterrain klopfte, oder wenn er die Klingel neben der Ladentür, zu der man fünf Steinstufen hinabsteigen musste, im vereinbarten Signal drückte. Lang, kurz, kurz. Nur tat er das normalerweise nie nach zweiundzwanzig Uhr.

»Der Herr Zeitungsreporter.«

Schöppler war ein gedrungener Mensch schwer einzuschätzenden Alters (er konnte Mitte vierzig oder sechzig sein), den man nie ohne Schirmmütze sah. Jetzt, im Sommer, war es ein helles, leicht stockfleckiges Ding, wer weiß, wie lange er das schon hatte. Er ließ Ludwig Maria eintreten und schloss hinter der nächtlichen Kundschaft gleich wieder ab.

WAR ES MORD?

Auf dem Verkaufstisch war unter dem Lichtkegel einer alten Schreibtischlampe die Abendausgabe der Münchner Zeitung ausgebreitet.

»Zigaretten?«

»Ja bitte.«

Die Waren in den Regalen des Gemischtwarenladens lagen im Halbdunkel. Von den Obstkisten zu Ludwig Marias Füßen stieg besänftigend der Duft mürber Äpfel auf.

»Schlimme Geschichte«, sagte Schöppler, während er zwei Schachteln Stuyvesant über die Zeitung auf dem Verkaufstisch schob. Ludwig Maria nickte.

»Mitbekommen, was da auf der Leopoldstraße los ist?«, fragte er.

»Laut ist es«, sagte Schöppler, »sonst weiß ich nichts.«

Er begann, in der Kassenschublade nach Wechselgeld für das Fünfmarkstück zu kramen, das Ludwig Maria ihm hingelegt hatte.

»Sie?«

Ludwig Maria verneinte und steckte die Zigaretten ein.

»Lassen Sie's gut sein, Schöppler. Nachtzulage.«

»Die Firma dankt.«

Während der Mann die Tür aufschloss, deutete er mit dem Kopf auf die Leica.

»Immer im Dienst, was?«

*

Ein Wurfgeschoss ließ die Frontscheibe der Tram splittern, ohne dass sie zerbarst. Im beleuchteten Wagen gingen die Leute in Deckung. Vielleicht schrien sie. Alles schrie. Mit der fröhlichen Wildheit war es vorbei, seit der von ihnen eingekesselte Polizeiwagen mit zerstochenem Hinterreifen davongehoppelt war und die eintreffende Verstärkung mit Gummiknüppeln in die Menge drosch.

Inzwischen wusste Volker, warum das alles losgegangen war. Die Polizei hatte fünf junge Männer festnehmen wollen, die auf der Straße musizierten. Ein paar Spießer, die sich in ihrer Nachtruhe gestört fühlten, hatten sich beschwert. Zwei der Musiker konnten abhauen, drei hatten sie mitgenommen, obwohl eine Menge Leute versuchten, das zu verhindern. Es waren immer mehr geworden, magnetisch angezogen, so wie er. Sie alle hatten es längst schon so satt, sich sagen zu lassen, wann sie Spaß haben durften und wann nicht.

Das hatte Wucht.

Ein Martinshorn heulte auf und erstarb. Mit erhobenen Gummiknüppeln sah er zwei Grüne aus dem eingetroffenen Polizeiauto drängen und sofort losdreschen, blindlings in die Menge.

»Aufhören! So hören Sie doch auf!«, rief eine Frau. Als der Polizeiknüppel sie an der Schulter traf, war ihr Blick voller Erstaunen. Der Polizist hatte mit ganzer Kraft ausgeholt.

Volker sah die Frau fallen, drängte sich gegen den Strom zu ihr durch. Er hatte Mühe, sie zu fassen, denn die Leute begannen zu fliehen. Sie stolperten, manche fielen. Alle rannten, zerrten einander fort, stoben auseinander.

Auf dem Gehsteig kam ihnen ein Mann mit zerrissenem Hemd entgegen, stammelte einen Dank und führte die Frau schnell davon.

Über ihnen lagen Leute im Fenster und schauten zu. Schließlich wohnten sie hier.

Volker wurde es speiübel vor Wut.

Dann sah er den Polizisten kommen und stürzte brüllend auf ihn zu.

*

Ludwig Maria ließ die Kamera sinken. Er war auf das Flachdach einer Bar ausgewichen, deren Besitzer er kannte. Zuvor war der Knüppel eines Polizisten dicht neben ihm auf einen jungen Mann niedergegangen, er hatte den Luftzug gespürt. Fast wäre Ludwig Maria selbst gestürzt in diesem rasenden Pulk, der über Tische und Bänke auf der Flucht war. Er hatte Blut aus der Platzwunde des Jungen laufen sehen und auf den Auslöser gedrückt, statt den Polizisten aufzuhalten, der ein weiteres Mal ausholte. Dabei lag der Junge, fast noch ein Kind, schon am Boden.

Er war seinem alten Instinkt gefolgt, als er sich in Sicherheit brachte, sich und seine Kamera. Er hatte nicht einen Moment darüber nachgedacht, ob es richtig oder falsch war.

Unten sah er Polizisten zu den Einsatzwagen rennen. Mit heulenden Motoren jagten sie über Nebenstraßen davon. Es schien zu Ende zu sein. Nach und nach zogen sich die jungen Leute von der Fahrbahn zurück, während der lahmgelegte Verkehr stockend abfloss.

Ludwig Maria verließ seinen Posten. Als er nach einem schnellen Whisky mit dem Barbesitzer auf die Straße trat, waren nur noch versprengte Grüppchen von Leuten zu sehen.

Nicht weit von ihm tanzte ein Mädchen auf dem Trottoir. Selbstvergessen, barfuß im letzten Licht der Leuchtreklamen, die Schuhe in den Händen. Geschmeidig folgte ihr junger Körper einem Rhythmus, der wohl nur in ihrem Kopf war.

Er hob die Kamera.

Er hatte nur einen Schuss. Der Film war voll.

Ein unsäglicher Jammer.

Freitag, 22. Juni 1962

Seine Uhr war stehen geblieben, denn es musste definitiv später sein als drei viertel vier. Der säuerliche Geruch von Erbrochenem hatte Andi geweckt. Er sah Staub flirren vor dem Loch in der Wand, wo mal ein Fenster gewesen war.

Hell draußen.

Drinnen rohe Wände, Backstein mit Verputzresten. Eine halb aus den Angeln gerissene Tür stand offen. Von dort quoll Tageslicht bis in die Mitte des Raumes, erreichte ihn nicht, da, wo er lag.

Überall Staub.

Seine Zunge füllte die Mundhöhle wie ein Schwamm, der noch sein letztes von zahllosen Bieren aufgesogen hatte, bevor er zu einem pelzigen Klumpen erstarrt war. Er würde dran ersticken, wenn er nicht sofort mit dem Atmen begann. Staubschwere Luft verfing sich in seinen Nasenhärchen. Das Niesen erweckte ihn halbwegs zum Leben und setzte gleichzeitig hämmernden Kopfschmerz in Gang. Als hätte er einen Blecheimer über dem Schädel, auf dem einer wie wild Schlagzeug spielte.

Wie wär's mal mit Hinsetzen, du Depp?

Seine Schulter schmerzte. Sein rechter Arm, auf dem er lag, schwer wie ein Sack Zement, war komplett taub. Er tastete Holz unter sich, ganz glatt, wie poliert.

Er stemmte sich hoch, spürte die Übelkeit kommen und widerstand dem ohnmächtigen Wunsch, sich gleich wieder fallen zu lassen, egal wohin. Er setzte die Füße auf den Boden. Lehnte sich gegen die Wand. Spürte, wie ihm Steinstaub in den Kragen rieselte.

Andi schloss die Augen und versuchte, Speichel in seinem Mund zu sammeln. Weit entfernt war das behäbige Quietschen eines Krans zu hören. Er musste schon längst auf der Baustelle in Pasing sein, so viel war sicher. Das würde Ärger geben. Mehr als heute Nacht.

Besser gesagt: Es würde ihm mehr ausmachen.

Er stützte sich auf den Oberschenkeln ab und blinzelte in das stickige Halbdunkel. Am Boden schimmerte fahl sein Erbrochenes. Die Bluejeans, für die ein halber Monatslohn draufgegangen war, hatte er doch hoffentlich nicht vollgekotzt? Er konnte es nicht erkennen, in dem Loch hier.

Wo zum Teufel war er gelandet?

Konnte mal ein Wirtshaus gewesen sein. Die Bank, auf der er geschlafen hatte wie tot, lief unter der Fensteröffnung vorbei bis an die Wand gegenüber, wo die Reste einer Holzvertäfelung zu erkennen waren.

Und da lag einer im Schatten.

»Matthias?« Andis Stimme klang wie Geröll, das von einer Klamm abstürzte.

Das musste Matthias sein.

Sie waren zusammen abgehauen. Und davor?

Sie wollten zu Kurti und Fritz, die mit Stühlen aus einem Café direkt vor der Linie 6 hockten und die Füße am Straßenbahnwaggon hochlegten, mit ihren Bieren am Hals. Genau. Matthias und er hatten sich auch Stühle geschnappt, vorn am Schwabinger Nest, es war so lässig.

Als sie zurückkamen zur Tram, hatten zwei Polizisten den Kurti am Wickel gehabt, nicht gerade zimperlich, das konnte man sehen, obwohl Kurti lachte, der Hund. Und von Fritz keine Spur.

Das Letzte, woran er sich erinnerte, war, dass sie ihre – wohlgemerkt leeren – Bierflaschen geworfen hatten. Dann nichts wie weg. Querstraßen noch und nöcher. Kein Durchblick. Besoffen natürlich.

Hierher? Zum Lehrlingswohnheim hatten sie es eindeutig nicht mehr geschafft.

Andi stand auf und ging die zwei Schritte zur Bank gegenüber.

»Hey.«

Wieder schwappte Übelkeit in ihm hoch. Er stützte sich an der Wand ab und stieß sein Knie gegen die Schulter des Wracks unter ihm.

Das Wrack ließ ein Rülpsen hören. »Lass mich.«

»Aber gern doch.«

Er hatte plötzlich einen mörderischen Druck auf der Blase. Geblendet vom Tageslicht, blinzelte er in den engen Hof mit der Maueröffnung zur Straße. Nichts als Schutt und Steine. Vollkommen egal, wo er hinpinkelte.

Hinter ihm stolperte Matthias nach draußen.

»Schei-ße. Verdamm-te Scheiße, An-di.«

Hatte Schluckauf wie ein Mädchen, der Narr.

»Was ... ist ... das?«, hickste Matthias leise, dicht neben ihm.

Erst jetzt – als hätten sich letzte Morgennebel aus diesem Dreckloch gehoben – sah er nackte Füße aus dem Schatten einer Ecke ragen, da, wo die Mauer ans Haus stieß.

*

Elke fuhr am Torhäuschen vorbei auf den Hof des Polizeipräsidiums, das sich samt einer Haftanstalt auf dem Boden eines ehemaligen Augustinerklosters befand.

Noch während sie ihr Rad unter einer der alten Kastanien abstellte, bemerkte sie, dass außer den beiden uniformierten Kollegen, die am Torhaus rauchend in ein Gespräch vertieft waren, niemand zu sehen war.

Morgens um 7:30 Uhr, wenn sie wie jetzt den Dienst in der Tagesschicht antrat, gab es für gewöhnlich ein reges Kommen und Gehen von Uniformierten und Beamten in Zivil. Funkstreifen fuhren vom Hof, und wenn einer der wuchtigen Ermittler-BMWs von einem nächtlichen Einsatz zurückkehrte wie ein Schiff in den Hafen, versetzte quälende Neugier sie in Unruhe, jedes Mal.

Elke legte den Kopf in den Nacken. Tiefes Blau am Himmel, wolkenlos. Es würde wieder heiß werden heute.

Badewetter.

Wann würden sie wissen, wie Johanna Bartl gestorben war?

Im dritten Stock des Präsidiums stieß jemand ein Fenster auf und entließ Telefonläuten ins Freie, das in der Entfernung zittrig klang.

Es erinnerte sie daran, dass sie als Erstes in Ammerfelden anrufen musste. Zu Hause.

Telefonate ihrer Untermieter duldete Frau Mauser nur von neun bis neunzehn Uhr, sofern es nicht gerade um Leben und Tod ging. Nach der Definition von Mutter Zeisig ging es kaum je um Geringeres, wenn sie anrief. Doch sie hatte sich nicht noch mal gemeldet. Vermutlich war Volker längst wieder da.

Als Elke aus dem Paternoster stieg, kam ihr vom letzten der Büros auf der WKP-Seite des Flures gedämpftes Schreibmaschinenklappern entgegen. Elvira Hanke und Sieglinde Pohl, seit den frühen Nachkriegsjahren fast so lange im Dienst wie die Warneck, waren wie die Igel im Spiel mit dem Hasen. Immer schon da, wenn andere pünktlich den Dienst antraten. Wenigstens einmal vor ihnen eintreffen zu wollen, hatte Elke schnell aufgegeben. Fräulein Hanke und Fräulein Pohl, Schwestern im Geiste und in der rumpfigen Statur, teilten das Geheimnis ihres frühen Erscheinens mit einer gewissen Wonne.

Die Warneck brach aus ihrer Tür wie eine Naturgewalt.

»Guten Morgen, Kollegin Zeisig.«

Obwohl es keiner anatomischen Tatsache entsprach, fühlte Elke sich der Chefin gegenüber oft klein. Manchmal, wenn sie darüber Unmut verspürte, fragte sie sich, ob das jemals anders sein würde. Den Gruß erwidernd trat Elke zur Seite, während die Warneck den Flur mit der Energie einer Flutwelle füllte.

»Ich bin auf dem Weg zu einer Besprechung aller Kommissariatsleiter, wegen der Vorkommnisse heute Nacht.«

Sie sah sofort, dass Elke nicht wusste, wovon sie sprach.

»Ich sage Ihnen das vor allem, weil Hauptkommissar Manschreck möchte, dass Sie sich bei ihm melden.«

Ob die Chefin ihr auch ansah, dass diese Nachricht sie freute?

»Jetzt wird er allerdings sicher erst bei der Besprechung mit dem Polizeipräsidenten sein. Sie, Fräulein Zeisig, fühlen also zunächst einer unserer Kandidatinnen mit Verwahrlosungstendenzen auf den Zahn. Seefeld, Monika. Das Mädchen ist für acht Uhr einbestellt. Die Akte liegt auf Ihrem Schreibtisch.«

Elke fragte nicht. Sie blickte ihrer Chefin nach, die es für Erklärungen jedweder Art ganz klar zu eilig hatte. Mit durchgestrecktem Rücken ging Irmgard Warneck zügig auf das Treppenhaus zu. Sie hasste den Paternoster.

Im Büro hatte Doris offenbar am Ende ihrer Nachtschicht *Tosca* versprüht, denn Doris war es zuwider, wenn es im Büro nach Büro roch. Mit der Chefin befand sie sich in einem stoischen Ringen darum, wonach es in einer Amtsstube riechen durfte und wonach nicht. Elke, die für Frischluft plädierte, wurde von beiden übergangen.

Umso mehr genoss sie es an diesem Morgen, das Büro für sich zu haben, die Kolleginnen zwei Räume weiter. Sie öffnete das Fenster und warf einen Blick in die Akte Seefeld, Monika. Geboren am 5. August 1946. Ein Jahr jünger als Volker. Er war im März siebzehn geworden und lavierte sich durch die Obersekunda.

Monika Seefeld hatte laut Akte trotz wiederholten Schwänzens die Volksschule in Obergiesing beendet. Seitdem hatte sie eine Friseurlehre begonnen und bald wieder abgebrochen, trieb sich herum, war im vergangenen Jahr bei kleineren Diebstählen in Drogerien erwischt worden. Am 17. Juni hatte eine Funkstreife das Mädchen gegen 22:15 Uhr im Englischen Garten aufgegriffen, wo sie mit einem achtzehnjährigen Jungen Küsse austauschte.

Das Jugendamt erwog laut Akte die Unterbringung in einem Mädchenheim der Jugendfürsorge.

Auf Elkes Schreibtisch begann das Telefon zu läuten. Zu ihrer Überraschung meldete sich die Haftanstalt des Präsidiums.

»Fräulein Zeisig?«

»Ja?«

»Wir haben hier einen Minderjährigen, der behauptet, Ihr Bruder zu sein.«

*

Als stünde zu befürchten, dass die Ungeheuerlichkeiten, von denen zu berichten war, sich unkontrolliert mit der schwülwarmen Morgenluft über der Stadt ausbreiten könnten, hatte man im gestopft vollen Besprechungsraum nur eines der zwei hohen Sprossenfenster leicht geöffnet.

Die Aschenbecher auf den im Kreis angeordneten Tischen füllten sich rasant, während der Stadtpolizeiliche Einsatzleiter den Präsidenten und seine leitenden Beamten über den nächtlichen Ausnahmezustand ins Bild setzte.

Manschreck hatte, da er die Möglichkeit eines schnellen Rückzugs schätzte, neben der Tür Stellung bezogen. Rechts an der getäfelten Wand sah er die WKP-Leiterin stehen. Offenbar war keiner der Herren auf die Idee gekommen, ihr einen Platz anzubieten. Irmgard Warneck verschränkte die Arme vor der Brust, als er ihr zunickte. Regungslos folgte sie dann weiter den Ausführungen des Einsatzleiters.

Wie jeden Morgen hatte Manschreck beim Rasieren Radio gehört und war somit von den Frühnachrichten darauf vorbereitet worden, was ihn im Präsidium erwarten würde.

Und doch war es im Ganzen erstaunlich.

Auch in den Gesichtern einiger Kollegen waren Anzeichen von Fassungslosigkeit zu entdecken, obwohl vermutlich keiner an den Worten des Einsatzleiters zweifelte. Und vermutlich jeder hatte Verständnis, dass es dem Mann nicht immer gelang, die persönliche Erregung zurückzuhalten, während er schilderte, was sich nachts in Schwabing abgespielt hatte.

Wie eine tausendköpfige Menge von Störern und Krawallmachern erst die Leopoldstraße blockiert und dann die

Ordnungskräfte angegriffen hatte. Wie Versuche unternommen wurden, Polizeifahrzeuge umzuwerfen.

Wie – als die Polizeikräfte in einer Räumkette die Straße frei machen wollten – sie mit ohrenbetäubendem Johlen und Gebrüll empfangen wurden.

Wie man Steine und Bierflaschen warf, Kollegen verletzte.

Wie die Störer in einer unheiligen Allianz von Halbstarken und Studenten auf der Fahrbahn saßen, mit Stühlen, die sie aus Lokalen und Vorgärten entwendet hatten, angefeuert durch Massen von Neugierigen, die als undurchdringliche Kulisse auf den Gehwegen Volksfeststimmung verbreitete.

Es gab einen Moment der Stille, als der Bericht endete, fast andächtig, wie nach dem Ende einer Sinfonie.

Während der Polizeipräsident das Wort ergriff, öffnete sich neben Manschreck die Tür. Murnau, einer der Kommissare des Morddezernats, gab ihm ein Zeichen.

»Besonders auffällige Störer, von denen einige als Rädelsführer auftraten, konnten durch kleine Kommandos herausgegriffen und festgenommen werden«, sagte der Präsident am anderen Ende des Raumes. »Insgesamt haben wir einundvierzig Personen in Gewahrsam.«

Manschreck trat hinaus auf den Flur.

»Was gibt es?«

»Leichenfund auf einem Abbruchgrundstück in der Occamstraße«, sagte Murnau leise. »Ein Mädchen.«

Auf dem Flur war eine Menge los. Reporter, Fotografen.

»Wieder ein Kind?«

»Zuallererst, meine Herren«, ließ der Polizeipräsident drinnen verlauten, »ist die Darstellung gegenüber der Presse sehr genau abzuwägen.«

Manschreck schloss die Tür hinter sich und sah Ludwig Maria Seitz näher kommen. Murnau sprach noch leiser.

»Jung«, sagte er.

»Kann ich Sie sprechen?«, fragte Seitz.

»Ungern«, sagte Manschreck. »Ich muss weg.«

Seitz hatte grundsätzlich kein Problem damit, Leute abzudrängen, die ihn störten, in diesem Fall Murnau, der es gelassen nahm.

»Ich kann nur vermuten, was dadrinnen los ist.«

Immer wieder mal ging Manschreck die Selbstgefälligkeit des Reporters auf die Nerven. Wenn es passierte, konnte er nichts dagegen machen. Dann wusste er nicht, was ihn mehr ärgerte – die Attitüde selbst oder der Verdacht, dass er womöglich kleinmütiger war, als er es von sich verlangte. Immerhin kam es selten so weit, dass er bereute, Ludwig Maria Seitz in einer entscheidenden Phase seines Lebens den Arsch gerettet zu haben.

»Sie werden die Pressekonferenz abwarten müssen.«

»Meinen Sie.«

Seitz hielt ihm einen braunen Umschlag hin. Besser, ihn anzunehmen, bevor die anderen Berichterstatter aufmerksam wurden.

Der Umschlag enthielt etwa ein Dutzend Schwarz-Weiß-Abzüge.

»Nicht hier«, sagte Seitz mit Blick auf seine Kollegen. »Gehen wir ein paar Schritte.«

»Murnau«, sagte Manschreck, »ich bitte Sie nicht gern darum, aber würden Sie mir meinen Hut und Mantel holen?«

Murnau nickte und trabte davon. Seine Unerschütterlichkeit kam Situationen wie diesen zugute.

»Einen Mantel werden Sie nicht brauchen«, sagte Seitz, während er Manschreck die Treppe hinunterfolgte. »Es wird heiß heute.«

Manschreck war sich bewusst, dass Seitz ihn beobachtete, als er die Aufnahmen durchsah.

Bilder von Polizisten, die auf einen Mann mit Brille eindroschen. Eine junge Frau im Sommerkleid, die mit hochgerissenen Armen vor Uniformierten zurückwich. Beamte, die Arme umdrehten, Leute wegschleppten, am Boden Liegende traten. Gummiknüppel frei. Ein an der Schläfe blutender Junge.

»Warum zeigen Sie mir das, Seitz?«

»Sie enttäuschen mich, Herr Hauptkommissar.«

Manschreck holte sich in Erinnerung, dass er gleich ein weiteres totes Mädchen sehen würde. Wie konnte es sein, dass dieser neben ihm die Treppe hinabtänzelnde Mensch ihn davon ablenkte?

»Auf der Pressekonferenz können Sie mit den Fotos Ihren Auftritt haben. Sie haben sie exklusiv, nehme ich an.«

»Zufall.«

»Wir haben nichts außer vierzig Festnahmen.«

»Vierzig.«

»Einundvierzig.« Manschreck gab Seitz den Umschlag zurück.

»Und nun?«

»Mich interessiert wie immer Ihre Meinung«, sagte Seitz.

Sie hatten die Eingangshalle des Präsidiums erreicht, als Murnau sie einholte. Manschreck nahm Mantel und Hut von ihm entgegen.

»Es ist doch ganz einfach«, sagte er. »Sie haben es in der Hand, Seitz.«

Murnau öffnete die wuchtige Tür des Portals und ließ Manschreck den Vortritt.

»Die Stimmung unter den Beteiligten und Augenzeugen des Vorfalls dürfte gegenüber der Polizei auf dem Siedepunkt sein«, sagte Manschreck noch. »Wenn Sie die Fotos heute Abend veröffentlichen, wird es zu neuen Zusammenstößen kommen.«

»Und wenn nicht, wird alles vergessen und wieder gut? Glauben Sie das wirklich?«

Manschreck setzte den Hut auf und trat ins Freie.

»Sie wollen doch sicher nichts verpassen, Herr Seitz«, sagte Murnau. »Oben im Verkehrsunterrichtssaal beginnt jeden Moment die Pressekonferenz.«

»Und wohin gehen Sie?«

Statt einer Antwort ließ Murnau die Tür hinter sich ins Schloss fallen.

*

Sobald die Türen des Saals geöffnet wurden, setzte unter den wartenden Journalisten Gedränge ein. Seine Unzufriedenheit niederkämpfend, blieb Ludwig Maria hinter den Kollegen zurück, die mit gezückten Kameras, Blocks und Tonbandgeräten aneinander vorbeirempelten. Wenn möglich, mied Ludwig Maria Pressepulks, er arbeitete lieber allein. Naturgemäß war das nicht immer zu machen. Umso wichtiger war Manschreck für ihn, und es kam selten vor, dass er ihm eine Abfuhr erteilte. Er wusste schließlich, dass Ludwig Maria verantwortungsbewusst mit Informationen umging, die er ihm gab. Natürlich hatten sie unterschiedliche Auffassungen über so manches. Natürlich gerieten sie aneinander. Es machte den Reiz ihrer wortkargen Verbindung aus, immer schon, von Anfang an.

Noch während ihn erneut die Frage beschlich, wohin Manschreck in diesem Moment unterwegs war, entdeckte Ludwig Maria den Jungen.

Sein erstes Foto heute Nacht.

Die Platzwunde an der Schläfe war unter einem schmuddeligen Kopfverband verschwunden, der ihm ständig in die Augen rutschte. Dicht neben ihm, die Hand an seinem Ellbogen, ging die Brünette, nach der Ludwig Maria sich im gestrigen Telefonat über den Fall des toten Kindes bei Manschreck zu erkundigen vergessen hatte.

Wenn er das richtig deutete, kamen sie aus dem Flügel der Haftanstalt. Offensichtlich hatte der Junge die Nacht hier verbracht. Fräulein Unbekannt lotste ihn Richtung Treppe und trug seinen Wanderrucksack in der Hand. Wegen der hastigen Gangart schlug dieser hin und wieder gegen ihre wohlgeformten Waden.

Sie wirkte aufgebracht.

»Verzeihen Sie?«

Ludwig Maria holte sie auf der Treppe nach oben ein. Der Junge sah heute noch jünger aus als gestern, in seinem karierten Hemd, das mit ungleich hochgekrempelten Ärmeln über der Bluejeans hing. Keine achtzehn.

»Ich hab etwas für dich«, sagte Ludwig Maria.

»Was wollen Sie?«, fuhr die Brünette ihn an. »Gehen Sie bitte.« Das hinter die Ohren gestrichene Haar sprang widerspenstig nach vorn. Ganz reizend.

Das Fräulein wollte den Jungen weiterziehen, doch der machte sich mit einer ruppigen Bewegung frei und blieb mit gerecktem Kinn auf der Treppe stehen. Wenn er wüsste, dachte Ludwig Maria, wie kindlich ihn sein Blick voller Trotz und Neugier wirken ließ, es würde ihm nicht gefallen.

»Und wer sind jetzt Sie?«

Er erinnerte ihn an sich selbst. Vor Hunderten von Jahren.

»Entschuldigung, ich habe mich gar nicht vorgestellt«, sagte Ludwig Maria, während er das Foto aus dem Umschlag zog. »Seitz, Münchner Zeitung.«

Das Fräulein griff nach dem Arm des Jungen. In ihrer Wut sah sie ihm plötzlich ähnlich.

»Komm jetzt, wir haben genug Ärger am Hals.«

»Spinnst du?«, zischte der Junge. »Bist du immer so, wenn du Dienst hast?«

Er rutschte auf der Treppenstufe ab, als er sich erneut losriss. Ludwig Maria hielt seinen Sturz auf und reichte ihm das Foto.

»Wahnsinn.«

»Ich überlasse dir den Abzug. Könnte helfen.«

»Danke.« Der Junge warf einen neugierigen Blick auf den Umschlag. »Haben Sie noch mehr davon? Werden Sie die veröffentlichen?«

Bevor Ludwig Maria antworten konnte, was er im Übrigen nicht unbedingt vorhatte, trat das Fräulein eine Stufe tiefer.

»Volker, es reicht jetzt«, sagte sie leise. »Bitte.« Sie roch nach Waschpulver und Nivea Creme.

»Fräulein Zeisig?«

Für den Bruchteil einer Sekunde schloss sie die Augen und wandte sich dann der Frau zu, die sie von oben angesprochen hatte.

Alles an der wohl etwa Fünfzigjährigen wirkte resolut. Haltung, Stimme, Blick. Das graue Kostüm. Die unter den Nylonstrümpfen flach gelegten Haare an den Beinen.

»Frau Warneck.«

»Darf ich erfahren, womit Sie gerade befasst sind?«

»Ach du Scheiße«, stieß Volker zwischen den Zähnen hervor, »deine Chefin?«

»Das ist mein Bruder«, sagte Fräulein Zeisig ruhig, »wir sind gerade auf dem Weg zu Ihnen.«

Widerstandslos war nun Volker an der Seite seiner Schwester, die mit gestrafften Schultern die Stufen emporging, bis zu dieser Frau Warneck, die den auf halber Treppe zurückbleibenden Reporter ignorierte, den Blick auf die junge Kollegin und ihren ramponierten jüngeren Bruder gerichtet hielt und erst vom Treppenabsatz zurücktrat, als die beiden ihn erreichten.

Ludwig Maria war ihr noch nie begegnet, dieser Chefin vermutlich der Weiblichen Kriminalpolizei. Eine Abteilung des Polizeipräsidiums, deren Vorhandensein ihm nur gelegentlich in Erinnerung kam, wenn eine der farblosen Beamtinnen vor Gericht in einem Prozess aussagte, über den er schrieb.

»Und Sie, mein Herr?«, fragte jetzt Frau Warneck von oben. »Wie kann man Ihnen helfen?«

»Ich will zur Pressekonferenz.«

»Die hat schon begonnen«, tadelte sie und folgte Fräulein Zeisig, die mit Volker vorauseilte.

Während Ludwig Maria ohne Eile die Treppe hinabging, nahm er zur Kenntnis, dass die Schuhe der Chefin auf dem Boden quietschten.

*

Irmgard Warneck nahm hinter ihrem Schreibtisch Platz und bat Volker, sich zu setzen.

»Wenn Sie Ihrer Schwester, die in Sendling wohnt, gestern einen Überraschungsbesuch abstatten wollten, Volker – ich darf Sie doch Volker nennen?«, fragte sie, »wie sind Sie dann nach Schwabing geraten?«

»Sie war nicht daheim, als ich mittags bei ihr geklingelt habe«, sagte Volker. »Ich habe das aber alles schon den Herren Kollegen gesagt.«

»Ich weiß«, sagte die Warneck besänftigend. »Hören Sie, ich spreche aus reinem Interesse noch einmal mit Ihnen, auch weil Sie Ihre Schwester in eine unangenehme Situation gebracht haben.«

Elkes Rat befolgend, hielt er seine Hände, die er sich zuvor mit der Lavendelseife am Waschbecken der Kriminaloberinspektorin hatte reinigen dürfen, ruhig im Schoß.

Elke Zeisig stand seitlich vom Schreibtisch mit dem Rücken zur Tür nach nebenan.

»Ich war mit Hauptkommissar Manschreck die Spielgefährten von Johanna Bartl befragen, als mein Bruder bei mir klingelte«, sagte sie.

Die Warneck nickte, ohne den Blick von Volker abzuwenden.

»Da waren Sie im Grunde ja gar nicht weit voneinander entfernt.«

»Ja, das war dumm. Ich wusste nicht, dass sie feiertags arbeiten muss«, sagte Volker.

»Das ist im Beruf Ihrer Schwester nicht ungewöhnlich.«

Volker zuckte mit den Schultern und lächelte dann verlegen.

»Stimmt. Ich habe nicht drüber nachgedacht.«

Die Warneck erwiderte sein Lächeln.

»Und Ihre Mutter hat auch nicht darüber nachgedacht?«
»Meine Mutter?«
Er vermied es, den Blick seiner Schwester zu suchen.
»Sie haben ihr doch sicher gesagt, dass Sie Ihre Schwester mit einem Besuch überraschen wollen.«
»Ja?« Volker sah der Warneck in die wasserblauen Augen und wartete.
»Und Sie hat Ihnen nicht geraten herauszufinden, oder vielleicht sogar angeboten, es für Sie zu tun, ob Ihre Schwester an Fronleichnam in München vielleicht etwas vorhat? Damit Sie sich nicht umsonst auf den Weg machen?«
»Okay«, sagte Volker.
Elke umfasste ihr linkes Handgelenk mit der Rechten.
»Ich habe meine Mutter weder informiert noch um Erlaubnis gefragt«, sagte Volker. »Ehrlich gesagt hatte ich nicht die geringste Lust, mich von irgendwas abhalten zu lassen.«
»Volker.« Elke Zeisig klang matt.
»Irgendwas? Das könnte ja alles Mögliche sein«, sagte die Warneck.
»Meine, also unsere Mutter neigt dazu, sich alles Mögliche vorzustellen und vorauseilend Verbote auszusprechen. Dabei wollte ich nur für einen Tag nach München fahren und nicht ins East Village.« Volker sah seine Schwester an und schlug ein Bein über das andere.
Frau Warnecks Augenbrauen trafen in einem kurzen Zucken über der Nasenwurzel zusammen.
»Welche Schule besuchen Sie, Volker?«
Nebenan begann das Telefon zu läuten.
»Das Gymnasium in Icking.« Volker verschränkte die Arme vor der Brust.
»Nehmen Sie doch bitte den Anruf an, Fräulein Zeisig.«

Während Elke nach nebenan ging und die Tür angelehnt ließ, wandte sich ihre Chefin wieder Volker zu, der den Verband nach oben in die dichten dunklen Haare schob, die mitten über der Stirn einen Wirbel drehten.

»Was haben Sie dann gemacht, Volker, als Sie Ihre Schwester nicht angetroffen haben gestern?«

»Ich bin mit der Tram zum Marienplatz gefahren. Von da bin ich zur Ludwigstraße vorgelaufen. Ich dachte, ich könnte vielleicht noch was von der Prozession sehen.«

»Die Fronleichnamsprozession wollten Sie anschauen.«

»Wo ich schon mal da war.«

»Sicher«, sagte die Warneck gütig.

Aus dem Nebenzimmer war leise Elkes Stimme zu hören.

»War aber schon vorbei, das Ganze. Ich bin dann in den Englischen Garten.«

»Haben Sie Freunde getroffen dort? Zufällig vielleicht?«

»Ich habe keine Freunde in München.«

»Das ist ja möglicherweise jetzt anders.«

»Ist es nicht.«

»Gefällt Ihnen Schwabing?«

Der Stuhl, auf dem die Warneck sich zurücklehnte, gab ein Knarzen von sich.

»Bestimmt gefällt Ihnen Schwabing«, sagte sie. »Sie haben den ganzen Tag dort verbracht, bis in die Nacht hinein, als der Krawall losging. Es hat Ihnen so gut gefallen, dass Sie Ihre Schwester ganz vergessen haben, wegen der Sie ja eigentlich nach München gekommen sind.«

Unauffällig, wie er hoffte, sah Volker zur Tür ins Nebenzimmer, wo Elke ihr Telefonat beendete. Er konnte es am satten Klicken des Hörers auf der Gabel hören.

»Ich bin absolut zufällig da hineingeraten«, sagte er. »Wie viele andere auch übrigens.«

»Sie wurden mitten aus einer Horde von Unruhestiftern gegriffen und in Gewahrsam genommen.«

»Gewahrsam. Ach so nennt man das jetzt wieder, wenn wahllos Leute zusammengedroschen werden, weil sie ihre Meinung sagen. Wie bei den Nazis.«

»Das ist eine sehr dumme Bemerkung, Volker.«

»Ich kann beweisen, dass es so war.«

»Entschuldigen Sie, Frau Warneck.« Elke stand in der Tür, mit flammend roten Flecken auf den Wangen, als hätte sie jemand geohrfeigt. »Hauptkommissar Manschreck hat mich angefordert«, sagte sie mit belegter Stimme. »Ich soll in die Occamstraße kommen. Sofort. Unten wartet eine Funkstreife.«

Nur unwillig wandte Frau Warneck den Blick von Volker ab.

»Eine Befragung?«

Elke räusperte sich.

»Es wurde wieder ein totes Mädchen gefunden.«

Auf der Oberlippe ihrer Chefin, die schweigend aufstand und das Fenster öffnete, hatte sich ein Schweißfilm gebildet.

»Und was, Fräulein Zeisig, geschieht nun mit Ihrem Bruder?«

Während Elke nach einer Antwort suchte, starrte Volker sie an wie eine Fremde.

*

Verfolgt von den Blicken der Kolleginnen Hanke und Pohl, die rein zufällig in diesem Moment den Flur zu kreuzen hatten, gingen sie zum Paternoster.

»Danke, Schwester«, sagte Volker.

»Dir wäre kein Zacken aus der Krone gefallen, wenn du dich bei Frau Warneck bedankt hättest.«

»Danke, Frau Kriminaloberrätin.« Bevor er zu Elke in die hinabgleitende Kabine sprang, grüßte er mit der gestreckten Hand am Kopfverband zackig in den Flur.

Die Fräulein Hanke und Pohl konnten ihn noch freundlich winken sehen, bevor er aus ihrem Blickfeld sank.

»Das ist alles ein großer Spaß für dich, ja?«, fauchte Elke. »Frau Warneck hätte auch ganz anders reagieren können.«

Volker schlug sich die Hand vor den Mund.

»Du machst mir Angst. Wie denn?«

»Mutter anrufen, statt es mir zu überlassen, zum Beispiel.«

»Und wenn schon.«

»Sie hätte sie über deine drohende Verwahrlosung informieren und über Details der elterlichen Aufsichtspflicht belehren können. Die Möglichkeit andeuten, ihr als offenbar überforderter alleinerziehender Frau eine Fürsorgerin zur Seite zu stellen, um dich in den Griff zu kriegen.« Elke schöpfte Atem, während der Paternoster rumpelnd durch die Stockwerke glitt. »Sie hätte auch in der Schule anrufen können.«

»Hä?«

»Ob du öfter schwänzt. So wie heute zum Beispiel.«

»Ich schwänze nicht, ich befinde mich in Gewahrsam. Schuldlos, wohlgemerkt.«

Sie erreichten das Erdgeschoss, wo einige Journalisten nach dem Ende der Pressekonferenz zum Ausgang gingen. Elke hielt ihren Bruder am Hemd fest. Die Kabine tauchte in dämmriges Dunkel.

»Seit heute ist mir klar, dass ich mir um dich wirklich Sorgen machen muss«, sagte Volker.

»Dito, kleiner Bruder.«

An der Schachtwand zog das Schild *Weiterfahrt ungefährlich* vorüber.

»Du bist auf der falschen Seite. Die Lage ist ernster als gedacht.«

»Nicht diese Debatte jetzt. Bitte.«

Quietschend ruckelte die Kabine in den Nebenschacht und bewegte sich aufwärts.

»Ausgerechnet diese Brunhilde da oben hat mit Jugendlichen zu tun? Verhängnisvoll. Das ist so eine, die selbst nie jung war …«

»Wie gut, dass du keine Vorurteile hast.«

Ihr Verteidigungsreflex funktionierte wie geschmiert.

»Die war früher beim BDM, darauf wette ich aber. Stramm im Strumpf dem Führer einen Kranz gewunden.«

»Volker, ich könnte gerade kotzen.«

»Nur zu.«

Seinen Rucksack vor die Brust gepresst, folgte er ihr aus dem Paternoster. Einige Uniformierte, die ihnen entgegenkamen, nahmen Volker ins Visier. Er wartete, bis sie an ihnen vorbei waren.

»Was hieß das eben: wieder ein totes Mädchen?«, fragte er an der Tür nach draußen.

»Es wurde schon gestern eins gefunden. Sechs Jahre alt.«

»Scheiße.«

Elke ließ ihrem Bruder den Vortritt. Er wirkte jetzt ernst und erschrocken. Die Wärme kam ihnen wie eine Wand entgegen, als sie in den Hof traten. Die Sonne blendete schmerzhaft.

»Komm jetzt«, sagte Elke sanft.

An der im Hof geparkten Funkstreife gab der wartende Schutzpolizist ihr ein Zeichen und stieg in den Wagen. Am Tor sprachen rauchend zwei Männer aufeinander ein. Aus den Augenwinkeln sah Elke, dass einer von ihnen eine Kamera hatte.

Volker bemerkte nichts. Wie betäubt ging er neben ihr auf den Polizeiwagen zu. Elke beschleunigte ihre Schritte. Sie riss die Beifahrertür auf und klappte den Sitz nach vorn.

»Steig ein, schnell«, drängte sie leise.

»He, junger Mann! Waren Sie in Schwabing dabei heute Nacht?«

Einer der Männer trabte heran, während der andere noch damit beschäftigt war, hastig einen neuen Film in seine Kamera einzulegen.

»Sind Sie festgenommen worden? Hat man Sie geschlagen?«

Elke schob Volker auf die Rückbank. Der Beamte am Steuer, ein älterer Kollege, dem der dicke Hals über den Kragen quoll, ließ sofort den Motor an.

»Machen Sie hin, Fräulein! Nicht dass wir die noch an den Hacken haben!«

Elke schlüpfte auf den Beifahrersitz und verriegelte die Tür von innen. Der Journalist klopfte an die Scheibe.

»Was passiert mit dem Jungen? Wo bringen Sie ihn hin?«

»Ich hab sie so dick, diese Bande«, hörte Elke den Polizisten neben sich sagen. »Machen alles immer nur schlimmer.«

Der Wagen jagte vom Hof wie ein Geschoss und bog mit quietschenden Reifen auf die Ettstraße.

»*Hit the Road Jack*«, sagte Volker von hinten.

*

Manschreck sah Elke Zeisig aus der Funkstreife steigen, die hinter dem Leichenwagen gehalten hatte, während Murnau von der Längsseite des Abrisshauses auf ihn zukam. Dort standen die beiden Burschen mit hochgezogenen Schultern und den Händen in den Hosentaschen, grau in den Gesichtern, verkatert und mürrisch von ihrem noch lange nicht ausgestandenen Schrecken, der sich verflüchtigen würde, je öfter sie davon erzählten, zu Hause und bei Freunden, wer immer es hören wollte.

Und wer wollte das nicht?

»Haben Sie noch Fragen an die Jungen, Chef?«

Manschreck nahm den Hut ab, fuhr sich mit einem Taschentuch über die Stirn und setzte den Hut wieder auf. »Die beiden können gehen.«

Er fühlte einen leichten Schwindel. Vielleicht war es das unbändige Bedürfnis nach einem Weißbier, was er sich erst nach Dienstschluss leisten konnte, wann immer das sein würde, sicher nicht so bald an diesem Tag.

Die Erkennungsdienstler kramten im Schutt wie Trümmerfrauen. Nichts bis jetzt.

Er war unangemessen froh, dass der Fotograf schon weg war. Obwohl der Mann lediglich routiniert seiner Arbeit nachgegangen war, hatte sich Manschreck abwenden müssen, als er das tote Mädchen aus allen Winkeln fotografierte. Dieses Kind, jung wie Marie, sein Kind, das keins mehr sein wollte, ebenso wie dieses, das hier im Schmutz vor ihnen lag, das rechte Bein angewinkelt wie eine Tänzerin in ihrer zitronengelben Capri-Hose, den Kopf im Profil, die Arme ausgebreitet. Barfüßig.

So, wie sie aus den Händen des Täters auf den Schutthaufen gefallen war, nachdem er sie erwürgt hatte. Ihr langer

Pferdeschwanz floss wie ein blondes Fragezeichen über Mörtelbrocken und zerbrochene Backsteine.

Er glaubte nicht, dass dieses Abbruchgrundstück der Tatort war.

»Sie muss hierhergetragen worden sein«, sagte Manschreck, als Elke Zeisig neben ihn trat. Womöglich hatte sie leise gegrüßt, und es war ihm entgangen. Vielleicht aber mochte ihr weder ein »Guten Morgen« und erst recht kein »Grüß Gott« über die Lippen kommen, bei diesem Anblick.

»Der Täter musste sie loswerden, verstecken. Hier in Schwabing sind immer Leute unterwegs in der Nacht, bis in den Morgen. Gestern sowieso.«

Die junge Kollegin schwieg noch immer. Sie betrachtete die schwarzen Fußsohlen des Mädchens.

»Wir haben alle Fußspuren im Staub fotografiert«, sagte Manschreck. »Viele stammen von den beiden jungen Burschen, die sie gefunden haben, und von der Funkstreife. Wie es aussieht, keine von dem Mädchen. Der Rechtsmediziner schätzt den Todeszeitpunkt zwischen ein und drei Uhr in der Früh.«

»Weiß man schon, wer sie ist?« Fräulein Zeisig sprach mit fester Stimme.

»Nein.«

»Sie dürfte zwischen vierzehn und sechzehn Jahre alt sein«, sagte sie. »Gibt es eine Vermisstenanzeige?«

»Bis jetzt nicht.«

Mit einem Räuspern brachte sich hinter ihnen einer der Bestatter in Erinnerung. Manschreck nickte. Elke Zeisig trat mit ihm auf die Seite. Die Männer stellten den Sarg vor dem Schutthaufen ab.

»Sind ihre Schuhe gefunden worden?«

Manschreck schüttelte den Kopf. »Hier nicht.«

»Sie ist barfuß gelaufen«, sagte Elke, »ihre Füße sind schmutzig.«

»Wir suchen die Umgebung ab. Vielleicht sind die Schuhe unterwegs verloren gegangen, als sie hierhergebracht wurde.«

»Sie könnte sie in der Hand getragen haben. Und ließ sie fallen, als sie angegriffen wurde.«

»Auch möglich.«

Die Bestatter hoben die Leiche an. Der Pferdeschwanz schwang honigblond über den Steinen. Die weiße Folklorebluse des Mädchens rutschte den flachen Bauch hinauf, als die Männer sie zum Sarg trugen.

»Warten Sie, bitte.«

Mit geneigtem Kopf beugte Elke Zeisig sich neben dem Mädchenkörper hinab. Behutsam griff sie an dem Pferdeschwanz vorbei nach dem hinteren Blusenausschnitt. Er hing locker von dem leicht gebräunten Nacken hinunter, an dem sich fleckig die Würgemale abzeichneten. Sie drehte den Saum nach außen.

»Monika Seefeld«, hörte Manschreck sie leise sagen.

Er begriff zunächst nichts.

Dann sah auch er das eingenähte Namensschild, eines von diesen blau-weiß bestickten Wäschebändern, die man in Kurzwarenläden wie dem von Frau König am Rotkreuzplatz bestellen konnte und dann zigfach vom laufenden Meter zur Verfügung hatte.

*MarieLuiseManschreck*MarieLuiseManschreck*
MarieLuiseManschreck*MarieLuiseManschreck*

Wie oft hatte er diese Dinger mit seinen ungeübten Fingern anbringen müssen, bevor Marie im Handarbeitsunterricht das Nähen lernte. Vor Klassenfahrten, in Wäsche, Schwimmzeug und Turnbeutel, in alles, was verloren gehen konnte.

Elke Zeisig richtete sich auf.

»Ich kenne den Namen.« Sie sah ihn an, wachsblass vor Bestürzung. »Heute Morgen hatte ich ihre Akte auf dem Tisch.«

*

Der flaue Wind des Tischventilators ließ Schreibbögen und Blaupapier flattern, als Ludwig Maria die Blätter aus der Schreibmaschine zog. Er drückte die Zigarette in einem Aschenbecher aus, den er in einem Pariser Café am Boulevard Saint Michel/Ecke Saint Germain hatte mitgehen lassen, überflog den Text und korrigierte einige Flüchtigkeitsfehler von Hand.

Die Fakten von der Pressekonferenz würden mit einer Notiz – *Straßenschlacht in Schwabing* – auf Seite eins der Abendausgabe erscheinen. Für seinen persönlichen Augenzeugenbericht – *Am Anfang war Musik* – hatte Gunzmann ihm zwei Spalten im Lokalteil gegeben.

Wegen der Fotos waren sie zu der Übereinkunft gekommen, dass man den Abend abwarten würde. Mit Sicherheit schickten alle Zeitungen der Stadt ihre Reporter und Fotografen auf die Leopoldstraße. Wenn es zu neuen Ausschreitungen kam, würden seine Fotos zusammen mit den neuen von Mayr, dem Fotografen, der Ludwig Maria begleiten sollte, zwar wie bei allen anderen in der Wochenendausgabe erscheinen. Aber die Bilder von der Fronleichnamsnacht hatten sie exklusiv.

Ludwig Maria lockerte seine Krawatte. Er zündete sich gerade eine Zigarette an, als sein Telefon klingelte und die Sekretärin des Morddezernats sich meldete.

»Wie freue ich mich, Ihre angenehme Stimme zu hören, Fräulein Siebert.« Den Hörer zwischen Kopf und Schulter geklemmt, begann er, die Ärmel seines Hemdes aufzukrempeln. »Haben Sie etwas für mich?«

Fräulein Siebert war eine zierliche Frau aus Bremerhaven. Von norddeutscher Klarheit und in ihrer Loyalität gegenüber Manschreck unerschütterlich, arbeitete sie im Polizeipräsidium, seit die Wirren der Nachkriegszeit sie nach München verschlagen hatten.

Die Wirren waren in Gestalt eines desertierten Wehrmachtssoldaten über sie gekommen, den sie von März bis Mai 45 im Stofflager ihres Vaters, eines Segelmachers, versteckte. Mit dem jungen Fahnenflüchtling schlug sie sich nach Straubing zum Milchhof seiner Familie durch, wo er ihr das Herz brach, indem er dem unerbittlichen Verbot seiner Eltern folgte, eine dahergelaufene Preußin zu heiraten.

Ludwig Maria hatte dies vor Jahren an einem Glühweinstand auf dem Christkindlmarkt erfahren, wo er zufällig zur Stelle war, als Fräulein Siebert in Wehmut verfiel.

Er war so klug gewesen, anschließend niemals mit nur einer Silbe anzudeuten, dass er Kenntnis über ein schmerzhaftes Kapitel ihres Lebens besaß, das sie ihm versehentlich anvertraut hatte.

Es veränderte nichts zwischen ihnen, weder zum Guten noch zum Schlechten. Weiterhin gab Fräulein Siebert Information an ihn nur dann weiter, wenn Manschreck sie dazu berechtigt hatte.

»Sie hatten um Rückruf gebeten, Herr Seitz.«

»Nachdem Kommissar Murnau sich ausgesprochen maulfaul gab, hoffte ich, von Ihnen zu erfahren, womit Manschreck sich seit heute Morgen befasst.«

»Er ist auf dem Weg zu den Eltern eines Mordopfers.«

»Wieder ein Kind?«

»Dazu kann ich nichts sagen.«

Ludwig Maria dachte kurz nach, während Fräulein Siebert wartete, ob er noch eine Frage stellen würde, auf die zu antworten sie bereit war.

»Informiert Manschreck die Eltern des Opfers allein?«

»Eine Beamtin der WKP begleitet ihn.«

»Verstehe.«

»Wenn Sie das meinen«, sagte Fräulein Siebert sehr norddeutsch.

»Handelt es sich bei der WKP-Beamtin zufällig um das Fräulein Zeisig?«

»Auf Wiederhören, Herr Seitz.«

»Haben Sie eine Idee, wann Manschreck wieder im Präsidium sein wird?«

»Ganz und gar nicht.«

»Ich erlaube mir, später noch mal anzurufen.«

»Sicher.«

Fräulein Siebert legte auf. Mit dem Kugelschreiber drückte Ludwig Maria auf die Telefongabel. Sofort läutete es wieder.

»Herr Seitz?«

»Ja?«

»Zentrale hier. Eine Dame hat eben versucht, Sie zu erreichen.«

Es war vermutlich eine Anfängerin, die ihm eine konkretere Auskunft schuldig blieb. Es machte ihn rasend.
»Hat die Dame auch einen Namen genannt?«
Statt einer Antwort kam ein nervöses Räuspern.
»Haben Sie die Dame nach ihrem Namen gefragt?«
»Sie hat englisch gesprochen.«
Verdammt.
»Carol Jackson? Hat sie sich so gemeldet?«
»Ich weiß nicht. Es tut mir leid. Ich habe nichts verstanden.«
Ludwig Maria knallte den Hörer auf die Gabel und blätterte in seinem Block nach der Nummer des La Paloma.
Miss Jackson hatte um ein Taxi gebeten und das Hotel vor zehn Minuten verlassen, hieß es. Ja, allein. Nein, keine Nachricht für niemanden.
Wahrscheinlich ließ sie sich zu Chet nach Haar bringen. Er hätte sie fahren können. Doch er konnte hier nicht weg.
»*Shit!*«
Ludwig Maria stand auf und stieß seinen Stuhl mit einem Fußtritt zurück. Kaum einer der Kollegen blickte von der Arbeit auf. Kam immer mal vor, dass einer die Nerven verlor. Alles hackte in die Tasten oder telefonierte.
Milla Friedberg vom Feuilleton allerdings sah zu ihm herüber und hob fragend die dunklen Augenbrauen. Es war schon ein Weilchen her, die Sache zwischen ihr und ihm. Manchmal gingen sie nach Redaktionsschluss was trinken. Sie sprachen über Jazz, und sie sagte ihm, welche Filme es anzuschauen lohnte. Zusammen ins Kino gegangen waren sie nur einmal. Aber wenn es eine Frau gäbe, mit der er befreundet sein könnte, dann wäre es Milla. Vielleicht. Freundschaften hatte er sich abgewöhnt, seit Carlos verschwunden war.

Mit einem Schulterzucken gab er Milla zu verstehen, dass kein Grund zur Sorge bestand, und machte sich mit seinem Manuskript auf den Weg zu Gunzmann.

*

Das Mädchen wich in den engen Flur zurück. In der Wohnung greinte ein Säugling.

»Sind Sie allein?«, fragte Elke.

»Sie können mich jetzt nicht mitnehmen. Ich muss beim Bruder bleiben.«

»Bitte«, sagte Hauptkommissar Manschreck freundlich. »Wir würden gern reinkommen, wenn es recht ist.«

Unschlüssig stand das Mädchen im Flur und starrte ihnen entgegen. Es war barfuß. Die Bluse hing über dem Rockbund, und das unfrisierte Haar fiel ihm über die aufgerissenen Augen.

Das Greinen des Säuglings schlug in zittriges Weinen um.

»Gehen Sie nur zu Ihrem Bruder«, sagte Elke, »wir kommen mit.«

Fauliger Geruch quoll ihnen entgegen.

Mit hängenden Schultern wandte das Mädchen sich um, und sie folgten ihm zum Ende des dunklen Flurs, wo das Kind sich inzwischen heiser schrie.

In der Küche kochte zischend ein hoher Topf auf dem Gas über. Vor dem Herd stand ein Eimer mit eingeweichten Windeln. Waschtag.

Elke drehte das Gas klein, öffnete das beschlagene Fenster und kämpfte gegen den Brechreiz an. Sie holte den Zellophanbeutel mit der Bluse aus ihrer Umhängetasche. Der Erkennungsdienst hatte sie ihnen nur widerstrebend für die

Befragung der Eltern eines ermordeten Mädchens überlassen – das sie nun lebend angetroffen hatten.

Elke trat zurück in den Flur.

Bis jetzt dachte Monika Seefeld, dass sie gekommen waren, um sie zu holen, weil sie am Morgen den Termin bei der WKP versäumt hatte.

»Ich muss ins Heim, oder?«, hörte Elke sie mit gepresster Stimme fragen. »Dann hat er es endlich geschafft.«

»Wer, er?«, fragte Manschreck, während Elke das Zimmer betrat. Das Elternschlafzimmer.

»Der Stiefvater«, sagte Monika. »Er will mich loswerden.«

Hellblaue Gardinen flappten im Zugwind zu dem wuchtigen Bett hinüber, auf dem sie den kleinen Buben wickelte.

Manschreck hatte den Hut abgenommen. Sein kurz geschorener Hinterkopf spiegelte sich in der Glasscheibe der Kleiderschranktür, hinter die Stoff gespannt war. Ebenfalls hellblau, passend zu den Gardinen.

Abgesehen von der schmutzigen Windel, die in einer Emailleschüssel neben Monikas Füßen am Boden vor sich hin roch, war alles blütenrein.

»Wir sind wegen etwas anderem hier«, sagte Manschreck. Er sah zu Elke hinüber. Sie hielt den Zellophanbeutel hoch, sodass das Kleidungsstück mit dem Namensschild gut zu erkennen war.

»Diese Bluse, Monika. Ist das Ihre?«

Noch immer über das Bett gebeugt, wandte Monika Seefeld den Kopf. Das Baby griff nach ihren karamellfarbenen Haaren.

Als sie hochfuhr, blieben feenfeine Strähnen in den kleinen Fäusten zurück. Ihr schossen Tränen in die Augen.

»Was ist mit Regine?«, fragte sie hoher Stimme.

»Regine ist Ihre Freundin?«

»Warum haben Sie die Bluse? Ich hab sie ihr gestern geliehen.«

»Besitzen Sie vielleicht ein Foto von Regine, Monika?«

Sie nickte stumm.

Auf dem groß geblümten Bettüberwurf strampelte das Baby wie ein kleiner aufgebrachter Käfer. Als es zu weinen begann, wandte Monika sich ruckartig von ihm ab und zog die Nase hoch.

»Ich hol's.« Sie fuhr sich mit den Händen durchs Gesicht und ging an ihnen vorbei aus dem Zimmer.

»Kann man es ihr sagen, wenn sie hier allein ist?«

Manschreck fächelte sich mit dem Hut Luft zu und blickte über den weinenden Säugling hinweg zum Fenster. Vermutlich hätte er gern geraucht.

Elke trat ans Bett und hob das Kind von dem Handtuch, das zum Schutz des kunstseidenen Überwurfs auf dem Bett ausgebreitet war.

»Wir können nicht gehen, ohne es ihr zu sagen.«

Manschreck beobachtete sie, wie sie den Säugling an ihre Schulter legte und seinen kahlen Kopf hielt, wie sie vor dem Bett auf und ab lief.

Elke wollte anfügen, dass sie bei dem Mädchen bleiben würde, solange es nötig war, doch da kam Monika zurück, auf eine Fotografie starrend, die sie in ihren Händen hielt.

»Das war Ostern«, sagte sie.

»Darf ich es mir ansehen?«

Monika reichte Manschreck das Schwarz-Weiß-Bild. Während Elke neben ihn trat, fielen dem Kind an ihrer Schulter die Augen zu.

Monika und Regine. Arm in Arm, Wange an Wange mit

ihren Pferdeschwanzfrisuren. Die weiten, gemusterten Röcke, unter denen sie die Beine angezogen hatten, in zwei ineinanderfließenden Kreisen um sich ausgebreitet, auf einer karierten Decke im Gras, lachend.

»Es ist was Schlimmes passiert, oder?«

Elke wechselte einen Blick mit Manschreck.

»Wo ist Ihre Mutter?«, fragte sie.

»Beim Arzt, mit der Großen.«

Die Große war, wie Elke aus der Akte Seefeld wusste, gerade vier. Das erste Kind mit dem Mann, den die Mutter geheiratet und der sich geweigert hatte, ihre Erstgeborene zu adoptieren, weil sie unehelich war.

»Regine ist tot, Monika.«

Sie schlug sich. Stumm, mit leerem Gesicht.

Hart rechts, hart links, wie nicht anders verdient. Zack, auf den Kopf, und damit auch was hängen bleibt, zack, gleich noch mal.

Noch bevor Elke das Baby ablegen konnte, trat Manschreck zu Monika. Er griff nach ihren Händen und hielt sie, als sie zu schreien begann.

*

Später, in der Küche, rauchte Manschreck am Fenster lehnend gegen die Gerüche an und überließ es der jungen Kollegin, sich Notizen zu machen, was sie, wie er beobachten konnte, sehr gründlich tat und ohne es dem Mädchen gegenüber an Empathie fehlen zu lassen.

In dieser Hinsicht vertraute er ihr bereits.

Es war jetzt fast ein Jahr her, dass er begonnen hatte, Einsicht in ihre Protokolle zu nehmen, wenn es sich ergab.

Er wusste, dass Fräulein Zeisig gründlich war. Dass sie auf Details achtete. Dass sie nach Dingen zu fragen in der Lage war, deren Bedeutung sich nicht unbedingt auf den ersten Blick erschloss.

Fräulein Zeisig war gewissenhaft auf der Suche nach der Wahrheit.

Ob sie Erfahrung damit hatte, wie schmerzhaft es sein konnte, auf eine Wahrheit zu treffen, nach der man nie gesucht hatte?

Schwer zu sagen. Er kannte sie kaum.

Monika berichtete stockend, während die Windeln weiter auf dem Gas kochten und der kleine Halbbruder auf der Blumenwiese des Ehebetts eingeschlafen war. Starr vor Grauen suchte das Mädchen etwas von der nutzlosen Schuld abzutragen, die sie von nun an mit sich herumschleppen würde.

Wie lange hatte Monika Regine bearbeiten müssen, damit sie endlich mal mitkam, abends nach Schwabing. Dahin, wo die Musik war, wo es Modegeschäfte anzuschauen gab, dermaßen lässige Leute in den Cafés, Bars und Eisdielen.

Wie sehr hatte sie sich gefreut, als Regine Ja sagte, gestern, als es schon so heiß war wie im August, ihre beste Freundin, die Bessere von ihnen beiden, die Gute.

Nein, Monika war nie, fast nie neidisch auf sie gewesen, schließlich waren sie Blutsschwestern, auch wenn diese Verwandtschaft nur mit dem Stich einer Stecknadel in die Fingerkuppen zustande gekommen war, weil ihnen der Mut zum Schnitt mit dem Messer gefehlt hatte.

Dass Regine gestern nicht hatte lügen müssen – da ihre Mutter zur schwangeren Schwester nach Rosenheim gefahren war und der Vater zur Nachtschicht bei BMW –, das hatte die Sache wohl entschieden.

Mit der ganzen Obergiesinger Clique waren sie losgezogen, mit Monikas Clique. Die hatten Augen gemacht, wen sie da mitbrachte!

Regine, lässig wie nie, in ihrer neuen gelben Hose, zu der Monikas Bluse so gut passte wie sonst nichts, was sie selbst besaß.

Sie hatten im Gehen Eis gegessen, weil es keine freien Plätze zum Sitzen gab, und im Grunde war es viel schöner so. Sie waren die Leopoldstraße bis zum Siegestor gelaufen und wieder zurück, fast bis zur Münchner Freiheit. Die Jungs hatten ein paar Flaschen Augustiner gekauft, irgendwo. Obwohl Bier eigentlich ihnen beiden nicht schmeckte, teilten die Freundinnen eine Flasche.

Sie hatten so viel gelacht.

Doch dann hatten sie einander aus den Augen verloren, alle eigentlich, als sie in diese gigantische Keilerei gerieten. Ein Wahnsinn war das. Die Obergiesinger Jungs verschwanden gleich ganz, waren nicht mehr zu sehen. Für die war das eine Riesengaudi. Monika hatte von einer Häuserwand aus, wo, konnte sie nicht sagen, noch eine Weile nach Regine Ausschau gehalten. Vergeblich, unmöglich, nichts zu machen, und außerdem war da überall Polizei. Das konnte sie nicht riskieren.

Unglücklich blickte das Mädchen von Fräulein Zeisig zu Manschreck und starrte dann auf den steinernen Küchenboden, derweil sie mit dem rechten nackten Fuß den linken rieb.

Monika war irgendwann, wann, konnte sie nicht sagen, zwischen all den vielen umherrennenden Leuten auf Carola, eines der anderen Giesinger Mädchen, getroffen. Zusammen hatten sie sich auf den Heimweg gemacht.

Zu Hause war sie um fast halb eins, das wusste sie wegen der Wanduhr in der Küche, wo die Mutter mit Sabine auf dem Schoß saß, die wegen ihrer Ohrenschmerzen heulte, und sie ruhig zu halten versuchte, damit der Stiefvater und der kleine Bruder nicht aufwachten. Das hätte Ärger gegeben.

Die Mutter war todmüde und heilfroh gewesen, dass Monika die kleine Schwester mit zu sich ins Bett genommen hatte. So war sie der Keiferei und den Ohrfeigen entkommen, die bei Gelegenheiten wie diesen zuverlässig auf sie warteten.

Hatte sie sich Sorgen um Regine gemacht?

Nein.

Ein wenig vielleicht, anfangs, aber nein. Regine war so vernünftig. Regine war noch nie in irgendeine Lage geraten. Regine wusste immer, was sie wollte, und das waren Dinge, gegen die ihre Eltern nichts hatten.

Regine wollte Friseurin werden, anders als Monika, die das schon recht schnell nicht mehr wollte, weil der Chef, dieser Anschleicher, ihr gern nahe gekommen war. Regine hatte ihr das geglaubt, sonst keiner.

Fräulein Zeisig notierte den Namen des Mannes, auch wenn Monika sich beeilte zu sagen, dass ihre Freundin bei dem nicht in der Lehre war. Regine hatte eine ganz nette Chefin. Bei Regine war immer alles gut ausgegangen. Deshalb hatte Monika auch geglaubt, dass es so kommen würde, die Sache mit dem eigenen Salon, der ihnen beiden gehören würde.

Sie unterbrach sich, als sie ihre Mutter hörte, die mit der jammernden Halbschwester die Wohnung betrat, und lief zu ihr in den Flur.

Gereizt von der Hitze, die ihr das toupierte Haar über dem schweißnassen Gesicht hatte zusammensinken lassen wie ein verunglücktes Soufflé, wies die Mutter ihre Älteste an, Zwiebeln für einen Ohrenwickel zu schneiden, was zu nichts als Geschrei führen würde, das wusste sie jetzt schon, und Kamillentee sollte die Sabine trinken und ins Bett musste sie, und wenn es in zwei Tagen nicht besser wurde, konnte sie noch mal mit der Sabine zum Doktor rennen, und warum der nicht gleich was verschrieben hatte, wusste der Himmel.

Erst nachdem sie alles, was ihr die Laune verdarb, losgeworden war, bemerkte sie die Kriminalbeamten, die aus der Küche traten.

Monika machte einen Schritt auf ihre Mutter zu, die nichts tat, außer die Hand ihrer Jüngeren loszulassen.

»Regine ist tot, Mami.«

Schweigend starrte die Mutter an Monika vorbei, heftete ihren Blick auf Manschreck.

»Hat sie was damit zu tun?«

Sabine sah zu ihrer Schwester herüber und hielt sich die Ohren zu.

»Regine war Monikas beste Freundin«, sagte Elke. »Deshalb haben wir Fragen an Ihre Tochter.«

Manschreck hörte die unterdrückte Wut in ihrer Stimme. Sie bestellten Monika für den nächsten Tag auf das Präsidium. Die Mutter ließ nicht erkennen, ob sie wusste, dass ihre Älteste am Morgen einen Termin bei der WKP verpasst hatte.

Sie machten sich auf den Weg zur Familie des ermordeten Mädchens, die nur einige Häuser weiter wohnte.

Um den schwarzen BMW, der sich in der Mittagssonne mit Hitze auflud, hatten sich Kinder gesammelt. Sie strichen mit den Händen über die geschwungenen Kotflügel wie über den Rücken eines großen Tieres. Die Mutigeren stiegen auf die Trittbretter und drückten sich die Nasen an den Scheiben platt. In der schmalen Straße der Feldmüllersiedlung, einer Ansammlung eng stehender Herbergshäuser aus dem vergangenen Jahrhundert, wirkte das Polizeiauto monströs.

Krakeelend stoben die Kinder auseinander, als Manschreck und Elke Zeisig auf die staubige Gasse traten.

Sie ließen den Wagen stehen und gingen zu Fuß. Im geschlossenen Fond begann sich knackend das Funkgerät zu äußern und verlangte ungehört nach dem Hauptkommissar. Manschreck indessen dachte bei sich, dass Regines Vater nur noch wenige Momente blieben, zu glauben, dass sich seine Tochter bei der Arbeit im Salon Helga und in Sicherheit befand.

*

Ludwig Maria zog die Fotos der vergangenen Nacht zu sich heran. Asche fiel von seiner Zigarette auf den Block, wo er sich die Beschreibung des Mädchens notiert hatte.

»Ist es der gleiche Täter?«

Er lauschte in den Hörer. Wenn Manschreck ein Mordfall an die Nieren ging, und das traf immer dann zu, wenn Kinder die Opfer waren, konnte er die Fragen von Reportern schlecht ertragen. Zudem war er gerade erst aus der Gerichtsmedizin zurückgekommen, wo die Eltern von Regine Weber ihre Tochter identifiziert hatten. Der Vater hatte es seiner Frau ersparen wollen, doch sie wollte ihr Kind sehen, mit eigenen Augen.

Ende einer geraubten Nacht. Eltern sahen Teenager-Tochter im Leichenhaus wieder, notierte Ludwig Maria.

»Nein«, hörte er Manschreck sagen. »Wir haben jetzt den Obduktionsbericht der kleinen Bartl. Das Kind hatte einen angeborenen Herzfehler.«

»Was bedeutet?«

Manschreck räusperte sich die Lunge frei.

»So, wie es aussieht, ist die Kleine einen plötzlichen Herztod gestorben, und zwar an der Isar. Das sagt uns die Analyse des Wassers, das in ihrer Lunge gefunden wurde.«

»An der Isar? Wie ist das Kind da hingekommen und mit wem? Für mich hört sich das nicht so an, als könnte man ein Verbrechen ausschließen. Warum hat ihr Herz ausgesetzt? Weil jemand sie zu Tode erschreckt hat?«

»Das Kind ist transportiert worden, das ist so ziemlich das Einzige, was feststeht.«

Ludwig Maria blieb stumm. Er starrte auf das Foto, nach dem er gesucht hatte.

Da war sie. Das tanzende Mädchen. Blonder Pferdeschwanz, weiße Bluse. Nur das leuchtende Gelb ihrer Hose sah man auf dem Schwarz-Weiß-Foto nicht. Aber er erinnerte sich deutlich daran. Er fluchte, als die Glut der heruntergebrannten Zigarette auf seine Finger traf.

»Seitz?«

»Ich habe sie fotografiert.« Hastig wurde Ludwig Maria den Zigarettenstummel los. »Das ermordete Mädchen. Regine Weber. Letzte Nacht auf der Leopoldstraße. Ich habe das Foto vor mir.«

»Ich lasse es abholen.«

»Ich bringe es Ihnen.«

»Bringen Sie mir das Negativ, dann können wir es vergrößern.«

»Ich mache das«, sagte Ludwig Maria. »Ich hole raus, was rauszuholen ist.«

Er nahm den Hörer vom Ohr, als der Hauptkommissar in die Ohrmuschel hustete.

»Noch eine Frage, Manschreck. Geht Ihnen das WKP-Fräulein Zeisig in diesem Fall auch wieder zur Hand?«

»Aus welchem Grund interessiert Sie das denn so brennend?«

»Es scheint mir recht ungewöhnlich.«

»Halten Sie Fräulein Zeisig aus Ihrer Berichterstattung heraus, Seitz«, sagte Manschreck. »Sie tun ihr keinen Gefallen damit.«

»Wie meinen Sie das?«

»Die WKP ist eine Abteilung mit fest umrissenen Zuständigkeiten und insgesamt fünf Beamtinnen.«

»Die Chefin, Frau Warneck, mit eingeschlossen?«

»Bringen Sie mir das Foto, Seitz«, sagte Manschreck und legte auf.

Als Ludwig Maria den Abzug vom Tisch nahm, sprang ihm der hingeschmierte Entwurf seiner Schlagzeile entgegen.

Er strich den Teil mit der Teenager-Tochter im Leichenhaus. Er konnte das so nicht bringen. Es kam ihm vor, als hätte er das Mädchen persönlich gekannt.

*

Elke schloss die Haustür auf und schob ihr Rad durch die kühle Toreinfahrt in den Hinterhof. Blühende Holunderbüsche verströmten ihren Duft über dem windschiefen Wellblechverschlag, wo sie ihr Rad neben die anderen zwängte. Auf den Küchenbalkonen hing Wäsche zum Trocknen. Aus den offen stehenden Fenstern der alten Sendlinger Mietshäuser kamen die Stimmen seiner Bewohner und Radiomusik.

Freitagabend. Die Leute freuten sich auf ein sommerliches Wochenende. Auf der Mauer zwischen den Höfen begrüßte eine Amsel inbrünstig den Abend.

Während Elke ihre Ledertasche vom Gepäckträger nahm und zum Treppenaufgang des Vorderhauses ging, sah sie wieder die nackten Füße der beiden toten Mädchen vor sich.

Es konnte Zufall sein, dass sie beide barfuß gewesen waren, Johanna und Regine, das Kind und die junge Frau, an einem so warmen Tag, in der vergangenen warmen Nacht. Die Schuhe beider Mädchen waren nicht gefunden worden. Alles in Elke sträubte sich dagegen, an einen Zufall zu glauben, trotz der Erkenntnisse, die sich nach Leichenöffnung von Johanna Bartl ergeben hatten.

Elke hatte es nicht gewagt, die verschwundenen Schuhe bei Hauptkommissar Manschreck anzusprechen, nachdem er es offenbar nicht für erwähnenswert hielt. Möglicherweise sprach er seine Vermutungen nicht aus, ihr gegenüber. Vielleicht wollte er sie auf Abstand halten, damit sie nicht auf falsche Ideen kam, sich etwas einbildete, was sie nicht sollte.

Die Warneck hatte sie gewarnt.

Sie werden nicht ermitteln. Erwarten Sie sich das nicht.

Die Chefin wollte sie vor einer Enttäuschung schützen. Mit ihren Erfahrungen wusste sie die Realität einzuschätzen.

Aber Dinge änderten sich.

Johannas Mutter hatte nichts von einer Herzerkrankung ihres Kindes erwähnt. Im Bericht der Rechtsmedizin hieß es, dass der bei Johanna festgestellte Herzkammerscheidewand-Defekt im Kindesalter oft unbemerkt blieb. Sie würden sie dazu befragen müssen.

Langsam stieg Elke die Treppen hinauf. Oben wartete Volker, und sie war hundemüde, zu erschöpft für eine Auseinandersetzung mit ihrem Bruder, die jetzt kommen würde.

Im Hausflur roch es nach kochendem Rhabarberkompott. Bei der Mauser im Kühlschrank hatte sie noch einen Becher Quark, den sie mit Zucker essen würde. Das musste reichen.

Der Tag hatte ihr keine Zeit gelassen, einen Plan zu fassen. Sie wollte klug vorgehen, nicht so hitzig wie am Morgen, als sie überrollt worden war von der Sache mit Volker, der die Nacht in einer überfüllten Arrestzelle des Präsidiums verbracht hatte.

Als sie am Morgen mit Manschreck das Abbruchgelände verlassen hatte, um ihn zu den Eltern des ermordeten Mädchen zu begleiten, blieb er zu ihrer großen Erleichterung gelassen, während sie ihm beichtete, dass ihr Bruder in der Funkstreife saß und dass sie ihn aus bestimmten Gründen persönlich bei ihrer Mitbewohnerin abliefern musste. Bei Theres, mit der sie noch vom Präsidium aus telefoniert hatte.

Manschreck ordnete an, die Streife solle den Bruder des Fräulein Zeisig nach Sendling fahren, und Elke hatte hastig je eine Nachricht an die Mauser und Theres geschrieben und sie dem Beamten mitgegeben.

Volker schlief. Auf der Rückbank zur Seite gesunken, rührte er sie, weil es ihn für den Moment wehrlos machte, als über ihn entschieden wurde.

Servus Zeiserl!
Den Volker hab ich mitgenommen zur Arbeit.
Er hat mich so drum gebeten, und ich konnte nicht länger warten. Er kann mir im Café helfen und sich ein bissel ein Trinkgeld verdienen. Ich pass auf ihn auf, mach dir keine Sorgen, bloß nicht.
Theres

Elke starrte auf den Bogen Briefpapier, der mitten in ihrem Zimmer auf dem abgewetzten Orientteppich lag.

Lieb Schwesterlein, magst ruhig sein. (sic!) Ich benehme mich! Volker

Unter der runden Kinderschrift von Theres drängten sich die steilen Druckbuchstaben ihres Bruders in Schräglage, als bekämen sie Wind von der Seite.

Im ersten Moment war sie fast froh, so sehr sehnte sie sich nach Ruhe. Sie ließ sich auf ihr Bett fallen. Man konnte es in einen Schrank klappen, was sie jedoch noch nie getan hatte.

Da sie es versäumt hatte, ihre Zimmertür zu schließen, hörte sie Frau Mauser in ihrem Hausmantel, den sie allabendlich nach den Zwanzig-Uhr-Nachrichten anlegte, über den Flur knistern.

Es ging nicht anders. Sie musste wissen, ob Volker zu Hause angerufen hatte.

Friederike Mauser verkniff es sich nachzuhaken, ob Elke vorhatte, ein Bad zu nehmen, was nur sonnabends gestattet war, oder ob sie zu duschen gedachte, was sie nur bis zwanzig Uhr erlaubte. Mit verschränkten Armen taxierte sie ihre

Untermieterin, die ein Badetuch über die Schulter geworfen hatte und sie wie die Augenzeugin eines Kapitalverbrechens befragte.

Elke vermutete, dass es ihr nicht schlecht gefiel. Die Hoffnungen der Mauser auf kriminalistische Berichte hatte sie bislang bitter enttäuscht.

»Mein Bruder hat also mit seiner – unserer – Mutter telefoniert?«

»Er sagte jedenfalls, dass er dies vorhabe, als er mich bat, das Telefon benutzen zu dürfen«, antwortete die Mauser gespreizt.

»Sie haben nicht zufällig gehört, was er zu ihr gesagt hat?«

»Glauben Sie etwa, ich lausche?«

»Natürlich nicht«, versicherte Elke. Offensichtlich glaubwürdig genug, denn die Mauser kam ins Reden. Was sie von dem Gespräch, das ihr nur bruchstückhaft zu Gehör gekommen war, wiedergeben konnte, klang beruhigend.

Volker schien sich an das Abgesprochene gehalten zu haben.

Entschuldigung vieltausend Mal wegen des unerlaubten Entfernens, natürlich wollte er am Abend längst zurück sein, aber dann hat er mit einem Münchner Freund die Zeit vergessen, im Englischen Garten, und dann war es Abend in Schwabing, wo man hingeht als junger Mensch, und als es plötzlich recht wild zugegangen ist, vielleicht hatte sie im Radio davon gehört, und dann ging nix mehr, keine Tram, und die letzte Isartalbahn war sowieso schon längst fort, und dann sind sie lieber schnell weg da, von der Gefahrenstelle an der Leopoldstraße zum Freund nach Hause, der heißt Fred und den kennt sie nicht, den hat er mal bei der Heuernte in Ammerfelden getroffen, er studiert schon, nämlich Jura und hat kein Telefon, und er konnte keinen Menschen anrufen, nicht mal Elke, von der er sich erhofft hatte, dass sie es richtet für ihn bei der Mutti, aber aus pädagogischen Gründen hat sie drauf bestanden, dass er es selbst macht.

Es tue ihm so leid, so leid, so leid.

So weit, so gut.

»Und dann hat er, wenn ich es richtig verstanden habe, Ihrer Mutter gesagt, dass Sie, Fräulein Zeisig, Ihren Bruder eigentlich heute Abend hatten sicher nach Hause begleiten wollen, aber ein wichtiger Fall, über den er nicht sprechen dürfe, hielte Sie jetzt doch davon ab. Sie kämen dann morgen.«

Elke sah über den lauernden Blick ihrer vor Neugierde berstenden Vermieterin hinweg und dankte ihr.

Während sie eine kalte Dusche nahm, träumte sie wütend vom Schwimmen im See mit seinen eiskalten Untiefen, so, wie es früher gewesen war. Wie sie sich anschließend auf dem von der Sonne gewärmten Holzsteg hatte trocknen lassen, derweil das Wasser unter ihr glucksend an die Pfähle schwappte. Manchmal hatte sie sich dann vorgestellt, am Meer zu liegen, das sie noch nie gesehen hatte, und wenn sie die Augen öffnete und sich auf die Seite drehte, waren da die Berge mit den immer beschneiten Gipfeln, und nichts konnte schöner sein.

Es gehörte zu den unbestreitbar guten Erinnerungen an ihre Kindheit.

In das feuchte Badetuch gewickelt, blickte Elke von ihrem Bett aus in den sich langsam verdunkelnden Himmel. Sie kämpfte gegen die Müdigkeit, die sie in den Schlaf zu locken versuchte.

Sie musste Volker aus diesem Café in Schwabing holen. Ihr Bruder war minderjährig und brannte offensichtlich seit Neuestem darauf (seit gestern?), sich in Schwierigkeiten zu bringen.

Ärgerlicherweise war es ihre Pflicht, ihn davon abzuhalten.

Lustlos setzte Elke sich auf und sah Volkers Rucksack neben dem Kleiderschrank stehen. Immerhin schien er vorzuhaben, irgendwann hierher zurückzukommen.

Das Foto. Sie hatte es ganz vergessen.

Sie zog es aus dem Rucksack und schaltete das Licht ein.

Der uniformierte Polizist, der ihren Bruder an der Schläfe traf, wirkte beim Einsatz des Schlagstocks entschlossen. Er war Linkshänder. Mit der Rechten hielt er Volker am Hemdsärmel fest.

Die aufgerissenen Augen ihres Bruders, seine Fassungslosigkeit zu sehen, versetzte Elke einen schmerzhaften Stich.

Der Hintergrund gefüllt mit Menschen, junge Männer und Frauen, alle in Bewegung. Es wurde auf Fingern gepfiffen, geschrien, gedrängt, gerannt.

Wahllos griff Elke in den Kleiderschrank.

Sie musste los, sofort.

Sie bückte sich, um das Foto zurück in den Rucksack zu stecken, als sie das Mädchen am linken Bildrand entdeckte. Schräg hinter dem Polizisten, mitten unter den Leuten, den Kopf drehend zu etwas, das woanders geschah, mit fliegendem Pferdeschwanz.

Es war Regine Weber.

Die zweite Nacht

Im Vergleich zu Micky war der kleine Zeisig natürlich kein Mann – aber er sah wirklich gut aus.

Theres bediente die Espressomaschine, füllte nebenbei ein Tablett mit kalten Getränken und beobachtete Volker, wie er konzentriert die Schallplatten durchsah.

Es hatte sich einiges getan, seit sie ihn irgendwann im vergangenen Jahr zuletzt gesehen hatte. Der kleine Bruder war gewachsen und zeigte Muskulatur, das war ihr nicht entgangen. Als Erstes hatte sie ihn unter die Dusche geschickt, nachdem er von der Polizei abgeliefert worden war.

Er hatte gestunken wie ein Waldesel.

Kein Wunder nach der Nacht. In eine Zelle gepfercht wie Vieh, mit so vielen anderen, die sie in Schwabing festgenommen hatten. So eng hatten die gestanden, dass sie weder sitzen noch umfallen konnten. Nicht wenige verletzt, blutend, wie Volker. Theres hatte kaum glauben können, was er ihr erzählte – aber sie glaubte ihm jedes Wort. Sie selbst hatte letzte Nacht auch so einiges gesehen, das ihr noch in den Knochen saß und worüber sie lieber nicht nachdenken wollte.

Sie hatte seine Wunde gereinigt und den dreckigen Kopfverband durch ein Pflaster ersetzt. Die dunklen Locken bedeckten es nahezu vollständig, denn der kleine Zeisig trug sein Haar nicht gerade kurz. Er warf es mit einer ruckartigen Bewegung des Kopfes zurück, wenn es ihm über die

Stirn in die Augen kam. Theres gefiel das. Aber er war nun mal fast noch ein Kind.

Theres klemmte ein paar Bierdeckel zwischen die Gläser und legte Zuckertütchen zu den Espressotassen, die sie von der Maschine nahm.

Sie hatte ihm ein Hemd von Micky zur Verfügung gestellt, nur geliehen. Es war ein kostbar gehüteter Schatz, dieses weiße Hemd. Eine Erinnerung an eine Nacht der Nächte mit Micky.

Aus Filmen hatte Theres gelernt, dass Frauen die Hemden der Männer überwarfen, wenn sie nach dem Sex das Bett verließen.

Sie hatte immer Lust auf Sex mit Micky, aber das überspielte sie, so gut es ging. Er bestimmte, wann es passierte. Das letzte Mal war schon viel zu lange her. Wenigstens hatte sie das Hemd behalten.

Isn't she pretty. Volker ließ die Temptations singen. Er stand mit dem Rücken zu ihr in Mickys Hemd, das ihm zu groß war, rollte die Ärmel hoch und zog die nächste Platte heraus. Die Jungs hatten über Musik palavert, der Große und der Kleine. Wie sie die Köpfe über den Platten zusammensteckten, das hatte Theres richtig bewegt.

Lächelnd nahm sie das Tablett und stöckelte nach draußen.

Here she comes now.
Just the walk.

Auf der Leopoldstraße war noch mehr los als gestern um diese Zeit. Es war gesteckt voll.

Die Leute saßen und standen beieinander, waren aufgekratzt, laut, eiferten sich. Es schien nur ein Thema zu geben. Die Münchner Polizei. Brutal wie in schwärzesten Zeiten.

Jeder Stuhl an dem Dutzend Tische, die sie draußen hatten, war besetzt. Kein Mensch wollte drinnen sitzen.

Aus den Lautsprechern trommelten die Twistin' Kings ihren *Congo Twist* auf das übervolle Trottoir.

Gäste schnippten mit den Fingern im Takt. Mädchen machten Hüftschwünge und warfen den Kopf in den Nacken.

So sollte es sein. Mehr von der guten Stimmung, bitte schön.

In Schwabing war die Stimmung doch letztlich immer gut.

Theres nahm neue Bestellungen auf und sammelte leere Gläser ein. Heute musste sie gleich abkassieren, hatte Micky gesagt. Wer wusste schon, was noch passierte.

Alle warteten, so kam es ihr vor.

Theres wartete auf Micky.

»Ich geh mal die Lage peilen«, hatte er gesagt. »Hab so ein Gefühl.«

Es wurde schon dunkel. Theres warf einen Blick in den Himmel und ging zurück ins Café. Dass es ein paar Sterne zu sehen gab, war vielleicht ein gutes Zeichen. Sie glaubte gern an solche Dinge. Sie machten das Leben geheimnisvoller, so als hielte es noch ein paar Wunder bereit.

*

Das Polizeipräsidium befand sich in Alarmbereitschaft.

Der Bürgermeister hatte wissen lassen, dass er sich im Fall erneuter Krawalle persönlich ein Bild von der Lage in Schwabing machen und zur Deeskalation beitragen wolle. Man stand in ständiger Verbindung mit dem Rathaus.

Der Polizeipräsident hielt die Idee des an Jahren und Erfahrungen noch jungen Stadtoberhauptes, durch seine Präsenz und Reden begütigend auf die Randalierer einwirken zu wollen, für lachhaft. Aber er konnte ihn schlecht davon abhalten.

Er hatte bereits eine größtmögliche Stärke an Stadtpolizeibeamten, Kriminalpolizisten und einer Reserve der Bayerischen Bereitschaftspolizei zusammenziehen lassen. Sechzig Einsatzfahrzeuge und die berittene Schutzmannschaft warteten auf ihren Marschbefehl. Lautsprecher-, Gefangenen- und Kommandowagen standen bereit, um mit allem Nachdruck vorgehen zu können.

Während der Kripo-Chef das Präsidium verließ, um den beunruhigten Bürgermeister nach Schwabing zu begleiten, saß Manschreck oben in seinem Büro Ludwig Maria Seitz gegenüber. Abzüge und grobkörnige Vergrößerungen der Fotos von der gestrigen Nacht bedeckten den gesamten Schreibtisch.

Manschreck ließ sich von Seitz Feuer geben. Beide sogen schweigend an ihren Zigaretten und starrten auf Regine Weber. Die Schuhe, die sie in ihren Händen hielt, waren immer noch nicht gefunden worden, und der verschwommene Hintergrund des Fotos hatte keine Antwort für sie parat.

Murnau und die anderen Kollegen der Mordkommission hatten auf allen Bildern die Gesichter unter die Lupe genommen, doch da war niemand, den sie als einen ihrer Kandidaten aus der Kartei hätten erkennen können. Es gab nichts zu sehen, was ihnen weiterhalf.

Vielleicht kam von der Sitte noch etwas, an die sie die Fotos weitergegeben hatten, doch im Grunde rechnete Manschreck nicht damit.

Regine Weber war noch unberührt gewesen. Unter ihren Fingernägeln hatte man Spuren eines schwarzen Kunststoffs gefunden, dessen Analyse noch ausstand.

»Sollten wir nicht einen Aufruf bringen?«, hörte er Seitz fragen. »Ob jemand das Mädchen nach Ausbruch der Tumulte in Begleitung gesehen hat? Ob ihre Schuhe gefunden wurden? Könnte doch Aufschluss darüber geben, wo das Mädchen auf seinen Mörder getroffen ist.«

»Wollen Sie nicht vor allem Ihr Foto veröffentlichen, Seitz?«

»Es ist zweifellos eins meiner besseren.«

»Es würde einen Zusammenhang zu den Unruhen herstellen.«

»Vielleicht gibt es einen.«

Hustend zog Manschreck das Foto zu sich heran.

»Das wäre fatal.«

»Das Mädchen ist in unmittelbarer Umgebung des Krawalls umgebracht worden. An der Tatsache kommen Sie nicht vorbei, Manschreck. Es sei denn ...«

»Was?«

»Die Frage ist doch, ob es einen Zusammenhang mit dem Tod der Kleinen in Sendling gibt.«

Manschreck schüttelte den Kopf. »Nein.«

Er dachte an die Hämatome unter den Achseln und an den Fußgelenken des kleinen Mädchens, von denen der Rechtsmediziner sagte, sie seien post mortem entstanden. Sogenannte Tragegriffe.

»Also gut, veröffentlichen Sie das Foto«, sagte er. »Es waren gestern eine Menge Leute in Schwabing unterwegs. Vielleicht bekommen wir Hinweise auf jemanden, der mit Regine Weber gesehen wurde, nachdem sie nicht mehr mit ihren Freunden zusammen war.«

Seitz stand auf.

»Wenn ich Ihr Telefon benutzen dürfte …«

Nachdem Seitz mit der Redaktion telefoniert und sich verabschiedet hatte, öffnete Manschreck die Akte der kleinen Bartl und legte sie neben die von Regine Weber. Auch wenn seine Erfahrung ihm sagte, dass die Fälle nicht zusammenhingen, sie mussten es in Erwägung ziehen.

Manschreck stand auf und streckte seine steifen Knochen. Von draußen war Hufgeklapper zu hören. Eine kleine Einheit der Reiterstaffel zog auf der Straße am Präsidium vorbei.

Er wandte sich vom Fenster ab.

Schon nach zweiundzwanzig Uhr. Besser, er bliebe die ganze Nacht.

Morgen würde er zu Hause sein. Bei Marie.

*

Der Kerl, bei dem es sich um diesen Micky handeln musste, stand in der Tür wie ein Schrank. Drinnen gab sich Theres geschäftig, ohne den Blick zu heben.

Wütend wischte Elke sich den Schweiß von Stirn und Schläfen. Es kam ihr recht, dass sie schreien musste, um gegen das Johlen der Menschenmenge anzukommen, durch die sie sich bis zum Café hatte kämpfen müssen.

»Seit wann ist mein Bruder weg?«

Es mussten Tausende sein, die sich auf der Straße und den Trottoirs drängten.

»Ich bin nicht sein Aufpasser, schätze ich mal.«

Eine Walze von erhitzten Leuten schob Elke näher an den Mann heran, dem sie gern ins Gesicht geschlagen hätte.

»Kann ich mit Theres sprechen, bitte?«
»Die Theres hat zu tun.« Er grinste auf sie herunter. »Du bist also das Fräulein von der Polizei, ja?«
»Bitte, lassen Sie mich mit ihr sprechen. Nur kurz. Ich mache Sie ja gar nicht verantwortlich«, log sie.
»Das wäre ja auch noch schöner.«
Tränen schossen ihr in die Augen, gegen jeden Willen. Sie wandte den Blick ab.
Blaulichter von unzähligen Einsatzwagen zuckten von der Kreuzung aus in den Nachthimmel. Davor hatten Polizisten eine dichte Kette gebildet, von der die Menge im Moment noch Abstand hielt und sich damit begnügte, ihnen ihre Wut entgegenzuschreien.
»Poli-zei-staat!«
»Solltest du nicht besser bei deinen Freunden sein?«
»Ges-ta-po!«
»Die helfen dir bestimmt rasend gern, deinen kleinen Bruder zu suchen.« Seine Stimme war direkt neben ihrem Ohr. »Zeiserl.«
Elke fuhr herum und schlug mit der flachen Hand gegen die Scheibe.
»Theres! Komm her, verflucht!«
Sie sah Theres erschrocken aufblicken, weil hinter ihr Bewegung in die Menge kam. Ob Micky sie stieß oder nach ihr greifen wollte, um sie zu halten – sie hätte es weder jetzt noch später sagen können. Die Woge riss sie mit fort.
Mit allen Reflexen übernahm ihr Körper das Kommando. Sie durfte nicht auf den Grund geraten. Sie durfte nicht fallen.

*

»Scheiße«, sagte Mayr. Der Fotograf der Münchner Zeitung war ein dünner, baumlanger Kerl, was ihm den Vorteil eines weitreichenden Überblicks verschaffte. Deshalb registrierte er vor Ludwig Maria, wie zwei Berittene ihre Pferde auf den Gehsteig trieben, zwischen Menschen, die flohen, zwischen umstürzende Stühle und Tische, von denen Glas und Porzellan zu Boden ging.

Während Mayr die Kamera hochriss, hörte Ludwig Maria Leute in Panik schreien, hörte es splittern und krachen. Erst dann sah er die Tierleiber durch die auseinanderstiebende Menge pflügen.

Fotografierend rannte Mayr auf die Straße, eine zweite Kamera baumelte ihm um den Hals.

»Seitz!«, schrie er. »Da vorn ist der Bürgermeister!«

Ludwig Maria suchte nach einer Möglichkeit, zu Mayr aufzuschließen, als ihm eine junge Frau auffiel, die vor den Hufen eines Pferdes zurückwich und gegen einen umgekippten Tisch stolperte.

Ihr Haar war zerzaust, die helle Hose verschmutzt, ihre Bluse am Ärmel eingerissen.

Er erkannte sie erst auf den zweiten Blick.

Ludwig Maria sah sich zu Mayr um, der auf die andere Straßenseite drängte, die Kamera über den Kopf haltend, als würde er einen reißenden Fluss durchqueren. Mayr würde seinen Job machen, er konnte sich auf ihn verlassen.

Ludwig Maria presste sich an eine Häuserwand und roch den warmen Dunst der Pferde, die in jetzt freier Bahn mit ihren Reitern an ihnen vorbeischritten. An der Kreuzung hatten die Leute begonnen, sich der Polizeikette entgegenzustemmen.

Fräulein Zeisig war nicht mehr zu sehen.

Gegen den Strom zwängte Ludwig Maria sich zwischen den aufgebrachten Leuten hindurch, bis er sie fand.

Sie saß auf dem Boden, da, wo sie gefallen war, hatte die Knie umfasst, die runde Tischplatte im Rücken wie einen nutzlosen Schutzschild.

»Fräulein Zeisig?«

Ludwig Maria ging vor ihr in die Knie. Er fing ihren Blick auf.

»Hallo, Fräulein Zeisig.«

Sie zitterte. Vorsichtig berührte er ihre Hand.

»Ich suche meinen Bruder.« Sie sprach leise, er konnte sie kaum verstehen unter all dem Geschrei, dem ohrenbetäubenden Lärm, der sie umgab.

»Kommen Sie.« Er nahm sie bei den Schultern. »Wir müssen weg von hier.«

Sie ließ sich von ihm hochziehen. Sie ließ es zu, dass er den Arm um ihre Schultern legte und sie dicht an den Häusern entlangführte, bis sie eine Seitenstraße erreichten, die nicht von Flüchtenden überquoll.

Sie machte sich von ihm los und blieb neben einem beleuchteten Hauseingang stehen.

»Danke«, sagte sie. »Das war nett.«

»Das war ausgesprochen ritterlich. Ist sonst gar nicht meine Art.«

Sie sah ihn kurz an, brachte aber kein Lächeln zustande. Sie war zu aufgewühlt, sehr blass um die Nase.

»Geht es Ihnen gut?«

Sie schwieg und trat einen Schritt von ihm zurück.

»Sie haben Angst um Ihren Bruder«, sagte er. »Ist er Ihnen abgehauen, der junge Volker?«

Sie wirkte überrascht, dass er sich den Namen gemerkt hatte. Es überraschte ihn selbst.

Matt deutete sie hinter sich ins Dunkel, Richtung Leopoldstraße, wo schwach das Getöse des Aufruhrs zu hören war. Schreie, Pfiffe, Lautsprecherdurchsagen, verzerrt durch die Entfernung.

»Müssen Sie nicht wieder zurück? Sie könnten etwas Wichtiges verpassen.«

»Und was werden Sie jetzt tun?«

»Ich komme zurecht.«

»Ich begleite Sie bis zur Hohenzollernstraße, und wir sehen, dass wir ein Taxi für Sie kriegen.«

»Nein danke.« Sie schob die Hände in die Hosentaschen und zog die Schultern hoch. »Gehen Sie doch einfach zurück. Danke noch mal und gute Nacht.«

Sie war unschlüssig, wusste nicht, wohin sie sich bewegen sollte, wollte ihn loswerden.

Eine Gruppe von jungen Leuten kam im Laufschritt auf sie zu. Die Jungen hielten ihre Mädchen an den Händen. Ludwig Maria trat neben Elke an die Hauswand, während die Gruppe atemlos an ihnen vorbeilief.

»Das ermordete Mädchen«, begann er.

»Ich werde Ihnen nichts darüber sagen.«

»Ich habe Regine Weber zufällig fotografiert letzte Nacht.«

Sie zog die Hände aus den Taschen und fixierte ihn misstrauisch.

»Weiß Hauptkommissar Manschreck das?«

Ludwig Maria nickte. »Er hat das Foto. Er hat alle.«

»Gut. Ich muss jetzt gehen.«

»Werden Sie weiter mit Manschreck zusammenarbeiten?«

Sie umrundete ihn mit Abstand, als befürchtete sie, er würde sie festhalten.

»Gute Nacht«, wiederholte sie und ließ ihn stehen.

»Wenn ich Ihren Bruder sehe, fange ich ihn ein.«

Er sah ihr nach, wie sie festen Schrittes davonging, und stellte fest, dass es ihm ernst damit war. Das hätte was, wenn es ihm gelänge. Zufällig, so, wie er Regine Weber eingefangen hatte.

*

Der Feuerball flog auf die nächtliche Straße und trudelte dem ersten Pferd der Reiterstaffel vor die Hufe. Im gestreckten Galopp jagte es davon, den hilflosen Vertreter der Ordnungsmacht forttragend, der eben noch von oben herunter mit dem Schlagstock auf alles eingedroschen hatte, was ihnen in den Weg kam.

Volker stand zwischen den schadenfroh applaudierenden Leuten auf dem Trottoir. Und obwohl es ihn eindeutig freute, als er den Uniformierten des nachfolgenden, vor den Flammen aufsteigenden Pferdes fallen sah – es gefiel ihm nicht, wie die johlenden Kerle am Straßenrand gegenüber weiter Zeitungen aus den aufgebrochenen Aufstellkästen rissen, sie anzündeten und zwischen die Pferde warfen. Es gefiel ihm nicht, das Weiße in den angstgeweiteten Augen der Tiere zu sehen und ihr schrilles Wiehern zu hören.

Was konnten die Zossen dafür.

Weg hier.

Wenig später zwängte Volker sich in einen Laden, der ihn mit der Leuchtschrift »Blue Note« angelockt hatte. Während er zwischen den dicht stehenden Leuten hin und her geschoben wurde, begrüßte ihn freundlich der Fünfvierteltakt von Brubecks *Take Five*.

Ein Kellner kurbelte die Scheiben zur Straße hoch und verriegelte hinter Volker die Tür.

»Glück gehabt«, sagte jemand neben ihm.

Die geschlossene Gesellschaft hatte ihn aufgenommen.

Stimmengewirr und Gelächter umgab ihn im Halbdunkel des Lokals mit all den gut angezogenen Leuten, jung, wenn auch nicht so jung wie er, Frauen, die wissend wirkten, geschmeidig, sicher, erhaben.

Im Stillen suchte er nach Worten dafür, wie er das hier den anderen beschreiben, überhaupt alles erzählen würde, wenn er wieder zu Hause war. Sie würden nicht glauben können, was er erlebt, was er gesehen hatte – dass er, Volker Zeisig, dabei gewesen war.

Doch er konnte es beweisen. Er hatte das Foto des Reporters.

Wenige Schritte von ihm entfernt lehnte eine Frau an dem bodentiefen Fenster und sah ihn an. Sie hatte kurze Haare, ein wenig wie Jean Seberg in *Außer Atem* vielleicht, nur dunkel, nicht blond. Sie trug einen schwarzen, ärmellosen Rollkragenpulli und hob eine Flasche Bier in seine Richtung.

»Du siehst aus, als solltest du was trinken!«, rief sie über die anderen hinweg.

Natürlich. Alle tranken was. Er hatte kein Geld dabei. Er war so ein Idiot.

Sie lachte.

»Trink den Rest«, sagte sie, als sie neben ihm war. »Ich hole noch was.«

Sie drückte ihm die Bierflasche in die Hand. Bevor er antworten, sich bedanken, eine Entschuldigung stammeln, irgendetwas in diesem Moment Angebrachtes tun konnte, verschwand sie zwischen den Leuten.

Er trank durstig, ohne den Flaschenhals abzuwischen, an dem sich möglicherweise noch etwas von ihrem Lippenstift befand. Während er hoffte und fürchtete, dass diese beängstigend erwachsene Frau wiederkommen würde, entstand plötzlich Unruhe unter den Gästen.

Von draußen drehte sich Blaulicht durch die Fenster. Es hämmerte an der Tür. Eine Lautsprecherdurchsage übertönte Musik und Gespräche.

»Auf Anordnung des Polizeipräsidenten werden alle Lokale an der Leopoldstraße geräumt!«

Die Leute wichen zurück, als die Tür geöffnet wurde.

»Zu Ihrer eigenen Sicherheit, verlassen Sie das Lokal!«

Niemand rührte sich.

»Sie haben freien Abzug, meine Damen und Herren! Gehen Sie bitte nacheinander und verlassen Sie den Bereich der Leopoldstraße!«

Die Leute diskutierten. Dann setzten sich die Ersten in Bewegung.

Aus dem Fenster konnte Volker sehen, wie sie durch eine Gasse von Polizisten gingen, unbehelligt zunächst.

Dann sah er die Gummiknüppel fliegen.

Einem verstörenden Impuls folgend, liefen die Leute trotzdem raus, einer nach dem anderen, mit schützend über den Kopf gelegten Händen. Vielleicht wollten sie einfach zusammenhalten.

Volker war wie erstarrt.

Dann hörte er ihre Stimme.

»Wir können hinten raus.«

Sie packte ihn, zerrte ihn mit sich durch das Gedränge, an

der Bar vorbei. Sie durchquerten einen engen Lagerraum, gelangten in einen dunklen Hof, der mit Getränkekisten vollgestellt war, an denen sie sich stießen.

Erst auf der Straße, einer kleinen, unbeleuchteten Stichstraße, wo niemand sonst war außer ihnen, ließ sie ihn los.

»Warte.«

Sie zog die Schuhe mit den hohen Absätzen von den Füßen und griff wieder nach seiner Hand.

»Ich wohne nicht weit von hier.«

Sie rannten. Er hätte nicht sagen können, wie lange, wie weit, wohin schon gar nicht.

Er folgte ihr in das Haus, hatte die Treppen hinauf ihren schwingenden Hintern vor Augen, fühlte Schweiß und Schwindel, und sie hielt ihn immer noch an der Hand. Sie zog ihn in die dunkle Wohnung, ohne Licht zu machen. Sie lehnte sich gegen die Tür, ließ die Schuhe fallen und sah ihn an.

In welch rasender Geschwindigkeit sich plötzlich Dinge ereigneten – für einen Moment fühlte er sich alles andere als mutig, schon gar nicht entschlossen.

Er dachte an Flucht.

Sein Herz schlug so heftig, dass er fürchtete, es könnte sein Hemd bewegen, Mickys Hemd, verdammte Tat. Micky, der nichts unternommen hatte, um ihn aufzuhalten, als er vor Elke abgehauen war.

»Komm her«, sagte sie, ohne ihn mit einem Lächeln zu ermutigen.

Sie legte ihre bemerkenswert kühle Hand um seinen Nacken und küsste ihn, dass ihm Hören und Sehen verging.

*

Sie sah um sich, als sie das Haus nahe der Münchner Freiheit verließ, und immer wieder, während sie die leere Straße entlanglief. Vier Uhr in der Nacht. Vier Uhr in der Früh. Es wurde hell, Tag. Er schlief noch. Oder wieder.

Es war passiert, so, wie sie es ihm versprochen hatte. Sie war nicht gerade verrückt geworden vor Liebe dabei.

Für zu Hause hatte sie sich alles zurechtgelegt.

Sie hatte einen Film angesehen mit Evi, bei der es daheim einen Fernseher gab. Francis Durbridge oder so, sie konnte erzählen, was ihr gerade einfiel, ihre Eltern kannten sich damit rein gar nicht aus, und währenddessen war die Hölle losgegangen in Schwabing, sie hatte sich nicht auf die Straße getraut, und anrufen hatte sie schließlich auch nicht können, weil es bei den Eltern ja nur ein Telefon in der Werkstatt gab und nicht oben in der Wohnung.

Oft genug hatte sie ihnen gesagt, wie dumm sie das fand.

Jetzt sahen sie mal, wohin es führte.

Sie sehnte sich nach Schlaf und hoffte, dass das Gezeter mit den Eltern schnell vorüber sein würde. Vor allem musste sie ihren Schlüpfer auswaschen. Sie würde ihn unter der Matratze verstecken, bis sie es erledigen konnte, ohne dass es der Mutter auffiel. Sie gähnte.

Je näher sie ihrem Zuhause kam, desto ruhiger wurde sie. Sie hatte eine mehr als gute Entschuldigung für ihr unsägliches Ausbleiben in der Nacht, im Grunde nicht mal gelogen. Es würde in den Nachrichten kommen und in der Zeitung stehen.

Sie konnten ihr gar nichts, die Eltern.

Deshalb war es ein riesiger Schreck, als sich eine Hand auf ihre Schulter legte.

Erwischt.

Sonnabend, 23. Juni 1962

In der Morgendämmerung begannen die ersten Vögel zu zwitschern. Amseln vielleicht. Feldlerchen. Blaumeisen?

Vor Erschöpfung sah Elke alles ein wenig verschwommen, während sie durch den Wald ging. Im Dorf nannten ihn viele, vor allem die Kinder, den Märchenwald, weil Moos den Boden zwischen den Bäumen bedeckte. Dicht, wie grüner Samt, auf dem sie am liebsten ausruhen würde, auch wenn das Moos noch feucht sein musste, so kurz nach der Nacht. Sie sehnte sich nach der Kühle.

Warum nicht ein wenig schlafen?

Müde hielt sie Ausschau nach einem Platz, wohin die Sonne, wenn sie aufgehen würde, ein paar Strahlen schicken konnte, um sie zu wecken.

Sie durfte nicht zu spät zum Dienst kommen.

Zwischen den Bäumen, ein ganzes Stück voraus, bemerkte sie eine Bewegung. Wahrscheinlich Rehe, die zur Lichtung wollten, um taunasse Gräser zu fressen. Die Rehe kamen doch immer in der Dämmerung, morgens und abends.

Doch es waren Menschen. Mädchen. Das kleinere zog das größere an der Hand hinter sich her.

Johanna und Regine.

Lautlos fielen die Namen aus ihrem Mund in das Moos. Natürlich träumte sie, das wusste sie schon eine ganze Weile.

In Träumen blieb man stumm, wenn es Grund zum Schreien gab, und wuchs im Boden fest, wenn es um Leben und Tod ging.

Sie hatte die Mädchen so viel zu fragen!

Elke hob einen Fuß, setzte ihn vor den anderen, lief, rannte, voller Hoffnung, als sie vorwärtskam, dass sie den Wald hinter sich lassen und die Lichtung erreichen würde.

Das Gras stand hüfthoch. Die Mädchen waren verschwunden. Die Vögel schrien wie verrückt.

»Zeiserl«, flüsterte es aus den Gräsern. »Zeiserl.«

Jemand berührte ihren Arm.

Vor dem Bett saß Theres auf dem Boden. Unter ihren Augen machte sich der Mascara davon. Sie sah aus, als sei sie selbst gerade aus einem verstörenden Traum aufgeschreckt.

»Es tut mir leid«, sagte sie. »Ich hätte nicht schlafen können, ohne dir zu sagen, wie leid mir das tut mit Volker, wirklich.«

Elke setzte sich mit einem Ruck auf.

»Was ist passiert?«

Vom offenen Fenster zog kühle Morgenluft ins Zimmer und ließ sie frösteln.

»Nichts, nein! Bestimmt geht es ihm gut.«

Theres stützte die Ellbogen auf ihre nackten Knie und zupfte niedergeschlagen die Puffärmel ihres Baby Dolls in Form.

»Ich wollte dich nicht wecken. Ich hätte hier einfach gesessen, bis du aufgewacht wärst, irgendwann.«

Elke angelte unter ihrem Bett nach dem Wecker. 5:25 Uhr. Ihr Mund war trocken.

»Theres, was willst du?«

»Ich fühl mich mies, weil der Volker abgehauen ist.«

»Seit wann sitzt du hier?«

»Ich bin erst vor einer halben Stunde heimgekommen. Ich war noch mit ...«

»Schon gut.« Von Theres zu dieser Stunde Schilderungen erotischer Begegnungen entgegenzunehmen, dazu fühlte Elke sich außerstande. (Sie war grundsätzlich nicht sonderlich erpicht darauf, manchmal jedoch überwog die Neugierde, was ihr peinlich genug war. Theres sollte nichts von den Ausmaßen ihrer Unerfahrenheit wissen.)

»Micky ist nicht so ungehobelt, wie du ihn kennengelernt hast.« Theres seufzte. »Gib ihm noch eine zweite Chance, ja?«

Elke widerstand der Versuchung, die Augen zu verdrehen. Sie fuhr sich mit beiden Händen durch das verschlafene Gesicht.

Theres hatte indessen ihre Kleidung entdeckt, die sie wenige Stunden zuvor einfach zu Boden hatte fallen lassen, bevor sie völlig gerädert ins Bett gekrochen war. Sie nahm die zerrissene Bluse in Augenschein und runzelte die Stirn.

»Du hast wohl auch was abgekriegt heute Nacht.«

Elke blickte auf. »Du auch?«

Theres schüttelte den Kopf.

»Ich hab ja noch nie verstanden, warum du ausgerechnet bei der Polizei arbeitest. Aber jetzt verstehe ich es überhaupt nicht mehr, ehrlich gesagt.«

»Das ist mir ziemlich wurscht, Theres, ehrlich gesagt.«

Elke zog die dünne Bettdecke um sich, stand auf und ging zum Waschbecken neben der Tür. Die zur Miete stehenden Zimmer verfügten alle über eines, damit nicht für jede Kleinigkeit das Bad okkupiert werden musste.

»Willst du nicht schlafen gehen?«

Während sie begann, die Zähne zu putzen, spürte sie Theres' missbilligenden Blick im Rücken. Es machte sie wütend.

»Ist es dir denn wirklich egal, was deine Kollegen mit Volker und den anderen gemacht haben?«, hörte sie Theres fragen. »Dass die dafür dann auch noch die Nacht in der Zelle verbringen durften?«

»Das eine hat mit dem anderen nichts zu tun.«

»Was jetzt genau?«

Elke spülte ihren Mund aus und spuckte ins Becken. Vielleicht hatten Volker und Theres (keinesfalls dieser Micky) ein Recht, diese Frage zu stellen. Sie kam selbst nicht mehr daran vorbei, sich diese Frage zu stellen.

Im Spiegel begegnete sie dem Blick der einzigen Person in München, die sie eine Freundin nennen würde.

Sie unterschieden sich in einer deutlich anderen Weise voneinander, als dies bei Elke und ihrer Kollegin Doris der Fall war.

Theres, die Kellnerin, und Elke, die Polizistin, waren ohne jede Anstrengung miteinander warm geworden. Es war einfach geschehen, als hätte es nicht anders sein können.

Wenn sie – was nicht oft vorkam – zwischen ihren jeweiligen Tag- und Nachtschichten zufällig aufeinandertrafen, auf dem Bett der einen oder anderen zusammenhockten, Zigaretten rauchten (was Elke überhaupt nur mit Theres tat) und je nach Tageszeit Kaffee oder Tokajer tranken, bis eine von ihnen einschlief oder die andere zur Arbeit musste, empfand vor allem Elke dies wie eine Lockerung der seelischen Muskulatur.

Als sie sich umdrehte, kam Theres einen Schritt näher.

»Du hast mir noch nie erzählt, wieso du eigentlich bei dem Verein bist als Frau«, sagte sie. »Könnte gerade ein guter Zeitpunkt sein.«

Sie wischte ihr mit dem Daumen die Zahnpasta aus den Mundwinkeln, bevor sie ging.

»Ich mach uns Kaffee.«

*

Letztlich hatte alles damit angefangen, dass Gudrun Zeisig ihrer Tochter verbot, weiter zur Schule zu gehen. Sie sprach ihr erbarmungsloses Machtwort, obwohl Elke eine Empfehlung für das Gymnasium hatte, das jetzt ihr Bruder besuchte. (Sie hatte ihn eine Weile lang unsouverän darum beneidet.)

Die Klassenlehrerin blieb gleichsam erfolglos, als sie persönlich bei der Mutter vorsprach, um auf Elkes Flehen hin ein Wort für sie einzulegen.

Frau Zeisig war keineswegs ohne Grund unerbittlich geblieben. Endlich – wenige Wochen bevor Elke die mittlere Reife mit einer Gesamtnote von eins Komma neun erreichte – waren die Einquartierten, Ostflüchtlinge aus dem Memelland, eine vierköpfige Familie aus einem Küstenort, der bezeichnenderweise Nimmersatt hieß, und eine dreiköpfige aus Heinrichswalde, kurz nacheinander ausgezogen. Elkes Mutter wollte nun in Angriff nehmen, was sie sich schon seit einer Weile in den Kopf gesetzt hatte, seit die Ausflügler wieder an den See kamen und übernachten wollten.

Gudrun Zeisig wollte Fremdenzimmer vermieten.

Hierbei hatte sie besonders die Alliierten im Auge, Amerikaner, die sich vom zermürbenden Anblick der zerbombten Städte erholen mussten und daher die schönen Teile des Landes bereisten. Auch Engländer urlaubten mitunter in Bayern. Gudrun Zeisig hatte mit eigenen Augen welche im Dorf gesehen und sie nach Bäd änd Bräkfest fragen hören.

Zwar war ihr der Mann in britischer Gefangenschaft abhanden gekommen, ohne dass sie jemals Nachricht von seinem Tod erhalten hätte, doch die Deutschen waren, wie man von Rückkehrern wusste, in England gut behandelt worden. Welches Schicksal Karl Zeisig, ohne den sie besser zurechtkam als gedacht, auch immer ereilt haben mochte – was konnte der einzelne Brite dafür? Nichts.

Dass ihre Tochter in Grundzügen des Englischen mächtig war, festigte ihren Entschluss.

»Ich brauche dich hier, Elke«, sagte sie deshalb, »so einfach ist das. Zuerst renovieren wir die Zimmer, der Polacken-Mief kommt jetzt raus, endlich. Man durfte es ja nicht zeigen, aber es war mir zuwider.«

Mutter Zeisig hatte ihren Dünkel sehr wohl gezeigt und den Einquartierten zu verstehen gegeben, wie lästig sie ihr waren. Sie musste nicht viele Worte machen, um ihrer Überzeugung Ausdruck zu verleihen, dass sie die Flüchtlinge für die erbärmlichsten Verlierer hielt, die Bedürftigen, die Zecken im Fell derer, mit denen es das nachkriegshafte Schicksal einfach besser gemeint hatte.

Seitdem sie das Haus der verstorbenen Tante mit Wäldchen und Garten zwei Jahre nach Kriegsende geerbt hatte, war von ihrer eigenen Flucht keine Rede mehr. Gudrun Zeisig nannte sich selbst eine Zugereiste, was ihr als Tochter eines höheren Beamten, die noch mit Hauspersonal aufgewachsen war, deutlich passender erschien, für die Leute im Dorf aber noch lange keinen Unterschied machte.

Während Volker in aller Freiheit seine Sommerferien genoss, half Elke gezwungenermaßen und hasserfüllt ihrer Mutter, eine Pensionswirtin zu werden.

Sie wurde zur Hilfskraft für alles, was getan werden musste, um die Pension zu eröffnen, diese im Folgenden zu betreiben und des Weiteren für alles, was in Haus und Garten anfiel.

1955 und 1956 waren in Elkes Erinnerung Jahre der Finsternis. Dass sie sie ertrug, ohne in stumpfe Gleichmut abzusinken oder in eine fragwürdige Zukunft davonzulaufen, lag zum einen an den mitunter ausländischen Gästen und zum anderen daran, dass ihre Mutter sie mit dem Führerschein zu ködern verstand.

Von der Tante gab es noch einen staubgrauen Volkswagen, den Gudrun Zeisig zu jenen Zeiten nur äußerst selten aus dem Schuppen bewegte, und sobald Elke den Führerschein hatte, dehnte sich ihre Welt ein paar Kilometer weiter aus.

Gegen einen geringen Aufschlag zum Zimmerpreis bot die Pension Zeisig nun einen Abholdienst von den Haltestellen der Isartalbahn an, ein für lange Zeit exklusives Geschehen in Ammerfelden, das ansonsten nur dreimal pro Woche mit dem Omnibus zu erreichen war.

Und dann, im Sommer 57 – es war der 10. Juli, das würde Elke nie vergessen –, als sie zum Bahnhof nach Bichl fuhr, um Officer Hill abzuholen, hielt das Leben in seiner Unberechenbarkeit eine Begegnung für sie bereit, die alles ändern sollte.

Hill war eine Frau.

Sie wartete auf dem Bahnsteig in Bergstiefeln, Kniebundhosen und etwas Ähnlichem wie einer Safarijacke. Vom

Gamsbart ihres Filzhutes perlte der strömende Regen ab. Das kinnkurze, mausfarbene Haar war hinter die Ohren gestrichen und ihre Brille beschlagen.

Sie lehnte es ab, sich von Elke den Rucksack abnehmen zu lassen, warf ihn selbst auf die Rückbank, bevor sie einstieg, und verlieh ihrer Freude darüber Ausdruck, mit Elke deutsch und englisch sprechen zu können. Sie ließ es nicht zu, dass die junge Deutsche ihre Kenntnisse herunterspielte.

Es war bemerkenswert.

Während Officer Hill das *lovely bavarian cottage* betrat, den Garten herrlich fand und ihr Zimmer mit Blick auf den See göttlich, erfasste sie gleichzeitig, wie gefangen Elke sich in dem Lebensentwurf ihrer Mutter fühlte, wie sehr sie sich danach sehnte, dem zu entkommen, auch wenn sie nicht wusste, wohin.

Eleonor Hill hatte einen geschulten Blick dafür.

Am Morgen des nächsten Tages trat sie *dear Mrs Zeisig* mit einem Wunsch entgegen, den diese ihr nicht abzuschlagen vermochte, obwohl sie Misstrauen gegenüber dem hegte, was Elke ihr übersetzte.

»Sie will dich als Fremdenführerin für ganze zwei Tage?«

Genau das wollte Officer Hill, und sie bot an, zehn Mark pro Tag dafür zu bezahlen.

»Sag ihr, dass ich dich bedauerlicherweise nicht entbehren kann«, schachterte Gudrun Zeisig. Officer Hill parierte, indem sie den Tagessatz um fünf Mark erhöhte, was erwartungsgemäß zum Erfolg führte.

Elke wanderte mit der asketischen Britin, chauffierte sie und fuhr mit ihr Boot. Sie zeigte ihr, wo König Ludwig ins Wasser gegangen und mit seinem Leibarzt ertrunken war, machte sie mit einem Künstler bekannt, dessen Vater es geliebt hatte, Affen zu malen, und damit zu einiger Berühmtheit gelangt war (der Portraits malende Sohn hingegen weniger), und sie saß mit ihr auf dem Steg des Seefischers, wo man linker Hand die Alpen und *straight ahead* den Sonnenuntergang sehen konnte.

Miss Hill musste nicht lange warten, bis Elke sie zu befragen begann, genau wie sie es erwartet hatte.

Die Art der jungen Deutschen, Interesse ohne plumpe Neugier zu zeigen, die tiefe Nachdenklichkeit, mit der sie Informationen aufsog, nahm sie mit der freudigen Erwartung einer Goldgräberin zur Kenntnis.

Elke erfuhr, dass Miss Hill eine hochrangige Polizistin in London war und einen kaum nachzusprechenden Titel trug: *Staff Officer to Her Majesty's Inspectors of Constabulary*. Schon seit Jahren reiste sie von London zu einer Tagung nach Nordrhein-Westfalen, um das Bemühen ihrer Regierung zu unterstützen, den Aufbau einer weiblichen Polizei nach britischem Vorbild voranzutreiben.

Die Flammen ihres missionarischen Eifers schlugen Elke mit einer veritablen Hitze entgegen, denn es war erst wenige Tage her, dass Officer Hill vor und mit den deutschen Leiterinnen der WKP gesprochen hatte. Dass sie – auch in diesem nun schon zehnten Jahr ihres Auftrags – hatte feststellen müssen, wie weit man hierzulande davon entfernt war zu erreichen, was in England selbstverständlich war.

»*There are still more horses than women working for the German police*«, sagte Miss Hill, während sie energisch die Ruder des Bootes bediente, mit dem sie die einzige Insel des Sees ansteuerten.

Elke, der es vorkam, als empfinge sie Nachrichten aus einem fernen Sonnensystem, erhielt detaillierte Kenntnis darüber, wie in England Tausende Kriminalpolizistinnen im Einsatz waren, samt und sonders einer Frau als Dienstherrin unterstellt, die einen Posten im Innenministerium besetzte. Sie erfuhr (und zwar ohne Officer Hill durch Fragen anregen zu müssen), dass die britischen Beamtinnen mit denselben Befugnissen, Rangordnungen und Aufstiegschancen ausgestattet waren wie ihre männlichen Kollegen, wenngleich schlechter bezahlt. Officer Hill war so korrekt, dies nicht zu verschweigen, und so klug, ihre Rede mit dem Hinweis zu beenden, dass die Amerikaner ebenso wie die Briten den Wunsch hegten, die Weibliche Polizei in Germany zu stärken.

»So wenige junge Frauen hier wissen, dass ihnen dieser Beruf offensteht.«

Miss Hill hatte ihre Saat gelegt.

Sie vertäute das Boot am Steg, und gemeinsam durchpflügten sie die verwahrloste kleine Insel. Miss Hill bedauerte den maroden Zustand der ehemals königlichen Sommervilla und kappte mit ihrem Schweizer Messer einige wilde Rosen, deren Duft ungeheuerlich war, während Elke ihr folgte, gelegentlich eine Frage beantwortend, vor allem jedoch benommen von einer Flut aberwitziger Fantasien über sich selbst als Polizistin.

»*I am not a mother but just the quirky aunt of numerous nieces and nephews*«, sagte Eleonor Hill, als Elke sie am Ende ihres folgenreichen Besuchs in Tante Annis Volkswagen zum Bahnhof nach Wolfratshausen fuhr. »Allerdings habe ich Hunderte Polizistinnen ausgebildet, und ich sehe ein Talent, auch wenn es flüchtig an mir vorüberweht. Ich durfte Sie ein wenig kennenlernen, Miss Zeisig, und ich würde Ihnen gern raten, es zu versuchen. Auch wenn es mir nicht zusteht.«

Elke war stumm geblieben vor Euphorie und Mutlosigkeit.

»Erwarten Sie den Widerstand Ihrer Mutter ebenso wie das Befremden Ihrer Freunde. Schreiben Sie mir, wenn Sie der Mut verlässt«, sagte Miss Hill zum Abschied. »*I will give you a kick up the backside.*«

Natürlich war Gudrun Zeisig strikt gegen all das. Und möglicherweise war dies einer der Gründe, warum Elke ihr Ziel nie infrage stellte und diesmal alles daransetzte, es zu erreichen.

Sie meldete sich bei der Fürsorgerinnenschule in Starnberg an und tat damit den ersten Schritt, um Kriminalpolizistin zu werden. Bis heute schrieb sie sich mit Officer Hill.

*

»Aber du brauchtest doch die Zustimmung von ...« Theres, der auf Elkes Bett langsam die Augen zufielen, wedelte müde ins Nichts.

»Die Unterschrift meiner Mutter habe ich gefälscht«, sagte Elke. »Und ihre Einwilligung habe ich erpresst.«

»Kriminelles Miststück«, murmelte Theres, »das gefällt mir. Erzähl mir später davon.«

Dann schlief sie ein.

Elke sah auf den Wecker, der jeden Moment klingeln würde, und stellte ihn ab. 6:29 Uhr. Sie deckte Theres zu und ging zum Fenster.

Sie dachte an ihren Traum. An Johanna, die Regine hinter sich hergezogen hatte. Sie nahm sich vor, mit Manschreck zu sprechen. Ob er heute im Präsidium war? Sicher. Er hatte einen Mord aufzuklären, oder zwei.

Sie würde ihm vorschlagen, noch einmal Johannas Spielkameraden aufzusuchen und mit ihnen zu reden, allein. Vielleicht konnte sie mit den Kindern einen Spaziergang machen.

*

Als Volker sich endlich entschließen konnte, die Augen aufzumachen, sah er sie am Fenster lehnen. Sie trug einen schwarzen Kimono, vielleicht aus Seide, mit gelben Kranichen, die rosafarbene Krallen und Schnäbel hatten. Einer dieser gebogenen dünnen Kranichschnäbel deutete mitten zwischen ihre Brüste, über denen der Kimono zu einem schmalen Spalt auseinanderfiel, gerade so weit, dass Volker ein aufregendes Stück tiefer ihr dichtes dunkles Schamhaar schimmern sehen konnte.

Sie rauchte und sah ihn an.

Alles kam ihm sehr verrucht vor, wie in einem verbotenen Film. Er schämte sich, als er merkte, dass sein Körper auf sie reagierte, während ihr Blick auf ihm ruhte. Er drehte sich auf die Seite, zwang sich, ihr in die Augen zu sehen (sie waren grün), und wusste nicht, was er sagen sollte. Er wünschte ihr einen guten Morgen.

Sie lächelte.

»Willst du jetzt eine Tasse Kaffee oder später?«

»Jetzt«, log er, denn eigentlich wollte er, dass sie zu ihm kam, unter die Decke, neben ihn, so nah, dass ihr Gesicht vor seinen Augen verschwamm, dass er ihre weichen Brüste anfassen konnte, wenn sie sich auf ihn setzte, wie sie es zuletzt getan hatte, bevor sie eingeschlafen waren.

Und gleichzeitig konnte er nicht glauben, dass all das passiert war.

Dass er mit einer Frau geschlafen hatte, oder sie mit ihm, denn er hatte nicht sehr viel gemacht, außer von einer Explosion zur nächsten zu treiben, in einem Rhythmus, den sie vorgab, der ihn in die Tiefe zog und wieder emporschleuderte.

Vage kam ihm in Erinnerung, dass ihm einmal Tränen aus den Augenwinkeln in die Ohrmuscheln gelaufen waren, als er nach einem seiner gespenstisch vielen Orgasmen unter ihr lag, sie ihren Kopf an seine Schulter bettete und sein Herz glühte wie ein überhitzter Motor. Er wagte es nicht, sich zu bewegen, um dieses Zeugnis seiner Empfindsamkeit loszuwerden. Immerhin waren die paar Tränen getrocknet, bevor sie etwas davon bemerkte, denn er hätte es sich nie verziehen, wenn sie geglaubt hätte, ihn trösten zu müssen.

Vielleicht allerdings hätte sie es gar nicht getan. Er hielt das für möglich. Sie war für ihn nicht im Geringsten zu durchschauen. Er hätte nicht mal ihr Alter schätzen können.

Immerhin hatte er sich offenbar nicht benommen wie ein Idiot. Sonst würde sie ihm wohl keinen Kaffee kochen.

Oder war sie nur höflich?

Nichts als dämliche Fragen im Kopf.

Yo, listen up, here's a story
About a little guy
That lives in a blue world

Er ging zum Fenster und zog die Bettdecke hinter sich her wie eine Schleppe.

Unten, auf der gegenüberliegenden Straßenseite, schloss der Apotheker seine Apotheke auf. Am Milchladen nebenan kurbelte ein junges Mädchen mit Schürze die gestreifte Markise des Milchladens heraus. Eine Frau im Alter seiner Mutter trat mit Milchkanne und einem prall gefüllten Einkaufsnetz auf die Straße. Sie stellte die Kanne ab, nahm eine Sonnenbrille aus der Rocktasche und setzte sie auf. Er wich vom Fenster zurück, als sie am Haus hinaufsah, als hätte sie bemerkt, dass er sie beobachtete.

Aus der Küche hörte er das Klappern von Löffeln und Tassen. Er konnte den frisch gebrühten Kaffee riechen.

Als er wieder im Bett war, fiel ihm auf der Kommode an der Wand gegenüber eine Flasche vermutlich teuren Whiskeys auf, von dem sie nicht getrunken hatten.

»Der Kaffee, Mister«, hörte er sie sagen. Er war wie unter Strom, sobald sie zurück ins Zimmer kam. Er konnte nichts dagegen machen. Nichts.

Sie stellte das Tablett neben ihn auf das Laken und bezog mit ihrer Tasse in den Händen Position am Fußende des Bettes.

»Danke«, sagte er, und obwohl sie zu keinem Zeitpunkt nach seinem Namen gefragt hatte, hielt er es für angebracht, ihn ihr zu nennen.

»Ich heiße Volker.«

»Wir könnten später noch zusammen frühstücken gehen«, sagte sie. »Du hast bestimmt Hunger.«

Noch. Aha.

»Passt schon«, sagte Volker. Wie alles, was er bis jetzt von sich gegeben hatte, fand er auch diese Antwort lausig.

Er rührte Zucker und Milch in seinen Kaffee und verbrannte sich den Mund, als er davon trank. Sie bemerkte es nicht, weil sie zum Fenster schaute.

Draußen auf der Straße rief ein Gemüseverkäufer unter dem Gebimmel einer Handglocke seine Waren aus. Kartoffeln. Frische Erdbeeren. Eier nur zwei Mark das Dutzend.

Langweilte er sie schon?

»Ist das hier eigentlich noch Schwabing?«

Sie sah ihn an.

»Hast du Angst, verloren zu gehen?«

»Nein, ich finde es schön hier. Wobei ...« Er räusperte sich. Der Kaffee in der Tasse schwappte. Er hatte zu viel Milch genommen. »Was ich eigentlich sagen will, ist, dass ich es ... also alles ...«

»Ja«, unterbrach sie ihn. »Das fand ich auch.« Sie stopfte sich ein Kissen in den Rücken, lehnte sich zurück und zog die Beine an. »Was hast du heute noch vor? Wo kommst du her? Wo willst du hin? Erzähl mir von dir.«

Volker trank von seinem Kaffee und erzählte. Nach und nach fiel die Nervosität von ihm ab, da er bemerkte, dass sie aufmerksam zuhörte.

Er erzählte von Ammerfelden und von der Pension seiner Mutter, deren Gäste die einzige Abwechslung im Leben auf dem Dorf waren. Das Thema Schule streifte er nur mit der Erwähnung, dass er sie im nächsten Jahr beenden werde. Lieber setzte er sein erzählerisches Talent ein, um seinen Fronleichnams-Ausflug nach München zu schildern. Und obwohl es ihn in Rage versetzte – wie er in die Straßenschlacht geraten und am Ende des Tages in der Arrestzelle gelandet war –, überlegte er doch kurz, ob es ihn lächerlich erscheinen ließ, wenn er gestand, dass er sich von seiner großen Schwester da hatte rausholen lassen müssen.

Doch bis jetzt hatte sie sich mit keinem Ton, keiner noch so kleinen Geste über ihn lustig gemacht. Sie hörte ruhig zu, stand zwischendurch auf, steckte sich und ihm eine Zigarette an und setzte sich wieder.

Durstig trank er den letzten Schluck kalten Kaffee und wartete, dass sie etwas sagen würde. Er wollte wissen, was sie dachte, ob ihr naheging, was sich auf der Leopoldstraße abgespielt hatte in den vergangenen beiden Nächten. Ob es sie aufbrachte, empörte, wütend machte.

Ob es sie kaltließ.

Sie nahm das Tablett fort und stellte es auf den Boden. Das Blut rauschte durch seine Adern wie Schmelzwasser aus dem Tor eines Gletschers. Sie kam zu ihm unter die Decke. Wie gern würde er ihren Namen sagen. Doch er wagte es nicht, danach zu fragen. Vielleicht wäre dann alles sofort vorbei.

Warm und fest glitt ihre Hand über seine Brust.

Vor Stunden hatte sie ihm gesagt, wie schön sie ihn fand. Er hatte ihr jedes Wort geglaubt und sich genauso gefühlt. Wie ein junger Gott.

Unter ihrer Hand trommelte sein Herz.

»Deine Schwester ist also Polizistin«, sagte sie leise. »Verrückt.«

Mehr sagte sie nicht.

*

Wie lange war er jetzt ohne Schlaf? Vierundzwanzig Stunden, oder dreißig? Ludwig Maria schloss den Karmann ab, streckte sich und blieb noch einen Moment an den Wagen gelehnt stehen. Er war aufgedreht, wie immer nach durchgearbeiteten Nächten, und gleichzeitig hundemüde.

Die Wärme zwischen den Häusern hatte noch ein wenig Morgenfrische, die sich – wenn er den wolkenlosen Himmel richtig verstand – bald verzogen haben würde.

Er hatte gegenüber von Schöpplers Laden geparkt, dessen Tür geschlossen war. Auch das Drahtgestell mit den Zeitungen hing nicht wie üblich draußen.

Während Ludwig Maria noch überlegte, ob er Zigaretten kaufen musste oder noch Kaffee oben hatte, sah er Schöppler geschäftig den Laden verlassen – wie ein Dachs seinen Bau. Er trug eine graue Windjacke statt seiner üblichen Drillich-Schürze, verriegelte die Holzläden und kam die Stufen herauf. Hinter der Verschlusslasche der kleinen karierten Reisetasche, die er bei sich trug, steckte die gefaltete Zeitung, auf der sich Ludwig Marias Schlagzeile breitmachte: *Schwabing, duck dich. Münchner Polizei lässt Knüppel aus dem Sack.* (Mit den Fotos von Mayr hatten sich Gunzmanns Bedenken dazu erledigt. Das kurze Interview mit dem Bürgermeister, der sich erschrocken über den hautnah erlebten Volkszorn äußerte, hatte sein Übriges getan.)

»Herrje, ich habe Sie gar nicht gesehen!«, rief Schöppler von drüben. »Hätten Sie noch was gebraucht, Herr Seitz?«

»Schon gut, danke!«

»Selbst wenn ich wollte, könnte ich nicht noch mal aufschließen. Ich würde sonst die Bahn verpassen.«

»Bloß nicht. Das würde mir doch Ihre alte Dame nie verzeihen.«

Rechtzeitig, um Schöppler damit zu erfreuen, dass ihm die Gewohnheiten seines bevorzugten Gemischtwarenhändlers vertraut waren, hatte Ludwig Maria sich erinnert, dass dieser einmal im Monat seine Mutter besuchen fuhr, irgendwo in der Nähe von Nürnberg. Meist fiel ihm das in einem jener seltenen Momente ein, wenn er vor verschlossener Tür vergeblich darauf wartete, dass Schöppler ihm öffnen würde.

»Morgen Abend bin ich wieder für Sie da.«

Schöppler tippte auf die Zeitung und hob dann den Finger in die Luft. »Dass Sie bloß auf sich aufpassen«, sagte er, »falls Sie weiter von der Front berichten müssen.«

Recht hatte er, dachte Ludwig Maria, während er über die Kreuzung auf das Haus zulief, in dem er wohnte.

Es würde weitergehen.

Bei den Briefkästen, die im Flur des Hochparterres angebracht waren, regte sich – wie eigentlich jedes Mal, wenn Ludwig Maria sie passierte – leise die schwache Hoffnung, dass er ein Lebenszeichen von Carlos darin finden würde.

Nach fünf Jahren wartete er immer noch darauf.

Warten, das brachte es möglicherweise nicht auf den Punkt. Warten war eines seiner nur mäßig ausgeprägten Talente. Zum einen. Zum anderen war er ganz einfach davon überzeugt, dass Carlos, der eigentlich Karl-Heinz hieß, noch lebte. Sein Freund aus der Au, mit dem zusammen er groß geworden war, mit dem er minderjährig virtuosesten Schwarzmarkthandel am Sendlinger Tor betrieben, Anzüge und Karlsbader Schuhe getragen hatte, würde eines Tages, oder wohl eher eines Nachts, im vierten Stock vor der Tür dieser Wohnung stehen, die er ihm überlassen hatte.

Schön, dich zu sehen, L. M., würde er sagen. So, wie er es immer gesagt hatte, wenn sie sich trafen.

Statt einer Nachricht von ihm befand sich im Briefkasten Post von seiner Schwester aus Chicago.

Es freute ihn. Er würde den Brief später lesen.

In der Wohnung stand die Luft wie in einem Backhaus. Er öffnete die Dachfenster und stellte dann sofort – wie stets, wenn er nach Hause kam – den Plattenspieler an.

Er warf sein Jackett über den Ledersessel und zog das Hemd aus der Hose. John Coltrane begleitete ihn mit seinem Saxofon und *Cousin Mary* in die kleine Küche, wo er sich einen Gin Tonic mixte.

Ein klobiger Kühlschrank, den er im Wesentlichen mit einer Vielzahl handlicher Tonic-Fläschchen bestückt hielt, und der Plattenspieler waren die einzigen Dinge, mit denen er die Einrichtung der Schwabinger Dachwohnung ergänzt hatte. Ansonsten kam ihm der Minimalismus seiner geborgten Privatsphäre entgegen. Üppig vorhanden waren von jeher Bücher und – seit Ludwig Maria hier wohnte – Schallplatten.

In schlaflosen Nächten ohne Gesellschaft las er sich durch die Regale oder hörte Jazz oder er tat beides, und es ließ ihn mitunter besser zur Ruhe kommen als Schlaf.

Als er aus der Dusche kam, hörte er, kurz bevor Coltrane zu *Mr P. C.* ansetzte, das Telefon klingeln.

»Lüdwick Mareia?«

Es war Carol. Chets Mädchen.

Er bat sie um einen Moment, stellte die Musik leise und griff wieder zum Hörer.

»Ich bin froh, dass Sie anrufen«, sagte er. »Wie geht es Ihnen? Wie geht es Chet? Ich würde gern helfen, wo immer ich kann.«

»Vielleicht können Sie das.« Sie sprach ein bezaubernd britisches Englisch.

»Hat Chet einen Anwalt?«

Zu seiner Überraschung nannte sie den Namen eines jungen Aufsteigers, der mit der Verteidigung eines Kindermörders Aufsehen erregt hatte, für den er eine Jugendstrafe von vier Jahren erwirken konnte.

»Können wir uns treffen?«, fragte Carol.

»Werde ich Chet sprechen?«

Ihre Antwort gefiel ihm nicht.

»*It depends*«, sagte sie. Kommt drauf an.

*

Als Elke das Polizeipräsidium betrat, bemerkte sie Manschreck im selben Moment wie er sie. Offensichtlich war eine weitere Lagebesprechung wegen der Krawalle anberaumt, denn er löste sich aus einer Gruppe von leitenden Beamten, mit denen er zusammenstand.

Er bat sie mit einer höflichen Geste, ihm an eines der hinteren Flurfenster zu folgen.

»Heute früh wurde am Flaucher eine von Johanna Bartls Sandalen gefunden«, sagte er, nachdem sie sich begrüßt hatten.

»Am Flaucher. Das ist nicht allzu weit von den Gärten entfernt.«

Manschreck zündete sich eine Zigarette an und steckte das abgebrannte Streichholz zurück in die Schachtel.

»Wir wissen immer noch nicht, ob das Mädchen jemals in die Tram zum Sendlinger Tor gestiegen ist, um ihre Mutter zu besuchen, wie die Kinder es erzählt haben. Niemand hat Johanna gesehen.«

»Die Sache mit den Schuhen …«, tastete Elke sich vor, »könnte das nicht doch eine Parallele zu Regine Weber sein?«

»Das scheint mir sehr vage.«

»Beide Mädchen sind transportiert worden. Beide wurden barfuß aufgefunden. Vielleicht hat es rein gar nichts zu bedeuten, aber …«

»Fräulein Zeisig …«

»Ich würde gern noch einmal mit den Kindern sprechen.«

Unklug, ihm dazwischenzureden. Er würde sie für übereifrig halten. Wie eine Streberin, die mit den Fingern schnippte.

Manschreck sah an ihr vorbei zu den Kommissariatsleitern, die sich zum Besprechungszimmer in Bewegung setzten.

»Darum hatte ich Sie bitten wollen. Sie sind mir zuvorgekommen.«

Sie setzte zu einer Entschuldigung an, doch er ließ sie nicht zu Wort kommen.

»Befragen Sie vor allem auch noch einmal Frau Bartl zu dem Herzfehler ihres Kindes. Vielleicht hält sie etwas vor uns zurück. Aus Angst, Schuldgefühlen. Lassen Sie sich von Kommissar Murnau auf den neuesten Stand der Ermittlungen bringen.«

»In beiden Fällen?«

»Das kann nicht schaden.«

Er verabschiedete sich und wandte sich dann noch einmal um.

»Wie geht es Ihrem Bruder?«

Elke spürte, wie ihr das Blut in den Kopf schoss.

»Gut«, sagte sie. »Danke.«

»Das freut mich.«

Elke blickte dem Hauptkommissar nach. Vielleicht sollte sie nicht länger versuchen, aus ihm schlau zu werden, sondern einfach ihre Arbeit machen. Nichts anderes erwartete er von ihr. Genau wie ihre Chefin.

Auf dem Weg zum Paternoster ging vor ihr ein junges Mädchen, mit einem Mann an ihrer Seite. Sie lief stocksteif neben ihm, als würde sie abgeführt, obwohl er sie nicht berührte. Selbst ihr dunkler Pferdeschwanz kam nicht in Schwingung. Zu einem knielangen Sommerkleid trug sie weiße Söckchen in flachen Schuhen. Alles an ihr wirkte artig, doch Elke meinte ihre Angst zu spüren.

Instinktiv blieb sie hinter den beiden zurück. Kurz konnte sie das Profil des Mädchens sehen, als sein Begleiter es in den Paternoster schob, weil es zögerte. Er packte es im Nacken wie ein Kaninchen.

Als Elke kurz darauf das Büro betrat, stand Kommissarin Warneck dem Mann und dem Mädchen hinter ihrem Schreibtisch gegenüber.

»Sie sind also nicht der gesetzliche Vertreter von Monika?«, fragte sie. Dabei wusste sie es ganz genau.

»Meine Frau hat ein krankes Kind zu Hause und muss sich um unseren kleinen Sohn kümmern. Ich dachte, es wäre gut, dafür zu sorgen, dass Monika hier erscheint, wie es von Ihnen angeordnet wurde.«

Der Mann hatte den Hut abgenommen und strich sein nass gekämmtes Haar nach hinten.

»Gut. Vielen Dank, Herr ...«

»Seiler, Manfred.«

»Danke, Herr Seiler, dann darf ich Sie bitten, draußen zu warten.«

»Ich schätze, das ist keine so gute Idee.«

»Fräulein Zeisig, würden Sie Herrn Seiler bitte auf den Flur begleiten?«

Seiler wandte sich zu Elke um.

»Wenn Sie meinen.«

Er taxierte sie mit der Arroganz eines gut aussehenden Mannes, während Monika mit gesenktem Kopf regungslos neben ihm verharrte.

»Sie sollten aber wissen, dass Monika lügt, sobald sie den Mund aufmacht.«

»Da mögen Sie recht haben«, sagte Frau Warneck. »Als Ihre Stieftochter, die sie ja de facto nicht ist, eben äußerte, sie sei vor den Küchenschrank gelaufen, hatte ich auch den Eindruck, dass sie lügt.«

Das Mädchen blickte Elke entgegen, als sie zurück ins Zimmer kam. Unter ihrem linken Auge verlief ein violetter Bluterguss. Die Nasenwurzel überquerte ein tiefer Kratzer.

»Wie oft kommt es vor, dass Sie geschlagen werden, Monika?«, fragte Frau Warneck.

Monika zuckte mit den Schultern und sah wieder zu Boden.

Der Anblick des gebeugten Mädchennackens berührte Elke. Das Bild von den Würgemalen am Hals von Regine Weber schob sich dazwischen.

»Wer war das?«, fragte sie. »Herr Seiler? Oder Ihre Mutter?«

»Meine Mutter war es nicht.«

Frau Warneck nahm einen Bleistift vom Schreibtisch, machte einen Vermerk in der Akte Seefeld und klappte sie zu.

»Auf jeden Fall wird Sie später ein Arzt ansehen, Monika. Und wir werden ein Foto machen lassen.«

»Ich will nicht ins Heim.«
Elke begegnete dem Blick ihrer Chefin. Freundlich wandte Warneck sich wieder an Monika.

»Nun, heute sind Sie ja hier«, sagte sie, »damit Sie Ihre Aussagen über Regine zu Protokoll geben können. Noch einmal erzählen, wie das alles so war, am Donnerstagabend in Schwabing.«

Elke öffnete die Tür zum Nachbarbüro und ließ Monika an sich vorbei nach nebenan gehen. Doris hatte ein freies Wochenende genehmigt bekommen, und sie würde ungestört mit dem Mädchen reden können. Ihr Vertrauen gewinnen. Ihr die Angst nehmen.

»Und wissen Sie, Monika«, sagte Frau Warneck noch, »wir hier sind dafür da, Sie zu beschützen, nicht, um Sie zu bestrafen.«

Das Telefon auf Elkes Schreibtisch begann zu läuten, gerade als das Mädchen sich gesetzt hatte.

Die Zentrale teilte ihr mit, dass ein Fräulein Niklas sie zum Fall Johanna Bartl sprechen wollte, und stellte das Gespräch durch.

»Sie wollten angerufen werden, falls mir noch etwas einfällt.«

Das alte Fräulein hatte Mühe, gegen ein blechernes Klappern aus dem Hintergrund die Stimme zu erheben. Vermutlich telefonierte sie wieder aus der Backstube unten im Haus.

»Tatsächlich kann ich mich an ein Geräusch erinnern. In der Nacht ist es mir wieder eingefallen. Ich schlafe nicht gut.«

»Das tut mir leid, Fräulein Niklas.«

Entschuldigend blickte Elke zu Monika. Sie fixierte den

Kalender an der Wand und bearbeitete die Nagelhaut ihres rechten Daumens mit den Zähnen.

»Wahrscheinlich ist es mir nur wieder eingefallen«, rief Fräulein Niklas aus dem Hörer, »weil es so still war. Wie an dem frühen Morgen, an Fronleichnam, und da erinnerte ich mich, dass ich dieses Knirschen gehört hatte. Ein Knirschen von Rädern auf Sand, das sich entfernte.«

»Wann haben Sie das gehört? Bevor Sie das Mädchen gefunden haben? Oder danach?«

Elke bemerkte ihren Fehler im selben Moment. Monika starrte sie an.

»Davor, davor. Als ich noch oben stand.«

Ein Sandweg führte an den Gärten vorbei, erinnerte sich Elke, während sie Monikas Blick standhielt. Der Schotter hatte unter den Rädern des Leichenwagens geknirscht.

»Haben Sie ein Motorengeräusch gehört? War es ein Auto?«

Das Kind in einem Auto zu befördern wäre für den Täter am sichersten gewesen. Als es noch lebte, und später, als es tot war.

»Ein Auto ganz sicher nicht«, hörte Elke die alte Lehrerin sagen. Ihr gegenüber litt dieses erschütterte Mädchen.

Sie musste das Telefonat beenden, sofort, doch Fräulein Niklas redete weiter, mit dünner, aufgeregter Stimme.

»Es war auch kein Fahrrad, nein, das glaube ich nicht, nein. Das klang eher wie ein Wägelchen, wie ein kleiner Pferdewagen ohne Pferd«, sagte sie verzweifelt, »ich weiß nicht, wie ich es besser beschreiben soll.«

Monika zitterte am ganzen Leib.

Elke dankte Fräulein Niklas eilig und beendete das Telefonat. Sie ging um den Schreibtisch, der sie von Monika trennte, und nahm ihre Hände. Sie waren eiskalt.

»Es tut mir leid, dass Sie das mit anhören mussten«, sagte Elke, »aber es ging nicht um Ihre Freundin.«

»Ich will tot sein«, flüsterte das Mädchen. »Wie Regine.«

*

Manschreck parkte den BMW im Schatten der Allee, die zum Schloss führte. Das Mädchengymnasium der Englischen Fräulein befand sich im Nordflügel der ausgedehnten Nymphenburger Schlossanlage.

Marie hatte ihn darum gebeten, nicht zu nahe am Schultor auf sie zu warten, wenn es nötig war, dass er sie mit dem Dienstwagen abholte. Auch wenn andere Schülerinnen von durchaus wohlhabenderen Eltern mit dem Auto abgeholt wurden, so war dies, fand Marie, eine deutlich andere Sache als ein Vater im Ermittlerwagen mit Funkgerät.

Es bedeutete keineswegs, dass Marie nicht stolz auf ihren Kriminal-Vater gewesen wäre. Sie war es bis heute, auch wenn mit Beginn ihrer Pubertät sein unbedingter Heldenstatus verblich.

Zum Heldentum allerdings hatte Manschreck ohnehin eine zwiespältige Haltung. (Nur als der Krebs seine Frau zerstörte, wäre er gern ein Held gewesen.)

Seit er seine Tochter im passenden Alter umfassend darüber aufgeklärt hatte, dass er sich mit Tötungsdelikten befasste und ermordete Menschen besah, wie er sich im Folgenden auf die Suche nach ihren Mördern machte und nach Erklärungen dafür, warum ihre Opfer hatten sterben müssen, sprachen sie hin und wieder über seine Arbeit.

Stets überließ Manschreck es seiner Tochter, die Initiative zu ergreifen. Wenn sie Fragen hatte, bekam sie Antworten.

Wenn sie Dinge nicht wissen wollte, fragte sie nicht. Längst hatte sich bei ihm der Eindruck gefestigt, dass Marie einen gut funktionierenden Instinkt dafür besaß, vor welchen Informationen sie sich schützen wollte. Dies, so vermutete er, war einer der Gründe dafür, warum Marie keinen Gefallen daran fand, von Mitschülerinnen und Freundinnen über den Beruf ihres Vaters befragt zu werden. Genauso wenig, wie sie für den frühen Tod ihrer Mutter bedauert werden wollte.

Manschreck öffnete die Fahrertür und trat seine Zigarette aus. Es hätte ihm gutgetan, sich ein paar Schritte an der Luft zu bewegen, doch er konnte sich nicht überwinden. Er war froh, im Schatten zu sitzen. Seit der Pressekonferenz wütete der Kopfschmerz in ihm.

Obwohl er nicht so naiv gewesen war, zu glauben, dass wegen der Schwabinger Krawalle Fragen zu den toten Mädchen ausbleiben würden – zumal das Foto von Seitz im heutigen Lokalteil prominenten Platz einnahm –, so hatte ihn sein Bemühen, die Fakten zu Regine Weber auf Abstand zu jenen über die Krawalle zu halten, Kraft und höchste Konzentration gekostet. Er hatte den Fundort benannt, jedoch keine Angaben dazu gemacht, wer das Mädchen gefunden hatte. Ob Regine Weber bei den Krawallen unter den jungen Leuten auf der Straße gewesen war, konnte er offenlassen und den Appell wiederholen, dass sich bei ihnen melden sollte, wer das Mädchen Freitagnacht gesehen oder womöglich sogar mit ihm gesprochen hatte.

Marie bog mit einer Mitschülerin auf die Allee ein und blieb noch einen Moment stehen, nachdem sie ihren Vater entdeckt und ihm zugewinkt hatte. Zwei hübsche junge Mädchen in Sommerkleidern, deren Welt in Ordnung war, soweit er das wusste. Manschreck erkannte in der Begleitung Maries beste Freundin Ulrike. Im nächsten Moment knackte das Funkgerät.

»Herr Hauptkommissar, hören Sie?«
»Was gibt's, Murnau?«
Murnau räusperte sich.
»Meine Tochter ist noch nicht im Wagen. Machen Sie schnell.«
»Leichenfund. Wieder ein junges Mädchen. Erwürgt.«
»Wo?«
»Herzogstraße, Ecke Angererstraße. Auf einer Baustelle.«
Marie verabschiedete sich von Ulrike und nahm die Beine in die Hand.
»Bis später, Murnau.«
Die Beifahrertür wurde aufgerissen, und Marie ließ sich auf den Sitz fallen.
»Servus, Paps«, sagte sie, »so, wie du schaust, hast du entweder Kopfschmerzen oder du musst noch mal weg.«
»Servus, liebe Marie.«
»Also beides.« Sie kurbelte die Scheibe auf ihrer Seite herunter. »Du solltest weniger rauchen.«
Erst als er den Wagen am Schlossrondell wendete, gab sie ihm einen Kuss auf die Wange.
»Wie war deine Woche?«, fragte er.
»Unauffällig. Wie deine war, weiß ich schon ein bisschen. Parole Schwabing.«
»Marie, ich muss tatsächlich noch mal weg, es ...«
»Es tut dir leid, ich weiß, Paps.«
Seinen zweifelnden Blick erwiderte sie gleichmütig. Vielleicht machte sie ihm was vor. Möglicherweise auch nicht.

»Ich verkrafte das, ehrlich. Lässt du mich am Rotkreuzplatz raus?«

»Ich fahre dich nach Hause.«

Manschreck setzte den Blinker. Zwei hemdsärmelige junge Kerle auf Mopeds überholten, während er von der Auffahrtsallee abbog. Im Vorüberfahren feixten sie ins Auto und knatterten vor ihm mitten auf der Straße weiter.

»Idioten«, sagte Marie.

Abrupt bogen die Jungen jetzt linker Hand zu einem kleinen Park ab, wo eine Gruppe von Jugendlichen sie johlend begrüßte.

Marie schaute nicht hin.

»Es ist Wochenende, ich habe frei, ich will raus, bin die ganze Woche kaserniert. Das kannst du mir nicht antun, mich bei dem Wetter zu Hause einzusperren.«

»Ich sperre dich nicht ein, ich wünsche nur, dass du zu Hause auf mich wartest.«

Marie verdrehte die Augen.

»Ich brauche nicht länger als zwei Stunden, Marie.«

Manschreck trat auf die Bremse, als die Ampel auf Rot umsprang.

Seine Tochter sah aus dem Fenster. Vor dem Eiskiosk des Italieners am Rotkreuzplatz standen die Leute in der Sonne Schlange.

»Wir gehen nachher zusammen Eis essen, einverstanden?«

Die Ampel wurde gelb. Manschreck legte den ersten Gang ein, als Marie die Beifahrertür aufstieß und hinaussprang.

»Ich gehe allein Eis essen. Jetzt.«

Die Autos vor ihnen fuhren los. Die Autos hinter ihnen begannen zu hupen.

»Steig sofort wieder ein, Marie!«

Sie beugte sich zum Fenster.
»In zwei Stunden treffen wir uns zu Hause, einverstanden?«, zitierte sie ihn.
Ein Cabriofahrer überholte mit aufheulendem Motor.
»Kannst dich nicht einigen mit deinem Flitscherl oder was?«, blökte der gut gebräunte Mann am Steuer. Die Frau mit Sonnenbrille und Kopftuch neben ihm lachte.
»Idiot!«, schrie Marie.
»Niemand wird mich am helllichten Tag umbringen, Paps.«
Sie schlug die Wagentür zu und verschwand hinter der langen Reihe hochsommerlich gekleideter Menschen, die sich auf ihr Eis an einem sonnigen Samstag freuten.

Eine knappe Stunde später blickte Manschreck dem abfahrenden Leichenwagen nach, während Schutzpolizisten die gaffende Menge hinter der Absperrung bei der Baustellenausfahrt zurückhielt. Die Kollegen des Morddezernats waren noch immer mit der Befragung einiger ungeduldiger Bauarbeiter beschäftigt, die in ihr verdientes Wochenende gehen wollten, das um vierzehn Uhr begonnen hatte.
Für den Erkennungsdienst war die Großbaustelle zur Spurensicherung ein Albtraum. Wo ein Gebäude der Deutschen Post entstehen sollte, wurde seit einer Woche die Grube ausgehoben. Dreiundzwanzig Männer hatten hier ab 6:30 Uhr ihre Arbeit aufgenommen. Lastwagen und Baufahrzeuge waren bis zum Mittag auf das Grundstück und wieder herunter gefahren, hatten Staub aufgewirbelt und Spuren vernichtet.
Ein junger italienischer Gastarbeiter, der vom Polier aufgefordert worden war, Bier für den Zwölf-Uhr-Zug zu holen (für den Zug aus den Flaschen um zehn hatte es zu-

vor gerade noch gereicht), fand das Mädchen auf dem Rückweg über ein unerschlossenes Grundstück. Durch dieses von allerlei Unkraut und Büschen in unterschiedlicher Höhe bewachsene Gelände führte ein Trampelpfad. Eine Abkürzung für jeden, der sie gebrauchen konnte.

Emanuele Lorca aus Kalabrien waren die Knie weich geworden, als er sich mit zwei bierschweren Baueimern in den Händen durch den Bauzaun zwängte und das barfüßige Mädchen im Dreck liegen sah, mit aufgerissenen Augen, als hätte sie weit oben am Himmel etwas Furchtbares entdeckt.

Wie Blitze eines monströsen Gewitters waren in Emanueles Kopf die schlimmsten Gedanken herabgestoßen. In Tränen aufgelöst war er zum Polier gelaufen, voller Angst, dass man ihn selbst beschuldigen würde, dem Mädchen etwas angetan zu haben.

Emanuele hatte mehr als einmal erlebt, wie leidenschaftlich die Deutschen der Hass packen konnte, wenn die Spaghettifresser bei Tanzveranstaltungen auftauchten und ihren Frauen gefielen. Eintritt für Italiener verboten.

Als die Polizei eingetroffen war, hatte der Junge mit zwei Landsmännern abseits gewartet, während die Deutschen Bier trinkend vor dem Bauwagen standen, rauchten und ihre Kippen am Boden austraten.

Der Gerichtsmediziner hatte den Tod des Mädchens Manschreck gegenüber auf einen Zeitpunkt zwischen vier und fünf Uhr in der Früh festgelegt und Emanuele damit ein Alibi verschafft. Es würde sich nachweisen lassen, dass die Italiener um 5:30 Uhr gemeinsam die Wohnbaracken in Milbertshofen verlassen hatten, um den Kleinbus zu erwischen, der sie jeden Tag zur Baustelle fuhr.

Das tote Mädchen hinter dem Bauwagen war durch Bretter verborgen, die dort gestapelt lagen. Vermutlich wäre niemand an diesem Sonnabend auf die Leiche aufmerksam geworden, hätte Emanuele nicht die Angst geritten, mit dem Bier womöglich zu spät zu kommen. Pünktlichkeit war in diesen Dingen höchstes Gebot.

Als die Bestatter das Mädchen anhoben, war eine kleine kunstlederne Handtasche zum Vorschein gekommen. Hellgrün wie ihr ärmelloses Kleid, das ein breiter Stoffgürtel um die Mitte teilte. Ein rot-weiß gepunktetes Mäppchen in der Tasche, das Wimperntusche, grünen Lidschatten und Lippenstift enthielt, lieferte ihnen einen Hinweis auf die Identität des Mädchens, dessen Alter der Gerichtsmediziner auf etwa fünfzehn geschätzt hatte.

Ein Jahr jünger als Marie.

Sommersprossen. Rotblondes Haar, das in Wellen um ihren Kopf lag. Blasse, fast weiße Haut, auf der die Würgemale am Hals wirkten wie Schmutz.

Susanne Lachner, Herzogstraße X. Die Kugelschreiberschrift auf der Innenseite des Schminktäschchens kindlich rund.

Susanne hatte es nicht mehr weit nach Hause gehabt, wo auch immer sie am Ende der Nacht hergekommen sein mochte.

»Die Baustelle, das Abrissgrundstück«, sagte Murnau neben Manschreck. »Man könnte meinen, der Kerl achtet auf eine diffizile Spurenlage.«

»Er musste die Mädchen schnell loswerden.«

»Trotzdem. Er scheint sich auszukennen. Wohnt vielleicht hier irgendwo.«

»Dann müsste er wissen, dass in Schwabing zu jeder Tages- und Nachtzeit Leute auf der Straße sind. Besonders in den letzten beiden Nächten.«

»Er treibt sich rum und wartet. Die Mädchen sind Zufallsopfer.«

»Die Krawalle haben Tausende junge Leute nach Schwabing gelockt. Aus allen Teilen der Stadt. Sogar von außerhalb, wie einige der aufgenommenen Personalien zeigen.«

»Meinen Sie, der Täter nutzt das Chaos?«

Manschreck warf seine halb gerauchte Zigarette fort. Marie hatte recht. Rauchen machte seine Kopfschmerzen nicht besser.

»Gehen wir zu den Eltern.«

Murnau hob das Absperrband. Die Leute wichen vor ihnen auseinander.

»Das WKP-Fräulein war zur Akteneinsicht da«, ließ Murnau ein paar Schritte weiter verlauten.

»Gut.«

»Ist wohl jetzt bei den Kindern.«

»Ja.«

Murnau zog ein Schnupftuch aus der Hosentasche und wischte seinen Schweiß von Stirn und Hutkrempe.

»Eifrige junge Person.«

»Beunruhigt Sie etwas daran, Murnau?«

Statt zu antworten, deutete Murnau auf eine Toreinfahrt, über der ein Blechschild befestigt war. An den Rändern fraß der Rost.

Schreinerei Lachner. Meisterbetrieb seit 1921.

Im Hinterhof setzte das Kreischen einer elektrischen Säge ein.

»Da wären wir«, sagte Murnau.

*

Ludwig Maria hatte sich mit Carol Jackson in einem alten Café am Beethovenplatz verabredet. Sie erwartete ihn in einer der hinteren Nischen des hallengroßen, holzgetäfelten Raumes.

Sie hielt das Versprechen, das die Fotos von ihr gaben, dachte er. Ein zierliches Nachtgewächs mit fast durchscheinender Haut. *Chalky coloured.* So hatte der amerikanische MP-Officer damals gesagt, der den sechzehnjährigen Ludwig Maria erwischte, als er mit einem Rucksack voller Lucky Strikes das Casino der McGraw-Kaserne verließ: *What's up, son? You look chalky coloured.*

Miss Jackson wirkte in ihrem schwarzen Etui-Kleid, als trüge sie Trauer. Das schwarz gefärbte, toupierte Haar umgab ihr blasses Gesicht wie ein Helm. Unter den Augen mit den künstlichen Wimpern und den stark nachgezogenen Brauen lagen dunkle Schatten, die das Make-up nicht überdecken konnte.

Sie hatte eine leichte Strickjacke um die nackten Schultern gelegt und hielt ihre Teetasse mit beiden Händen, als käme von irgendwo ein kalter Wind, der nur sie traf, während ganz München schwitzte.

Ihr gefiele der *Viennese coffee house style,* sagte Carol, als ihr Gespräch mit dem Austausch freundlicher Belanglosigkeiten Anlauf nahm.

Draußen vor den bodentiefen Bogenfenstern saßen die Leute unter dem dichten Blätterdach der Kastanien. Miss Jackson hatte darum gebeten, sich drinnen zu treffen. Sie wollte nicht mit Ludwig Maria gesehen werden, denn Chets Anwalt hatte etwas dagegen, dass sie mit Reportern sprach.

»Vielleicht kennt man Sie ja in der Stadt.«

»Es kommt vor«, sagte Ludwig Maria.

Sie bestellte eine weitere Tasse schwarzen Tee, als der Kellner für ihn Kaffee und Cognac brachte. Am Fenster las ein älterer Herr Zeitung. Kein weiterer Mensch außer ihnen wollte drinnen sitzen.

»Wie geht es Chet?«, fragte Ludwig Maria, nachdem Carol ihren Tee erhalten hatte.

»Ich weiß nicht, ob Sie wissen, Lüdwick, dass Chet, als ich ihn vor zwei Jahren in Mailand kennenlernte, gerade einen Entzug hinter sich hatte«, begann sie zu erzählen. »Für ein paar Monate war er absolut clean. Ich kannte ihn nicht anders. Als er anfing, wieder Palfium zu nehmen, habe ich das lange nicht bemerkt, *you know*.«

Palfium, ein starkes Schmerzmittel, das wie ein Opiat wirkte, war Ludwig Maria durch den Fall eines Schauspielers geläufig, über den er geschrieben hatte. Ein gefallener Stern der Dreißiger- und Vierzigerjahre. Ein im Deutschen Reich viel beschäftigter Leinwandheld des Seichten, den nach Kriegsende niemand mehr beschäftigen wollte, hatte den Schmerz über seine plötzliche Bedeutungslosigkeit und den rasenden Neid auf erfolgreiche Kollegen erst mit Opium, später mit Palfium betäubt. Er wurde straffällig und starb, bevor er eine Haftstrafe von zwei Jahren antreten konnte, an einem sorgfältig dosierten Tabletten-Cocktail.

»Ich muss Chet so schnell wie möglich aus dieser Anstalt holen«, sagte Carol. »Er hat Auftritte und ein Filmangebot in Italien.«

»Sie haben den besten Anwalt, der in dieser Stadt für diesen Job zu finden ist.«

»Ich weiß.«

Sie beugte sich vor und legte ihre Hand auf seinen Unterarm.

»Aber das reicht nicht.«
Dann beantwortete sie seine Frage.
»Chet geht es nicht gut, Lüdwick. Jeden Tag, wenn ich bei ihm bin, weint er wie ein Baby in meinen Armen.«
I could cry salty tears.
Where have I been all these years?
Ludwig Maria hörte Chets Trompete den alten Gershwin-Song spielen.
»Helfen Sie ihm.«
»Wie?« Er wollte nicht wissen, was jetzt kommen würde.
Carol zog ihre Hand weg.
»Als Chet in Italien im Gefängnis war, hatte er sich mit einem Wärter angefreundet, er hieß Peccora. Dieser Mann ließ uns immer allein im Besuchszimmer, *you know*, allein. Ich meine, hey, wir konnten Sex haben.«
Akribisch entfernte sie mit dem Daumen die Lippenstiftspuren an der Teetasse.
»Chet schließt leicht Freundschaften. Weil er ein guter Mensch ist.«
Ludwig Maria fragte sich, ob er – ohne es zu merken – zu einem dieser Spießer geworden war, die er immer verachtet hatte. Es gab Zeiten, da hätte er, was Carol jeden Moment von ihm erbitten würde, ungerührt zur Kenntnis genommen und ihr zugesichert, dass er sehen würde, was sich machen ließe. Jetzt regten sich Wut und Widerwillen in ihm.
»Warum wollen Sie Chet dabei helfen, sich zugrunde zu richten?«
Er gab ihr Feuer, als sie nach ihren Zigaretten griff.
»Sie haben ihn zwei Jahre lang eingesperrt. Das war hart und ungerecht. Die italienische Polizei und das Gericht – alle hatten gelesen, was die Presse über Chet schrieb. Nichts

über seine Musik, nichts über seine Erfolge, darüber, was er der Welt gegeben hat, wofür er lebt. Immer nur: Chet und die Drogen. Es interessierte die Leute nicht, dass er versuchte, davon loszukommen. Niemand glaubte ihm. Eine italienische Zeitung veröffentlichte ein Foto von Chet, wie er mit geschlossenen Augen einem Klaviersolo zuhört. Er war konzentriert, vollkommen in der Musik, Sie werden wissen, wovon ich rede, wenn Sie ihn kennen, wenn Sie behaupten, sein Freund zu sein.«

Sie sah ihn an.

»Aber das Foto sagte: Hier bitte – Chet Baker, vollgedröhnt wie immer. Ich war dabei, als das Foto entstand. Er war sauber. Stocknüchtern wie der alte Mann da am Fenster oder ich in diesem Moment. Er hörte einfach nur der Musik zu.«

»Ein ergreifendes Plädoyer«, sagte Ludwig Maria nach einem Moment des Schweigens, »und das meine ich nicht ironisch.« Auch wenn sie englisch sprachen und niemand in der Nähe war, erschien es ihm angebracht, die Stimme zu senken. »Umso weniger verstehe ich, dass Sie von mir verlangen, ihm Stoff zu besorgen. Darum geht es doch, oder nicht?«

»Wissen Sie, gestern sagte er zu mir: Wenn alle in Chet Baker nur den Junkie sehen wollen, warum soll ich mir noch den Arsch aufreißen, um davon loszukommen?«

Am liebsten hätte Ludwig Maria sie gepackt und geschüttelt.

»Ich muss los. Chet wartet auf mich.«

Er erhob sich, als sie aufstand.

»Ich fahre Sie. Lassen Sie mich mit ihm reden.«

Sie nahm ihre Handtasche vom Stuhl.

»Der Anwalt fährt mich.«

»Weiß er, dass Sie versuchen, Stoff für Chet zu beschaffen?«

»*Don't be silly*«, sagte sie kühl. »Hinterlassen Sie eine Nachricht im Hotel, wenn Sie Neuigkeiten für mich haben.«

Sie umrundete den Tisch und blieb kurz bei ihm stehen.

»Chet hält Sie für einen Freund. Ich grüße ihn, wenn Sie wollen.«

Ludwig Maria nickte.

»Ja«, sagte er. »Grüßen Sie Chet von mir.«

Er blickte ihr nach, wie sie mit gestrafften Schultern das Café verließ. Sie wirkte zerbrechlich, als könnte sie zu Staub zerfallen, wenn sie ins Sonnenlicht trat.

Er trank seinen Cognac und begab sich dann an die Bar, um zu zahlen. Der Kellner fachsimpelte mit einem Kollegen über den Boxkampf, dem die Republik entgegenfieberte. Bubi Scholz trat heute Abend in Berlin gegen den Amerikaner Harold Johnson an.

Ludwig Maria legte einen Zehnmarkschein auf den Tresen und ging, während er sich fragte, warum Kellner auf einen Mann wetteten, der dafür bekannt war, dass er nie Trinkgeld gab.

*

Als Elke sah, wie viele Menschen an der Haltestelle am Marienplatz standen, war sie kurz versucht, umzukehren und vom Präsidium aus mit dem Rad nach Sendling zu fahren. Wie dumm, nicht zu bedenken, dass jetzt, am Samstagmittag, die Leute scharenweise von der Arbeit aus den Kaufhäusern und Geschäften kamen, andere sich mit ihren Wochenendeinkäufen auf den Weg nach Hause machten und wieder andere an einem Tag wie heute zum Baden außerhalb der Stadt an die Isar fahren wollten, wo der Fluss frei durch sein natürliches Kiesbett strömte.

Elke drängte in die Tram, während sich hinter ihr krachend die Türen schlossen. Als die Bahn durch das Sendlinger Tor fuhr, hatte sie vor ihrem Inneren bereits die Läden heruntergelassen, um im kühlen Schatten ihres Verstandes die Gedanken zu ordnen. (Eine am Härtefall erprobte Übung, die sie oft genug davor bewahrt hatte, schreiend um sich zu schlagen, wenn ihre Mutter sinnlos auf sie einredete.)

Die Befragung von Monika war ohne neue Erkenntnisse geblieben. Das Mädchen verschloss sich in ihrem Kummer, sank haltlos weiter in die Trauer um ihre Freundin ab, und über allem schwang die Angst, in ein Heim abgeschoben zu werden.

Bevor sie gegangen war, hatte Monika flehentlich darum gebeten, den Stiefvater nicht auf den Faustschlag anzusprechen. Und so hatte Elke das Mädchen widerwillig dem Mann übergeben, dessen Stimmung nach rund einer Stunde Wartezeit auf dem Flur zwischen Sitte und Weiblicher Kriminalpolizei nicht besser geworden war. Als er zu hören bekommen hatte, dass Monika in die Rechtsmedizin gebracht werden sollte, um ihre Verletzung am Auge untersuchen und dokumentieren zu lassen, lehnte er es ab, sie dorthin zu begleiten.

Während das Kreischen der Tram für Elke ein fernes Lärmen blieb, rekapitulierte sie die Akte Johanna Bartl.

Bekanntermaßen weder frische noch ältere Spuren äußerer Gewalt bei dem Kind. Im Nacken des Mädchens war ein

Kratzer zu sehen. Möglicherweise war sie von einem Ast gestreift worden oder daran hängen geblieben. Johannas Kleid wies einen Riss am Rücken auf. Er konnte entstanden sein, als sie versucht hatte, sich loszureißen von jemandem, der sie gegen ihren Willen festhielt.

Die Griffspuren unter den Achseln und an den Fußgelenken gaben Aufschluss darüber, dass sie aus dem Wasser gezogen und fortgetragen worden war.

Von einer Person? Hatte eine zweite mit angefasst?

Die Fotos der Sandale, die von einem Angler auf den Kieseln gefunden worden war, zeigten die Schnalle geöffnet. (Der Mann hatte die Stelle mit weißen Kieseln markiert und den Schuh zur Sendlinger Polizeidienststelle gebracht, nachdem er vier Fische gefangen hatte.)

Das Kind konnte seine Schuhe selbst ausgezogen haben, damit sie nicht nass wurden. Mit dem Wasser der Isar jedenfalls war das Leder nicht in Berührung gekommen. Man hatte Frau Bartl die Sandale gezeigt. Das Gegenstück war nicht gefunden worden.

Elke fragte sich, was Johanna dazu gebracht haben konnte, allein an den Flaucher zu gehen und nicht, wie sie es vorgehabt hatte, ihre Mutter am Sendlinger Tor abzuholen.

Vielleicht hatte Johanna gelogen.

Vielleicht gab es eine heimliche Verabredung. Ein Treffen, von dem sie wusste, dass es verboten war.

Laut Protokoll konnte sich keiner der befragten Tram-Fahrer oder Schaffner daran erinnern, sie in der fraglichen Zeit auf der Strecke gesehen zu haben. Einige kannten das Mädchen. Man beschrieb sie als fröhlich und selbstbewusst. Manche hatten gelegentlich ein paar Worte mit ihr gewechselt, wenn sie allein gefahren war.

Ob die Mutter manchmal mit Johanna am Flaucher gewesen war? *Wir könnten ein Picknick machen, Johanna, was meinst du? Spazieren gehen. Fangen spielen oder Verstecken.* Gab es dort schöne Erinnerungen für das Kind, denen es nahe sein wollte?

Doch Elke sah die Frau nicht mit ihrem Kind am Fluss sitzen und auf die Strömungen schauen, Hand in Hand zum Wasser gehen, die nackten Füße eintauchen, ein wenig nur, ganz am Rand, Kiesel sammeln, die runden, strahlend weißen.

Für all dies schien ihr Johannas Mutter viel zu erschöpft.

Unterhalb des Sendlinger Berges stieg Elke aus der Tram. Die Nylons klebten an den Beinen, Schweißperlen liefen ihr den Rücken hinunter, und der verschwitzte Rockbund kratzte durch die Bluse auf der Haut.

Nichts war im Moment unwichtiger als ihr persönliches Befinden.

An einer Straßenecke gegenüber der Haltestelle hatte noch ein kleiner Kiosk geöffnet. Sie kaufte eine Cola und leerte die kleine Flasche in eiligen Schlucken, während ihr Blick über die Schlagzeilen der Tageszeitungen glitt.

IN SCHWABING IST DER TEUFEL LOS

Volker.

AUFSTAND DER MASSEN

Ihre Mutter.

Bestimmt hatte sie schon versucht, sie bei der Mauser zu erreichen. Ob sie so weit gehen würde, im Kommissariat anzurufen? Was, wenn sie an die Chefin geriet, der sie die gleiche Lüge aufgetischt hatte wie Manschreck? Schlimmer. Der Warneck hatte sie erzählt, Volker am Morgen in die Isartalbahn gesetzt zu haben.

SCHWABING, DUCK DICH
Ein Bericht von unserem Redaktionsmitglied
Ludwig Maria Seitz

Sie kaufte die Münchner Zeitung und fragte nach dem nächsten Münzfernsprecher.

Wenig später hielt Elke die Tür einer stickigen Telefonzelle auf, während sie telefonierte und hastig ihre Mutter belog. Frau Zeisig blieb überraschend einsilbig, als sie mit der Rückkehr ihres Sohnes auf den nächsten Tag vertröstet wurde. Elke ahnte, wie schmal die Lippen ihrer Mutter in diesem Moment wurden, weil sie sich zusammennehmen musste, anstatt eine Vielzahl aufgestauter Vorwürfe an ihre Tochter loszuwerden. Vermutlich waren Gäste in der Nähe.

Als Elke in die Straße einbog, an deren Ende Frau Bartl und die Lienert-Kinder mit ihren Eltern wohnten, schob sie jeden Gedanken an Volker beiseite. Sie wollte sich weder ärgern noch um ihn sorgen.

Das musste warten.

Sie begegnete kaum einem Menschen, während sie überlegte, ob sie zuerst mit den Geschwistern oder mit Johannas Mutter sprechen sollte. Vereinzelt hörte sie spielende Kinder aus den Höfen, und als die Gärten näher kamen, auch von dort. Irgendwo surrte ein Handrasenmäher, und in einer Querstraße wusch ein Mann hingebungsvoll ein hellblaues Auto.

Das Haus, in dem die Lienerts und Frau Bartl auf einem Flur im Erdgeschoss wohnten, war Teil eines Wohnblocks, der zwischen den Kriegen entstanden sein musste. Alte Kastanien säumten hier die Straße und warfen besänftigend Schatten. Elke strich sich das Haar hinter die Ohren und klingelte.

Hildegard Bartl hielt mit einer Hand die Tür, mit der anderen klammerte sie sich am Türrahmen fest. Sie wirkte, als könnte der leichteste Luftzug sie davonwehen. Elke holte sich in Erinnerung, dass die Frau vierunddreißig war. Sie sah aus wie eine Greisin.

»Der Herr Pfarrer ist da«, sagte sie.

»Ich kann etwas später wiederkommen.«

»Bitte …« Frau Bartl wandte sich ab und ging vor Elke den Flur entlang. Jede Bewegung schien sie Kraft zu kosten.

In der Küche, wo es nach den Erdbeeren roch, die gezuckert in einem Schüsselchen auf dem Tisch standen, erhob sich ein rothaariger junger Mann in Soutane. Er schien den Raum auszufüllen mit seiner ungelenken Körpergröße. Durch schwarzrandige Brillengläser blickte er Elke bekümmert und gleichsam erwartungsvoll entgegen.

»Gibt es etwas Neues?«, fragte er, nachdem sie sich einander vorgestellt hatten.

»Ihre Tochter ist in der Rechtsmedizin inzwischen genauer untersucht worden«, wandte Elke sich an Frau Bartl. »Dabei hat sich herausgestellt, dass Johanna einen angeborenen Herzfehler hatte.«

Frau Bartl suchte mit zitternden Händen Halt am Küchentisch und sackte auf einem Stuhl zusammen.

»Ich verstehe das nicht«, sagte sie mit dünner Stimme, »was hat das zu bedeuten?«

»Wussten Sie davon, dass Johanna ein krankes Herz hatte, Frau Bartl?«

»Nein.« Ihre Lippen bebten. Der junge Geistliche setzte sich wieder zu ihr.

»Ist Ihnen vielleicht manchmal aufgefallen, dass Johanna schneller müde wurde als andere Kinder?«, fragte Elke sanft. »Haben manche Dinge Ihr Kind vielleicht besonders angestrengt?«

Frau Bartl schien zu beobachten, wie der Zucker auf den geviertelten Erdbeeren schmolz. Sie brachte nicht die kleinste Regung zustande, um Elkes Frage zu bejahen oder zu verneinen.

»Ich verstehe das nicht«, wiederholte sie tonlos. »Ich verstehe nicht, was passiert ist.«

»Die Polizei wird alles tun, um es herauszufinden.«

Elke war dem Pfarrer dankbar, dass er ihr diese Beteuerung abnahm und nicht vom Willen des Herrn sprach. Ihr Instinkt wehrte sich schon jetzt dagegen, dieser gebrochenen Frau Fragen zu stellen, mit denen sie sich offenbar selbst quälte, weil sie alle Schuld bei sich suchte, seit sie ihr Kind auf dem Tisch in der Rechtsmedizin hatte sehen müssen.

Elke verließ die Wohnung und hoffte, dass die Gegenwart des Pfarrers die aufgebrachte Seele Frau Bartls trösten konnte.

Sie würde später alles wieder aufwühlen müssen.

*

»Ich wusste nichts von irgendeiner Krankheit«, sagte wenig später Frau Lienert, ohne Elke hereinzubitten. »Das wäre mir auch zu viel gewesen.«

Sie erwartete ihren Mann zurück, der Fernfahrer war, und hatte sich hübsch gemacht. Das Haar war sorgfältig frisiert, die Wimpern getuscht und die Lippen nachgezogen. Ihre Jüngste, Ursel, umarmte die Knie ihrer Mutter und zerdrückte den weiten Rock des hellen Sommerkleides, während sie schüchtern zu Elke hinaufsah.

»Ich würde trotzdem gern noch einmal mit Valentin und Betti sprechen, Frau Lienert.«

»Die Kinder sind nicht da. Sie haben ein Federballspiel bekommen und sind bei den Gärten. Sie sollen nicht immer nur noch an die schreckliche Geschichte denken.«

»An die Johanna«, sagte Ursel und steckte den Daumen in den Mund.

»Das verstehe ich. Es muss schlimm für sie sein.«

»Schlimm«, echote Ursel.

»Mein Sohn ist nur noch verstockt. Betti weint bei jeder Gelegenheit. Die Kleine macht wieder ins Bett. Und jetzt kommen Sie schon wieder und müssen sie ausfragen, ausgerechnet am Samstag.« Frau Lienert sprach leise und schnell. »Mein Mann wird völlig erschlagen sein, wenn er kommt, und er weiß noch nichts von Johanna. Er ist durch Österreich und Jugoslawien gefahren, ich werde ihm das also beibringen, und dann muss er natürlich auch zur Hilde rüber, sein Beileid sagen. Es ist alles so ...«

Sie stockte und wandte das Gesicht ab.

»Bitte, können wir kurz drinnen weiterreden«, sagte Elke. »Ich möchte Ihnen einen Vorschlag machen.«

Auf dem Wohnzimmertisch stand eine Kristallvase mit rosa Nelken. Es herrschte penible Ordnung.

Elke bekam keinen Platz angeboten. Frau Lienert behielt

die Wohnungstür im Auge und verschränkte die Arme vor der Brust.

»Was für ein Vorschlag?«

Ursel kroch unter den Tisch und verschwand hinter der herabhängenden Decke.

»Wir wollen versuchen, noch mehr über Johanna zu erfahren. Ihre Kinder waren eng befreundet. Vielleicht wissen sie irgendetwas, das uns erklärt, warum Johanna allein an die Isar gegangen ist.«

»Meine Kinder dürfen nicht allein an die Isar.«

»Johanna durfte das sicher auch nicht. Trotzdem war sie da. Sie wissen, dass eine ihrer Sandalen ...«

Frau Lienert fiel ihr ins Wort. »Ja, ich weiß.« Sie deutete mit dem Kopf zum Tisch.

»Ich habe es nur den Großen erzählt«, sagte sie hart. »Ich hoffe, es ist ihnen eine Warnung.«

»Was denn, Mama?«, kam es unter dem Tisch hervor.

Frau Lienert presste die Lippen zusammen und schwieg. Dann löste sie die Arme. Ihre Stimme zitterte.

»Ich will nicht, dass Sie was Falsches von Johanna oder von meinen Kindern denken«, sagte sie. »Johanna hat mir genauso gehorcht wie meine Kinder. Sonst hätte ich sie nicht so oft zu mir genommen. Außerdem ... Ich hatte sie gern.«

»Das bezweifle ich nicht.«

Frau Lienert schluckte wie an einem trockenen Stück Brot.

»Hören Sie«, sagte Elke, »wären Sie damit einverstanden, wenn ich mit Betti und Valentin einen kleinen Spaziergang mache?«

»Ich will mit«, verkündete Ursel.

»Ein Spaziergang. Wozu?«

»Es könnte den Kindern helfen, von ihrer Freundin zu erzählen, ohne sich ausgefragt zu fühlen. Sie können mir zeigen, wo sie zusammen gespielt haben, und vielleicht fallen ihnen Dinge ein, von denen Johanna ihnen mal erzählt hat. Ob sie von einem Fremden angesprochen wurde, etwa. Kinder haben Geheimnisse und verraten einander nicht, als gute Freunde.«

»Ich will mit!«, schrie das Kind unter dem Tisch.

»Du bleibst schön hier bei mir, Ursel.«

»Nein!«

»Der Papa kommt gleich.« Frau Lienert bückte sich und griff nach der Tischdecke, hinter der ihre Jüngste sich verbarg. »Da freust du dich doch.«

»Nein!« Ursel riss an der Decke, warf sich mit der vollen Kraft ihres kleinen Körpers hinein. »Ich will mit!«

Elke sah die Vase mit den Nelken auf sich zukommen und fing sie auf, bevor sie kippte. Die Tischdecke rutschte zu Boden, auf das Kind herab. Frau Lienert versuchte, ihre Tochter darunter hervorzuholen, doch Ursel krallte sich heulend darin fest wie eine Katze.

»Frau Lienert.« Elke stellte die Nelken ab und berührte das Handgelenk der Frau.

»Ich nehme Ursel gern mit«, sagte sie ruhig, »das ist schon in Ordnung. Sie gehört ja dazu.«

»Ja!« Mit hochrotem Kopf, das Gesicht von Zornestränen überzogen, tauchte die kleine Person aus dem Stoffhaufen auf. »Ich bin vier, so wie wir«, schluchzte sie.

Elke half dem Kind auf die Füße.

»Das ist lustig.«

»Das ist von Johanna«, sagte Ursel schniefend. Sie streckte die Finger ihrer rechten Hand in die Höhe und klappte mit der linken den Daumen weg. »Damit ich nicht immer so mache, wenn ich sagen soll, wie alt ich bin.«

Den Weg vom Wohnviertel bis zum Fluss war Ursel, von beiden an den Händen gehalten, zwischen Elke und Betti gegangen. Sie ließen einander erst los, als sie von der Holzbrücke, die über das Wehr führte, eine schmale steile Treppe hinunter auf die Kiesbänke des Flauchers stiegen.

Valentin, der hinter ihnen blieb, begann im Weitergehen Steine aufzuheben und sie mit kraftvollen Würfen ins Wasser zu befördern. Das fortgesetzte Platschen begleitete die kleine Gruppe, bis sie an einer Reihe von tief gebräunten Sonnenbadenden vorbeikamen, an Leuten, die sich in der flachen Strömung stehend abkühlten, und Familien, die auf Picknickdecken zusammensaßen, und schließlich eine Landzunge erreichten. Bewachsen mit wild wuchernden Büschen ragte sie, kaum einsehbar von den Ufern, wie eine verlassene Insel in den sich weitenden Fluss.

Den Beschreibungen der Spurensicherer nach musste der Kreis aus weißen Steinen, mit denen der Angler die Fundstelle der Sandale markiert hatte, an der Spitze der Kiesbank zu finden sein.

Valentin folgte Elke und den Mädchen weiterhin in einigem Abstand. »Warum gehen wir da hin?«, rief er böse. »Was sollen wir hier?«

Elke schirmte ihre Augen gegen die auf dem Wasser funkelnde Sonne ab.

»Kennt ihr den Platz?«, fragte sie.

»Unser Vater geht manchmal mit uns hierher«, sagte Betti zögernd.

»Es ist sehr schön hier. Ein richtiges Versteck.«

Vor ihnen hopste Ursel in den Kreis aus weißen Kieseln. Ihre Füße passten gerade hinein. Sie ging in die Hocke und hob zwei Steine auf.

Elke spürte, wie Betti neben ihr erstarrte.

»Den Platz kennt nur Papa!«, rief Ursel. »Und wir.« Sie ließ die Steine fallen und lief zu den Büschen. Einige von ihnen streckten ihre Zweige ins Wasser. »Sonst keiner!«

»Blödsinn!«, schrie Valentin. »Alles Käse! Das sagt Papa nur, damit wir denken, es ist ein Abenteuer!«

»Das ist gemein von dir«, sagte Betti mit bebenden Lippen. »Woher willst du das wissen?«

»Weil!«, schrie Valentin. »Der Mann, der den Schuh von Johanna gefunden hat, kennt den Platz auch!«

Betti begann zu weinen.

»Hör auf!«, brüllte Valentin. »Hör auf, hör auf!« Er bückte sich nach einem weiteren Stein und warf ihn nach seiner Schwester.

Elke zog Betti aus der Schusslinie.

»Schluss damit!«

Zum zweiten Mal an diesem Tag hielt sie ein zitterndes Mädchen in den Armen. Dicht neben ihren Füßen schlug Valentins Wurfgeschoss auf.

»Ich bin vier, so wie wir ...«, hörten sie Ursel singen.

Valentin ließ sich auf die Steine fallen und vergrub seinen Kopf in den Armen.

»Ich bin vier, so wie wir.«

Die Stimme des Kindes schien mitten aus einer dicht stehenden Gruppe von Büschen zu kommen.

»Ursel?«

Das Singen verstummte.

Elke bat Betti, zurückzubleiben. Vor den Sträuchern ging sie auf die Knie und bog die Zweige auseinander.

Das Kind saß eine Armlänge entfernt zwischen dem Blätterdickicht am Boden vor einem Loch. Seine Hände waren voller Erde.

»Ursel.«

»Pst.« Konzentriert grub die Kleine weiter. »Das ist ein Geheimnis.«

»Darf ich es sehen?«

»Na gut.«

Elke kroch zwischen die Sträucher, während Zweige sich in ihren Haaren verfingen und die Strümpfe zerrissen.

Ursel hob etwas aus dem Boden. Umsichtig fegte sie mit ihren kleinen Fingern die Erde ab.

Es war Johannas zweite Sandale.

»Die habe ich versteckt«, flüsterte Ursel. »Damit die Johanna sie suchen kann, wenn sie aus dem Wasser kommt.«

Die dritte Nacht

PPMünchen/Kom.C1 22.6.1962

Polizeibericht

über den Hergang der Ereignisse am 20. Juni 1962, die zum Tod des Kindes Johanna Bartl führten. Zusammengefasst von Kriminalkommissarin Elke Zeisig nach Angaben der Kinder Lienert, Valentin und Elisabeth (Rufname Betti), beide geboren 12. April 1952, und Ursula (Rufname Ursel), geboren 22. März 1958 in München, wohnhaft München-Sendling, Valleystraße 51.
Die Befragung durch die o. g. WKP-Beamtin und Kriminalkommissar Bernhard Murnau fand in der häuslichen Umgebung der Kinder statt. Die Eltern Lienert, Renate, geboren 19. November 1933 in München, und Peter Lienert, geboren 22. Februar 1930 in Straubing, waren anwesend.

Die Geschwister verließen mit ihrer Spielkameradin, dem Nachbarskind Johanna Bartl, etwa gegen 14:30 Uhr gemeinsam die elterliche Wohnung und begaben sich zum Spielen auf die Wiese am Schuttberg, an der Ostseite der Heimgartenkolonie Isartal, so, wie es mit ihrer Mutter abgesprochen war. Die Kinder spielten hier oft, im Sommer

nahezu täglich. Der Platz liegt fußläufig etwa zehn Minuten von der Wohnung der Kinder entfernt.
Im Laufe ihres Versteckspiels bewegten sich die Kinder an den Gärten entlang, bis sie schließlich ungeplant die Thalkirchner Straße erreichten. Zuvor hatten sie darüber gestritten, ob weiße Kiesel im Dunkeln leuchten, so, wie sie es aus einem Märchen wussten, und ob dazu das Mondlicht nötig wäre oder nicht.
Nach Aussage der Kinder war so unwillkürlich die Idee entstanden, an die Isar zu gehen, um weiße Kiesel zu suchen, die sie mit nach Hause nehmen und auf die Fensterbänke legen wollten, um nachts nachzuschauen, ob sich etwas tat.
Allen vier Kindern war bewusst, dass es ihnen streng untersagt war, allein - ohne die Begleitung eines Erwachsenen - an die Isar zu gehen. Die Verlockung des Verbotenen war jedoch stärker als alle Bedenken. Die Kinder kamen überein, dass niemand etwas bemerken würde, wenn sie sich sehr beeilten.
Auf die Frage, ob es einen Anstifter gegeben hatte, der die anderen überredete, gab zunächst V. zu, die »Sache mit dem Schnellsein, damit wir nicht auffliegen« geäußert zu haben. Seine Schwester B. äußerte jedoch vehement, dass sie sich alle einig gewesen wären und niemand den anderen überreden musste.
Die Kinder liefen zum Flaucher, wo ihnen eine mit Büschen bewachsene Kiesbank durch Ausflüge mit

dem Vater bekannt war. Dort begannen sie, an verschiedenen Stellen Steine zu sammeln. Johanna hatte dann für sich beschlossen, im Wasser zu suchen, weil man dort die weißen Kiesel besser sah. Zu diesem Zweck zog sie ihre Sandalen aus, damit sie nicht nass wurden.

Durch dichtes Buschwerk geriet Johanna im Folgenden außer Sichtweite der Zwillinge, während die vierjährige U. sie begleitete. Weil sie verhindern wollte, dass U. ebenfalls mit den Füßen ins Wasser ging, regte Johanna sie an, ihre (Johannas) Sandalen zu verstecken. Sie würde diese dann suchen, wenn sie einige schöne Steine - auch für U. - gesammelt hätte.

Als V. und B. wenig später aufbrechen wollten und nach den beiden Mädchen suchten, fanden sie Johanna regungslos mit dem Gesicht im Wasser liegend. Die Kinder zogen sie auf den Kies, drehten sie auf den Rücken, schüttelten sie, damit sie ihr Bewusstsein wiedererlangen sollte.

B. legte ein Ohr an die Brust der Freundin und stellte fest, dass ihr Herz nicht mehr schlug. V. versuchte vergeblich, einen Pulsschlag festzustellen. U. befand sich währenddessen im Gebüsch und grub eine Sandale Johannas ein.

Die Kinder gerieten in Panik über den Tod ihrer Spielkameradin und in schlimmste Angst davor, dass man ihnen die Schuld daran geben würde. Sie beschlossen, die Leiche fürs Erste vor Ort zu verstecken.

Damit ihre kleine Schwester die tote Gefährtin nicht sehen musste, lockte B. das Kind auf der anderen Seite aus den Sträuchern und blieb bei ihr, während V. den leblosen Körper Johannas unter ein dichtes Gebüsch zog und ihn unter den bis ins Wasser ragenden Ästen verbarg.
Der kleinen Schwester wurde gesagt, Johanna sei schon fortgegangen, weil sie ihre Mutter vom Sendlinger Tor abholen wollte. V. beschwor seine Schwestern, niemand dürfte erfahren, dass sie an der Isar waren, sonst kämen sie alle ins Heim und man würde sie niemals wieder zu den Eltern zurückgehen lassen.
Nach Aussage der Kinder wurde ihre Angst vor den Konsequenzen neu befeuert, als Frau Bartl ihre Tochter vermisste und sie eindringlich von Renate Lienert befragt wurden. Die Mädchen schwiegen weitgehend, während V. das Lügen übernahm und berichtete, Johanna sei vom gemeinsamen Spiel bei den Gärten aufgebrochen, um zur Tram zu gehen.
Nachdem die Kinder zu Bett gegangen waren (die Jüngste schlief in dieser Nacht bei der Mutter, weil sie wegen Johannas Verschwinden kaum zu beruhigen war), quälte sie der Gedanke daran, dass die Freundin in der Nacht allein und tot unter den Büschen liegen musste, dass vielleicht Ratten oder andere Tiere an ihr fressen würden. Darüber konnten die Geschwister keinen Schlaf finden.
V. teilte seiner Schwester schließlich mit, dass er Johanna holen wollte und sie auf die Wiese am

Schuttberg legen würde, damit sie am Morgen gleich gefunden würde. B. bestand darauf, ihren Bruder zu begleiten. Sie wollten den alten Handkarren der Frau Bartl benutzen, der mit einer alten Plane abgedeckt im Hof stand.
Um 3:40 Uhr, etwa eineinhalb Stunden vor Sonnenaufgang, konnten die Kinder unbemerkt die Wohnung verlassen. Auch als sie den Handkarren vom Hof zogen, bemerkte dies niemand.
Mit einer Taschenlampe ausgerüstet, erreichten sie im Halbdunkel den Flaucher ungesehen. Im Folgenden trugen sie die Leiche vom Versteck auf der Kiesbank zur Brücke hinauf, wobei sie den Transport mehrmals unterbrechen mussten, weil es B. sehr zu schaffen machte, dass »Johanna so steif war«, und sie darüber immer wieder heftig weinen musste. Die Kinder legten den Körper in dem mitgeführten Karren ab, bedeckten ihn mit der Plane und begaben sich auf den Rückweg zu den Gärten. Inzwischen trat die Morgendämmerung ein.
Sie ließen den Karren auf dem Weg stehen, damit sich kein Gras verräterisch in den Rädern verfangen sollte, und trugen Johanna auf die Wiese. Nachdem B. die verstorbene Freundin nicht in das taunasse Gras legen wollte und wieder zu weinen begann, fiel V. der rote Liegestuhl, in dem Johanna später aufgefunden wurde, in einem Randgartenstück auf, und er entwendete ihn von dort. Indessen reinigte B. mit ihrem Jackenärmel die Tote von Schmutzspuren und flocht die Zöpfe neu,

damit sie ordentlich aussähe und ihr »nichts
Schlimmes« anzusehen sei.
Die Kinder ließen Johanna auf der Wiese zurück,
als gegen 5:05 Uhr der Sonnenaufgang einsetzte,
erreichten das Haus und stellten den Karren
wieder unbemerkt im Hof ab, wie sie ihn vorgefunden hatten. Vermutlich wegen des Feiertags
befanden sich die Bewohner des Hauses zur Zeit
ihrer Rückkehr noch alle im Schlaf.
Bei der Befragung durch die Beamten des K11 im
Anschluss an den Leichenfund äußerte sich niemand über eine Beobachtung oder Wahrnehmung von
Geräuschen.
Die Aussage der Zeugin Niklas hingegen (Ergänzung
zum Protokoll PP/Kom.C1 23. 6. 1962) über das
»Knirschen von Rädern auf Sand« könnte die Angaben
der Kinder zum Transport der Leiche insofern
bestätigen, als es sich hierbei um das Geräusch
des Handkarrens gehandelt haben könnte, mit dem
die Kinder sich von den Gärten entfernten.
Da V. im Besitz eines eigenen Schlüssels ist,
konnten die Geschwister unbemerkt zurück in die
elterliche Wohnung gelangen und sich zu Bett
begeben.

Enttäuscht, Murnau nicht anzutreffen, legte Elke ihren Bericht auf den verlassenen Schreibtisch des Kommissars. Sie hatte gehofft, mit ihm über das zweite Mordopfer sprechen zu können. Susanne Lachner. Sie hatten keine Akte über das Mädchen, Murnau hatte danach gefragt.

Elke sah zu Manschrecks Büro hinüber. Ähnlich wie es sich bei ihrem Büro verhielt, führte auch von Murnaus Zimmer eine Verbindungstür zum Arbeitszimmer des Chefs.

Obwohl sie wusste, dass Manschreck nicht im Präsidium war, klopfte sie und öffnete die angelehnte Tür ein wenig weiter.

Das Büro unterschied sich kaum von dem der Warneck, außer dass es größer war und zwei statt nur ein Fenster hatte. Auch Adenauer fehlte. An der Wand hinter dem Schreibtisch hing ein großer Stadtplan, in dem farbige Fähnchen steckten. Zwei rote in Schwabing.

Ihr Blick fiel auf die Rückseite eines Bilderrahmens, der schräg hinter dem Telefon auf dem Schreibtisch stand. Vermutlich ein Bild seiner Tochter. Sie hatte die Warneck mal sagen hören, dass Manschreck Witwer war und das Mädchen allein großzog.

Ein Aschenbecher auf der Fensterbank. Auf dem aufgeräumten Schreibtisch lag eine Akte wie hingeworfen oder flüchtig abgelegt. Vermutlich hatte Murnau sie seinem Chef hinterlassen.

Bevor sie sich selbst zur Ordnung rufen konnte, trat Elke an den Schreibtisch, zog die Akte Susanne Lachner zu sich heran und überflog sie. Der Fundort, Zeugenbefragungen – Murnau hatte sie über die wesentlichen Fakten in Kenntnis gesetzt. Murnau. Wenn er jetzt zurückkäme …

Mit dem, was sie hier tat, setzte sie alles aufs Spiel. Sie wäre sofort raus. Manschreck würde ihr nie mehr vertrauen, und Warneck würde sie in der Luft zerreißen.

Hastig legte sie die Akte zurück. Das Herz schlug ihr bis zum Hals, während sie aus dem Büro floh.

Schämst du dich nicht?

Sie konnte die empörte Stimme ihrer Mutter zischen hören, wenn sie sie in ihrem Schlafzimmer erwischt hatte, auf der Suche nach Geheimnissen im Nachtkasten oder nach Erinnerungen an den verschwundenen Vater im Kleiderschrank.

Als Kind war Elke das Leben der Erwachsenen immer wie eine einzige Ansammlung von Geheimnissen erschienen, wo es doch so vieles gab, was sie nicht sehen, hören oder erst später erfahren sollte, wenn sie alt genug sei, um es zu verstehen.

Nie, dachte Elke, während sie die Mordkommission verließ, war es zu diesem einen ereignisreichen Moment gekommen, in dem sich das ganze Füllhorn enthüllter Mysterien über ihr ausgeschüttet hätte. Stattdessen hatten sie sich ihr beiläufig erklärt, als enttäuschende Banalitäten, und waren in Vergessenheit geraten.

Elke eilte den Flur entlang. Aus einem der anderen Zimmer drang das gedämpfte Krakeelen eines Boxkampfs, der im Radio übertragen wurde.

Sie dachte an Peter Lienert. Der Vater von Valentin, Betti und Ursel hatte sich als freundlicher und sanfter Mann mit der Statur eines Schwergewichts erwiesen, der seine Kinder von Herzen liebte. Er teilte die Erschütterung mit ihnen, während seine Frau sich in fassungslosem Entsetzen darüber verlor, wie sich die Dinge ereignet hatten und was ihr entgangen war.

Als Elke ein Stockwerk tiefer aus dem Paternoster stieg, sah sie auf dem Flur vor den Büros der WKP eine Frau stehen. Eine auffallende Erscheinung in Schwarz. Enge Hosen mit Schlitzen über den schlanken Fesseln, ärmellose Bluse, Sandaletten mit hohen Absätzen. Kurz geschnittenes, fast schwarzes Haar.

»Suchen Sie jemanden?«

Sie wandte sich um.

Obwohl die Augen der Frau hinter einer großen Sonnenbrille verborgen waren, spürte Elke, dass sie einer Musterung unterzogen wurde. Verschwitzt, Laufmaschen in den Strümpfen, Bluse und Rock zerknittert von einem langen Tag.

»Ich suche Fräulein Zeisig.«

»Das bin ich. Wie kann ich Ihnen helfen?«

Die andere nahm die Sonnenbrille ab.

»Sie sehen Ihrem Bruder kaum ähnlich«, sagte sie.

Sie genoss Elkes Überraschung. Ihr Erschrecken.

»Möchten Sie mit in mein Büro kommen?«

»Wenn Ihnen das lieber ist.«

Sie gingen an Warnecks leerem Platz vorbei.

»Setzen Sie sich doch, Frau …?«

»Ich stehe gern.«

Elke schloss die Tür, während die Frau sich eine Zigarette anzündete, mit einem Feuerzeug, das teuer aussah, Gold möglicherweise. Sie zog sich den Aschenbecher von Doris' Schreibtisch heran und sah sich in dem Büro um.

»Sie möchten mir Ihren Namen nicht sagen, wenn ich das richtig verstehe?«

»Ist das wichtiger für Sie, als zu erfahren, wo Ihr Bruder ist?«

Elke ging zum Fenster und blieb dort stehen, um das Gegenlicht für sich zu nutzen. Noch war es hell, kurz vor Sonnenuntergang.

»Werden Sie es mir sagen?«

Die sinnliche Präsenz der Fremden breitete sich im Büro aus wie ein schweres Parfüm. Elke schätze ihr Alter auf Anfang dreißig. Was hatte diese Frau mit Volker zu tun? Er mit ihr?

Für einen Moment war sie nicht sicher, ob sie es wissen wollte.

»Werden Sie ihn wieder einsperren?«, fragte die Frau amüsiert.

»Ich habe meinen Bruder nicht eingesperrt.«

»Natürlich nicht. Verzeihen Sie.« Sie streifte die Asche ab.

»Volker ist seit der vergangenen Nacht bei mir. Freiwillig. Wenn Sie ihn zurück im Schoß der Familie haben wollen, sollten Sie ihn abholen, denn freiwillig gehen wird er wohl nicht. Es gefällt ihm bei mir.«

»Sie hätten anrufen können.«

»Vielleicht wollte ich Sie kennenlernen.«

Elke empfand tiefsten Widerwillen. Sie gönnte der Frau nicht, dass sie es schaffte, sie in den Bann zu ziehen. Ebenso wie vermutlich auch ihren Bruder. Plötzlich hatte sie das Bedürfnis, ihn zu schützen.

»Warum setzen Sie Volker nicht einfach vor die Tür, wenn Sie ihn loswerden wollen?«

»Ich wohne in Schwabing, da ist es zurzeit etwas unsicher auf den Straßen, wie Sie wissen.« Die Frau drückte ihre halb gerauchte Zigarette aus. »Auch wenn es im Moment nicht so wirkt, aber ich mag Ihren kleinen Bruder.«

Elke hätte ihr am liebsten ins Gesicht geschlagen. Sie nahm einen Bleistift vom Schreibtisch und zog ihren Block zu sich heran.

»Wie ist Ihre Adresse?«

»Ainmillerstraße 223. Zweiter Stock links.«

»Ich vermute, es steht kein Name an der Tür.«

»Sie können mich Valeska nennen. Ihr Bruder nennt mich auch so.« Sie wandte sich zum Gehen und fragte dann plötzlich: »Sagen Sie, gibt es hier immer noch eine Kommissarin Hauser?«

»Nein. Warum fragen Sie?«

»Eine alte Bekannte. Wir haben uns aus den Augen verloren.«

»Ich kenne keine Kommissarin Hauser. Aber ich könnte meine älteren Kolleginnen fragen.«

»Es war nett, Sie kennenzulernen.«

Die Frau glitt aus dem Zimmer wie eine Katze. »Geben Sie mir etwas Vorsprung.«

Elke starrte noch eine ratlose Weile auf die Tür, die sich hinter der Frau geschlossen hatte, und begann dann, ihre Sachen zusammenzuräumen. Sie zerriss das Blatt, auf dem sie die Adresse notiert hatte, und warf es in den Papierkorb. Ainmillerstraße. Es würde zu viel Zeit kosten, noch schnell nach Hause zu fahren. Sie musste sich sofort auf den Weg machen.

In ihrem Büro stand die Warneck an einem der Aktenschränke und sah Elke über ihre Lesebrille hinweg entgegen.

»Das war sehr gute Arbeit im Fall Bartl, Kollegin Zeisig«, sagte sie.

Wie lange war sie schon da?

»Ich frage mich, wie die Familie das verkraften wird«, sagte Elke, nur, damit die Luft sich bewegte.

Die Warneck schloss den Aktenschrank.

»Ohne Hilfe von außen wird das nicht leicht. Wir sollten die Lienerts mit der Familienhilfe in Kontakt bringen.«

Verstohlen sah Elke auf ihre Uhr. »Ich kümmere mich gleich am Montag darum.«

»Sind Sie eigentlich sicher«, fragte die Chefin, »dass die Frau Bartl von der Herzerkrankung ihres Kindes nichts wusste?«

Unwillkürlich runzelte Elke die Stirn. »Für mich gibt es keinen Grund, ihre Ehrlichkeit anzuzweifeln. Sie war am Boden zerstört, als sie von dem Obduktionsergebnis erfuhr.«

»Gut, gut«, sagte die Warneck. »Nun, ich bin sehr zufrieden mit Ihnen, Fräulein Zeisig. Was Sie bei der Befragung der Kinder geleistet haben, zeigt einmal mehr, wie wichtig unsere Abteilung für die Polizeiarbeit ist.«

Wie lange war die Frau jetzt weg? Zehn Minuten?

»Sie wirken ungeduldig. Oder ertragen Sie es nicht, wenn man Sie lobt?«

»Verzeihen Sie, ich ...«

»Ach was. Sie haben längst Dienstschluss. Der Tag hat Ihnen viel abverlangt. Und dann noch ein weiteres ermordetes Mädchen. Soweit ich weiß, gibt es nicht die geringste Spur. Hat man Sie im K11 noch detaillierter informiert?«

»Nein.«

Zögernd blickte Elke auf den runden Rücken ihrer Chefin, die sich dem Fenster zugewandt hatte. Wahrscheinlich befühlte sie die Erde ihrer Topfpflanze.

»Kennen Sie eine Kollegin Hauser? Sie soll früher mal hier gearbeitet haben.«

»Hm. Hauser, sagen Sie? Ich glaube nicht.«

Als Frau Warneck sich Elke zuwandte, hielt Gegenlicht ihr Gesicht im Schatten.

»Nein«, sagte sie nachdenklich. »Wer soll das sein? Wie kommen Sie auf diesen Namen?«

Schon bereute Elke, die Frage gestellt zu haben. Sie musste zusehen, dass sie in die Ainmillerstraße kam.

»Ach, heute hat hier jemand nach einer Frau Hauser gefragt. Aber im Grunde schien es nicht weiter wichtig zu sein.«

»Heute? Jemand? Wer?«, wiederholte die Warneck lächelnd. »Das klingt mysteriös.«

»Eine Frau hat mich draußen auf dem Flur angesprochen – sie kannte die Kollegin von früher, glaube ich, und war auf der Suche nach ihr.«

»Hat sie eine Adresse hinterlassen?«

»Nein«, log Elke. »Um ehrlich zu sein, habe ich es versäumt, nach ihrem Namen zu fragen. Mein Fehler.«

Bevor die Warneck noch etwas sagen konnte, verabschiedete Elke sich und eilte aus dem Zimmer. Manchmal konnte die Chefin kein Ende finden, und normalerweise blieb sie geduldig.

Aber nichts war mehr normal.

*

Beim Abendessen hatte Marie ihn hochgenommen, als sie einen nächtlichen Ausflug nach Schwabing anregte. Sie wolle den Dingen ins Auge sehen, sagte sie.

»Als Tochter eines Polizisten sollte ich wissen, wie die Ordnungsmacht mit jugendlichem Widerstand umgeht, findest du nicht?«

»Was sind denn das für Revoluzzersprüche? Lernt ihr das von den Ordensschwestern?«

»Nicht von ihnen, Paps. *Durch* sie. Die monoedukative Schulbildung mit Nonnen als Lehrkörper ist auch ein lustfeindliches System, das Widerstand provoziert.«

»Du meinst also, die Beamten hätten mitmusizieren sollen, anstatt im Interesse der Anwohner um Ruhe zu bitten?«

»Sie haben aber nicht gebeten, sondern spießige Befehle erteilt. Im Umgang mit Jugendlichen ist das einfach nur dumm.«

Dann war seine Tochter durchaus gut gelaunt – wie immer, wenn sie ihn ihrer Meinung nach argumentativ in die Tasche gesteckt hatte (wobei er zuweilen aus reiner Bequemlichkeit schwieg) – in ihrem Zimmer verschwunden und hatte begonnen, hinter verschlossenen Türen Musik zu hören. Ihre Vorliebe waren französische Chansons. Ihre Favoritin war Juliette Gréco, wogegen er nicht das Geringste einzuwenden fand.

Manschreck hatte die Gelegenheit genutzt, mit Murnau zu telefonieren.

Nachdem dieser ihn über die Lösung des Falls Johanna Bartl und den Anteil Fräulein Zeisigs daran informiert hatte, war Murnau zum Stand der Ermittlungen in den Mordfällen Susanne Lachner und Regine Weber übergegangen.

Mithilfe des Tagebuchs von Susanne Lachner hatten sie den jungen Mann ermitteln können – ein 19-jähriger Malergeselle –, bei dem das Mädchen die Nacht verbracht und mit dem sie laut rechtsmedizinischem Bericht erstmaligen und einvernehmlichen Verkehr gehabt hatte.

Noch wurde der Junge auf dem Präsidium verhört.

Niemand im K11 hielt ihn nach den jetzigen Erkenntnissen für den Mörder von Susanne Lachner und schon gar nicht für den Mann, der Regine Weber getötet hatte.

Unter einigen Fingernägeln Susanne Lachners waren wie bei Regine Weber geringfügige Spuren des Materials sichergestellt worden, von dem sie seit wenigen Stunden wussten, dass es sich um schwarz gefärbten Nitrilkautschuk handelte.

Der Täter mordete in Arbeitshandschuhen, wie Klempner sie benutzten oder Leute, die mit Chemikalien umgingen. Gummihandschuhe aus festem Material, die man in jedem gut sortierten Werkzeug- und Haushaltwarengeschäft kaufen konnte.

Das Alibi des jungen Malergesellen für die Fronleichnamsnacht – er hatte bis in die Puppen im Keller einer Schwabinger Kneipe Tischtennis gespielt – war hieb- und stichfest.

Nachdem er ausgesagt hatte, dass er sich mit Susanne und einigen Freunden in der vergangenen Nacht am Rande der Krawalle aufgehalten hatte, angeblich, ohne sich zu beteiligen, befragten ihn inzwischen die Kollegen von der Schutzpolizei.

Im Präsidium hatte man erneut alle Abteilungen zusammengezogen, um sich auf eine nächste Krawallnacht in Schwabing vorzubereiten, die man sicher kommen sah.

Wenn der Täter das Chaos ein weiteres Mal zu nutzen beabsichtigte, waren sie machtloser als nur machtlos.

Er würde sich von den hitzigen Geschehnissen durch die Straßen Schwabings treiben lassen, bis ihm am Ende des Sturms der Zufall ein nächstes Opfer in die Hände spielte.

»Paps?«

Marie trug ihre Bluse über den Shorts geknotet. Sie war außer Atem und ein bisschen verschwitzt. Wahrscheinlich hatte sie in ihrem Zimmer getanzt.

»Haben wir noch irgendwo eine Schachtel, in die ich ein paar 45er sortieren kann?« Sie öffnete den Wohnzimmerschrank, ein wuchtiges Familienerbstück mit knarzenden Türen, und begann in den unteren Fächern zu kramen, dort, wo sich Gemischtes sammelte. »Das Album ist schon wieder voll.«

Sie tauchte mit einem hellen Sperrholzkistchen wieder auf. Quadratisch. Original Sachertorte.

»Die sieht aus, als könnte sie passen.«

Zustimmend nickte Manschreck von seinem Sessel aus. »Den Kuchen habe ich mal mit deiner Mutter zusammen in Wien gekauft. Wir fanden ihn dann beide zu süß.«

»Verstehe«, sagte Marie. Ihr junges Gesicht zeigte die übliche Reaktion, wenn er die Rede auf ihre Mutter brachte: Ratlosigkeit. Ob Trauer sich daruntermischte, wusste er nicht – wohl eher Bedauern. Marie war sieben Jahre alt gewesen, als ihre Mutter starb. Ihre Erinnerungen an sie waren viel schneller verblasst als seine.

»Nimm sie nur«, sagte er, während Marie die Schachtel öffnete.

»Da sind alte Briefe drin.«

»Leg sie auf den Tisch.«

»Danke, Paps.«

Als in Maries Zimmer die Gréco vom Pariser Himmel zu singen begann, stand Manschreck auf und ging zum Tisch.

All diese Briefe der vergangenen Jahre. Die meisten stammten von Hans.

Sein bester Freund war vergangenes Jahr in Rostock gestorben. Unfassbare vierzig Jahre zuvor hatten sie sich in einem Pfadfinderlager an der Ostsee kennengelernt, Hans und er. Sie hatten sich geschrieben und einige Male gegenseitig besucht. Dann, mit dem Ende ihrer Jugend, war ihr Kontakt etwas eingeschlafen, es gab Postkarten zu Weihnachten und zu Geburtstagen. Sie versprachen einander, sich unbedingt einmal wiederzusehen, doch erst die bizarren Zufälle des Krieges brachten sie wieder zusammen, als sie an der Ostfront in derselben Einheit dienten.

Manschreck legte die Briefe zurück in den Schrank, zwischen die Tellerstapel des guten Geschirrs, das sie selten benutzten.

Er dachte an Elke Zeisig, die Hans in manchem tatsächlich ähnlich war. Vielleicht würde er ihr eines Tages von ihm erzählen.

*

Volker stellte das Radio neben dem Bett wieder lauter, nachdem er seinen Rundgang abgeschlossen hatte. Küche, Bad, Wohnzimmer. Modern im Vergleich zu dem, was er kannte. Nett. War schnell gegangen, die Peilung. Kleine Wohnung. Und er schnüffelte schließlich nicht herum.

Nur in den Badezimmerschrank hatte er einen Blick geworfen, suchte eine Zahnbürste, wollte nicht einfach ihre nehmen, hatte aber keine gefunden.

Kein noch so kleiner Hinweis auf männliche Gegenwarten im Übrigen.

Nicht mal Kondome. Sie hatten keine benutzt.

Und sie waren nicht frühstücken gegangen.

Die Zahnpasta war amerikanisch. Er hatte sie mit dem Finger auf den Zähnen verteilt. Ein paarmal den Mund ausgespült, gegen den Spiegel gehaucht. War okay. Er hatte sich gefragt, ob er anders aussah als gestern, und musste grinsen.

Im Radio schrie sich der Sportreporter über Bubis blutende Braue heiser, die Johnson ihm soeben mit einem Kopfstoß verpasst hatte. Volker fragte sich, ob es ihm gelingen würde, vom Bett aus mit dem großen Zeh die Schublade des Nachtschränkchens zu öffnen. Es gelang mühelos, fast schon zu einfach. Später sagte er sich, dass er die Schublade sofort wieder geschlossen hätte, wäre ihm nicht die Bibel ins Auge gefallen. (Erst kürzlich hatte er sich im Religionsunterricht zum Atheismus bekannt.) Volker beugte sich vor und hob den Buchdeckel mit dem goldenen Kreuz an. Ein zusammengefalteter Zeitungsausschnitt mit ausgerissenen Rändern kam darunter zum Vorschein, als die Vorhänge warnend im Zugwind flatterten.

Valeska.

Dann stand sie im Zimmer. Es wurde schon dunkel.

»Du kannst das nicht zu Ende hören«, sagte sie.

Er hatte das Radio schon ausgemacht.

»Kein Problem«, sagte er und hoffte, sie würde nicht sehen, dass ihm fast das Herz aus der Brust sprang. »Interessiert mich eigentlich auch gar nicht.«

Sie blieb, wo sie war, mitten im Zimmer. Vielleicht sollte er etwas sagen wie »Mir war langweilig ohne dich«. Aber vielleicht war das noch eine Nummer zu groß.

»Du musst gehen.«

Für einen Moment sah sie aus, als täte es ihr leid. Er musste schnell wegschauen.

Sie warf ihm sein Hemd und seine Jeans aufs Bett.

»Beeil dich.«

»Warum?«, fragte er wie ein Trottel, während er sich anzog, als hätte er es verlernt. Wie man in eine Hose stieg, ein Hemd zuknöpfte.

»Das spielt keine Rolle.«

»Hat es was damit zu tun, was du zu erledigen hattest?«

Hast du gesehen, dass ich an deinen Sachen war?

»Ich bin noch verabredet.«

Bauchschuss. Natürlich wusste er nicht, wie es sich anfühlte, wenn sich einem eine Kugel in die Eingeweide bohrte. Vielleicht ungefähr so.

»Verstehe.«

»Das glaube ich nicht.«

Er angelte seine Schuhe unter dem Bett hervor. Keine Ahnung, wo die Socken waren. Bloß weg hier.

»Komm her«, sagte sie sanft. »Gib mir noch einen Kuss.«

Er stieß ihre Hand fort, die sie nach ihm ausgestreckt hatte. Barfuß, mit den Schuhen in den Händen, verließ er die Wohnung, wortlos. Sie sollte seine Stimme nicht zittern hören.

Sie rief ihm nicht nach, als er die Treppen hinunterlief, und sie stand auch nicht am Fenster, als er von der Straße nach oben schaute.

Er schob die Faust in die Hosentasche und versenkte das Fundstück für den Fall, dass sie ihn doch beobachtete.

Er setzte sich auf die Stufe vor der Apothekentür und zog seine Schuhe an. Als er noch einmal zum Haus hinübersah, stockte ihm der Atem.

Drüben, im Halbdunkel, beugte sich eine Frau zu den Klingelschildern. Die Gedanken rasten wie Schnellzüge durch seinen Kopf.

Deine Schwester ist also Polizistin. Verrückt.

Er sprang auf und drängte sich in die Türnische der Apotheke. Er konnte das Klingeln hören, ein hässlicher, schriller Ton. Das Schlafzimmerfenster stand noch immer offen. Sie hatte kein Licht gemacht. Es klingelte wieder. Sie öffnete nicht.

*

»Scheiße«, sagte Mayr. Der Fotograf drehte das Radio des Karmann aus. In seiner schlaksigen Körperlänge zusammengefaltet, hockte er neben Ludwig Maria wie eine schlecht gelaunte Fangschrecke. Bubi Scholz hatte den Kampf um die Weltmeisterschaft verloren.

»Er hat sich zu sehr auf seine alte Lauer- und Ausweichtaktik verlassen«, maulte Mayr. »Johnson konnte bis zur dreizehnten Runde Kräfte sparen.«

Ludwig Maria wusste, dass keine Antwort von ihm erwartet wurde. Mayr diskutierte Sportereignisse am liebsten im angeregten Selbstgespräch.

Sie hatten die Redaktion nach einer kurzen Konferenz verlassen. Für eine Meldung über den Fund eines weiteren Mordopfers in der Abendausgabe war es zu spät gewesen. Angesichts der zu erwartenden explosiven Lage in Schwabing war niemand unfroh darüber, nicht mal Gunzmann.

Zur Klärung des Todesfalls der Kleinen aus Sendling war die Verlautbarung aus dem Polizeipräsidium bis jetzt, das Ganze habe sich als tragischer Unfall erwiesen, dem die Herzerkrankung des Kindes zugrunde lag. Über alles andere hielt man sich bedeckt, was nach einer veritablen Story roch. Die Frage lag nahe, wen man zu schützen beabsichtigte, doch das herauszufinden musste warten.

Aus Murnau hatte Ludwig Maria nicht mehr herausbekommen können, Manschreck war nicht zu kriegen, und der Gedanke, von Fräulein Zeisig etwas erfahren zu wollen, zerstob, kaum dass er aufgetaucht war.

Durch die heruntergekurbelten Scheiben strich den Männern ruppig der Fahrtwind um die Köpfe, während sie eine triste Ausfallstraße entlangfuhren, um Schwabing von Westen her anzusteuern.

Hin und wieder jagten Polizeifahrzeuge mit zuckenden Blaulichtern an ihnen vorüber, zum Fronteinsatz, wie Schöppler es genannt hatte, genau wie sie.

Nach dem Treffen mit Carol war Ludwig Maria nach Hause gefahren. Er musste telefonieren. Nach Nummern suchen, in alten Taschenkalendern und Notizbüchern. Er war ein leidenschaftsloser Archivar von Ereignissen und Kontakten, die ihm beruflich genutzt, sich jedoch für sein Leben als bedeutungslos erwiesen hatten.

Als er den Mann, den er schon sehr lange nicht mehr angerufen hatte, dann tatsächlich erreichte, fühlte er sich um Jahre zurückgeworfen, und er war nicht sicher, ob ihm das gefiel. Zumal er nach Carlos gefragt hatte.

Nein, dachte Ludwig Maria, während sie die Ausfallstraße Richtung Schwabing verließen und Mayr neben ihm begann, sich die Taschen mit Filmen vollzustopfen, es gefiel ihm nicht.

Nachdem sie den Wagen abgestellt hatten und nun über die Münchner Freiheit auf die Leopoldstraße liefen, erklärte er dem Fotografen, dass er noch einen Informanten treffen musste, und sie verabredeten als Treffpunkt das Schwabinger Nest. Mayr würde dort Stellung beziehen, und Ludwig Maria, der nur ein paar Schritte weiter verabredet war, würde im Nullkommanichts zu ihm stoßen, sobald sich etwas tat.

Noch war alles wie sonst an einem Samstag in Schwabing.

Auf den Trottoirs vibrierte die ausgelassene Unruhe eines sommerlichen Abends, der Verkehr zuckelte im *Stop-and-*

go, Hupen, Schauen, Winken, Zusteigen, aussteigen, Gelächter, *Night Train.*

Doch dann, je weiter sie gingen, war es, als wechselten die Gezeiten, und die Flut kam zurück.

*

Die Gäste vor dem Café taxierten Elke neugierig, mitfühlend, bereit zu neuer Empörung. Einige standen auf und reckten die Hälse zur Straße hin. Ein Mann bot ihr sein Bier an, eine Frau eine Zigarette.

Sie war gerannt, hatte sich zwischen den Leuten hindurchgezwängt, die zunehmend dichter standen und gingen, tanzten und tranken, diskutierten und in Stimmungen gerieten, je näher sie der Leopoldstraße kam.

Noch immer trug sie die zerrissenen Strümpfe, ihre Bluse hing aus dem Rock. Die Jacke hatte sie sich schweißnass heruntergerissen und in die Tasche gestopft, als sie in der Ainmillerstraße vor verschlossenen Türen stand.

Wie die dümmste aller Personen auf dieser Erde.

Theres sah ihr mit großen Augen von der Bar entgegen, als sie das Café betrat.

»Was ist passiert? Geht es schon wieder los draußen?«

»War Volker hier?«

»Nein.«

»Sag mir die Wahrheit, Theres.«

»Er war nicht hier. Ich mach dir einen Espresso.«

»Ich will keinen Espresso.«

»Zeiserl. Setz dich.«

Elke folgte dem Blick, den Theres unter hochgezogenen Augenbrauen durch das schwach beleuchtete Café schickte, und bemerkte erst jetzt die beiden Männer, die in der Ecke neben der Tür an einem der Tische zusammensaßen. Sie redeten rauchend über ihren Whiskygläsern, ohne sie zu beachten. Einer von ihnen war Micky.

Hastig wandte Elke sich ab.

»Kennst du den?«, fragte Theres leise. »Micky sagt, er ist ein alter Freund. Ich habe ihn aber hier noch nie gesehen.«

»Er ist Reporter bei der Münchner Zeitung.«

»Ach so?«

Theres nahm die Schultern zurück und griff sich in die Haare, sie konnte einfach nicht anders.

Auf der Straße schwollen Pfiffe und rhythmisches Klatschen an.

Im Spiegel sah Elke, wie Seitz aufstand und ging. Seltsamerweise war sie sicher, dass er sie gesehen hatte.

Im nächsten Moment stand Micky hinter ihr.

»Los, Baby«, sagte er über Elkes Schulter hinweg zu Theres, »räum zusammen, wir schließen. Ich habe keine Lust, mir den Laden zerlegen zu lassen, das zahlt mir nämlich keiner.«

Theres machte sich hüftschwingend auf den Weg nach draußen. Elke verstand nicht, warum sie lächelte.

»Ich geh dann auch mal«, sagte sie.

Micky hielt sie am Arm fest.

»Hiergeblieben.«

»Lassen Sie mich los.«

»Ich fahre euch zwei Hübschen nach Hause.«

Vergeblich versuchte sie, sich aus seinem Griff zu befreien. Theres trug Tabletts herein und Stühle und tat so, als würde sie nichts bemerken.

»Nein danke«, sagte Elke. »Fahren Sie Theres. Ich komme allein klar.«

»Oho, bist du bewaffnet, Zeiserl?«

Draußen schob sich eine Polizeikette auf die johlenden Leute zu, in deren Mitte eingekeilte Autos zu schaukeln begannen wie Boote.

»Nein, aber ich habe gelernt, wie man gegen ein Schienbein tritt, und zwar so, dass es splittert.«

Micky schüttelte sie, als gelte es, ein bockiges Kind zur Räson zu bringen.

»Mir ist es scheißegal, wer du bist und was du kannst, aber das hier ist mein Laden, und ich lasse keine Frau in den Wahnsinn da rausrennen.« Er ließ sie los. »Warte jetzt hier.«

Er ging, half Theres und kurbelte die Fenstergitter herunter. Elke tat indessen nichts, als zu warten und sich ihrer Erleichterung zu schämen darüber, für den Moment einfach nur zu befolgen, was jemand ihr sagte, auch wenn es Micky war.

Sie liefen hinter ihm her durch den Hintereingang zu seinem schnittigen Wagen, den er in der Nähe des Englischen Gartens geparkt hatte.

»Was hattest du eigentlich mit diesem Reporter zu tun?«, fragte Theres, als sie an der Isar entlang Richtung Sendling fuhren. Sie saß neben ihm wie eine Königin. »Hast du dem ein Interview gegeben oder was?«

»Red keinen Scheiß, Theres, bitte schön. Zünd mir eine Zigarette an.«

»Kennen Sie eine Frau namens Valeska, Micky?«, fragte Elke von hinten.

Er begegnete ihrem Blick im Rückspiegel.

»Darauf würde ich wetten.« Theres steckte ihm die Zigarette zwischen die Lippen. »Und wenn er sagt, er kennt sie nicht, hat er sie wahrscheinlich nur vergessen.«

»Womit die Frage beantwortet wäre«, sagte Micky.

Nachdem er sie abgesetzt hatte, warf Theres dem davonfahrenden Wagen ihre glimmende Zigarette nach.

»Valeska. Für mich hört sich das nach einer Gewerblichen an.«

Aus dem Dunkel der Hauswand löste sich eine Gestalt.

»Nicht erschrecken«, sagte Volker. »Ich bin's.«

*

Monika hatte sich nicht hergerichtet für Schwabing. Keine Zeit. Zu gefährlich. Unwichtig. Sie trug ihre Lieblingshose, aber auch das fühlte sich nicht mehr bedeutend an.

Einmal, es war ihr eingefallen, als sie aus dem Fenster kletterte und in den dunklen Hof hinuntersprang, einmal vor ein paar Wochen hatte es mit der Mutter ausgelassene Minuten gegeben, abends, allein.

Beim Abspülen in der Küche lief das Radio, und als sie Twist spielten, hatte das auch der Mutter gefallen – so irrsinnig plötzlich, dass sie die Bluejeans anprobieren wollte. Den Reißverschluss bekamen sie auch mit vereinten Kräften nicht richtig zu, aber sie sah überirdisch aus, so jung und lässig. Zusammen hatten sie die Hüften kreisen lassen und sich gedreht, bis ihnen schwindlig war, wie Freundinnen.

Aber natürlich stimmte das in Wirklichkeit nicht.

An diesem Abend, als sie ihre hübsche Mutter, auf die sie früher so stolz gewesen war, umarmt und ihr gesagt hatte, dass sie doch auch alles allein schaffen könnten, war eine Ohrfeige die Antwort gewesen.

Was weißt du denn schon?

Die Mutter war nicht auf ihrer Seite. Schon lange nicht mehr. Seit sie diesen Mann geheiratet hatte, war sie nur noch auf seiner.
Wenn du so weitermachst, landest du auf der Straße.
Genau da wollte sie hin.
Die Stadt empfing Monika mit einem Feuerwerk. Mit fliegenden Flaschen und Steinen. Pfiffe und Schreie vertrieben die hässlichen Stimmen aus ihrem Kopf, die ihr die Schuld an Regines Tod gaben. Schultern drängten, Hände stießen, zogen und zerrten. Sie musste nichts machen, nur die Augen schließen.
Sie fiel langsam, eingeschlossen von der brodelnden Menge.
All diese Körper, die sie hielten, ohne es zu wollen. Endlich dann schlug ihr Kopf auf das Pflaster.
Nichts kann uns trennen.

Sonntag, 24. Juni 1962

Oberkommissarin Warneck hatte so gut wie gar nicht geschlafen. Sie hatte zwei Nachthemden durchgeschwitzt und jedes dann sogleich durchgewaschen und im Bad über der Wanne aufgehängt. Nach der zweiten dieser Aktionen war ihr klar geworden, dass sie verrückt werden würde zu Hause.

Wie die Dinge sie beschäftigten, sie innerlich wund rieben, das war nicht gut.

Die Kirchenglocken läuteten zur Frühmesse, als sie den Viktualienmarkt mit seinen geschlossenen Ständen überquerte. Ein leichter Wind wehte, und lockere Wolken trieben über den königsblauen Himmel. Sie wünschte, das Wetter würde umschlagen und die Sonne sie in Ruhe lassen.

Im Büro – wo niemand sie erwartete – würde sie sich mit Arbeit ablenken, anstatt die Nerven zu verlieren. Diese Vorgehensweise hatte sich in ihrer langen Dienstzeit als Polizistin immer als hilfreich erwiesen. Man durfte irreführenden Gedanken nicht auf den Leim gehen.

Die Kolleginnen Hanke und Pohl hatten heute Sonntagsdienst.

Plisch und Plum. Warum zum Teufel fiel ihr das jetzt ein?

Eine Kommissaranwärterin hatte die beiden so genannt und sich mit irgendwem ausgeschüttet vor Lachen, das war Jahre her. Sie hatte der Frau gründlich den Kopf gewaschen damals. Die Betreffende gab es hier schon lange nicht mehr, sie hatte geheiratet und dann zum Jugendamt gewechselt.

An der Zuverlässigkeit der Kolleginnen Hanke und Pohl hatte Oberkommissarin Warneck nie Zweifel haben müssen. Sie gingen in ihrem Beruf auf, gewissenhafte Beamtinnen, die an ihrer Erfahrung gewachsen waren.

Sieh, da kommen alle zwei. Plisch und Plum sind auch dabei.

Die Hitze flog sie an. Das Plätschern des Fischbrunnens vor dem Rathaus war unwiderstehlich. Auch wenn an diesem frühen Sonntagmorgen nur einige Kirchgänger ihren Weg über den Marienplatz kreuzten, so widerstrebte es ihr gründlich, sich öffentlich dermaßen verführbar zu zeigen.

Doch sie konnte nicht anders.

Sie lehnte sich gegen den kühlen Stein des Beckens, schob die Ärmel ihrer grauen Kostümjacke zurück und tauchte die Hände bis zu den Handgelenken ein. Sie blickte zu den roten Geranienbüschen an den Rathausbalkonen auf und fühlte einen heftigen Moment des Glücks, in den Diensten dieser Stadt zu stehen.

Dann setzte sie ihren Weg fort, ließ die Hände an der Luft trocknen und dachte weiter über ihre Abteilung nach.

Probst war auch so eine unsichere Kandidatin – sie einzustellen war ein Fehler gewesen. Im Fahrwasser der Zeisig hatte sie den Eindruck erweckt, ein vergleichbar aufrichtiges Interesse an dem Beruf zu haben.

Die bittere Wahrheit hinter allem war, dass es immer weniger ausgebildete Fürsorgerinnen gab, die sich auf die schlecht bezahlten Stellen bei der WKP bewarben. Es waren Sekretärinnen, die vorstellig wurden, Kindergärtnerinnen immerhin, Hausangestellte.

Wenn sie die zusammengestrichenen Planstellen besetzen wollte, würde sie auf unqualifizierte Kräfte zurückgreifen müssen. Frauen, die eine beliebige Anstellung suchten, ohne einen Schimmer davon zu haben, wofür die Weibliche Kriminalpolizei eigentlich zuständig war.

Die ohnehin unterbewertete Arbeit der WKP durfte keinesfalls noch unter derartigen Missständen leiden müssen, wenn sie eine Zukunft haben sollte.

Insofern war eine Kollegin wie die junge Zeisig segensreich für die Abteilung. In ihr hatte sie sich nicht getäuscht. Auf den ersten Blick hatte sie ihre gute Veranlagung und Ernsthaftigkeit wahrgenommen, auch ihren Ehrgeiz allerdings, der in den vergangenen Tagen durch Hauptkommissar Manschreck merklich befördert worden war.

Die Gründe dafür lagen für sie noch im Dunkeln. Doch musste sie ihm nicht eigentlich dankbar sein? Sie sollte das Gespräch mit ihm suchen. Vielleicht taugte er zum Verbündeten.

Als Irmgard Warneck das Präsidium betrat, hatte Kampfgeist ihre Unruhe fast vertrieben.

Der Duft von frisch gebrühtem Kaffee kam ihr entgegen. Hinter den geöffneten Türen des großen Besprechungszimmers sah sie zwei Sekretärinnen aus dem Chefbüro beflissen umhereilen. Vermutlich war eine nächste Krisensitzung anberaumt. Sie war bereits nach der ersten nicht mehr dazugebeten worden.

Zügig nahm sie die Treppen zum zweiten Stock. Wie anders hatten sich die Dinge in der Nachkriegszeit verhalten! Die Weibliche Polizei galt als unverzichtbar, um der Flut von verwahrlosten Kindern und Jugendlichen auf Straßen und Plätzen, in Parks und auf Umsteigebahnhöfen Herr zu werden.

Bei einem üblichen Streifgang im unruhigen Nachtleben der zerstörten Stadt hatten sie mit acht Beamtinnen, begleitet von Kollegen der Sitte und der amerikanischen Militärpolizei, bis zu hundert Frauen und Mädchen aufgegriffen. Mit Lastwagen hatte man sie ins Präsidium transportieren müssen, damit die Ärzte sie auf Geschlechtskrankheiten untersuchen konnten.

Natürlich waren die Verhältnisse heute anders. Auch hatten sie die personellen Kapazitäten gar nicht mehr.

Und trotzdem. Es war nicht einmal in Erwägung gezogen worden, die WKP im Einsatz bei den Krawallen mit einzubinden. Ein Versäumnis, an dem selbst die Morde nichts geändert hatten.

Womöglich könnte eines der Mädchen oder sogar beide noch leben, hätte man sie von der Straße geholt.

*

In der Nacht war kein Wort über das Eigentliche gefallen, und beim Frühstück in einem Café am Harras, wo sie hätten flüstern müssen, auch nicht.

In der Nacht hatte maßlose Erleichterung dazu beigetragen, dass Elke ihren Bruder schlafen ließ. Auch wenn er zunächst womöglich nur so tat, als müssten ihm auf dem schmalen Sofa (ein durchgesessenes Ding, von dem die Mauser behauptete, es sei Jugendstil) wortlos und sofort die Augen zufallen, während sie ihre Katzenwäsche beendete, schlief er gleich darauf ohne jeden Zweifel, in Hemd und Hosen, die Hände zwischen den angezogenen Knien zusammengelegt. Sie hatte ihm die Schuhe ausgezogen, ihn mit ihrem Bettüberwurf zugedeckt und war selbst übergangslos in bleiernen Schlaf gefallen.

Nun standen sie auf dem Bahnsteig des Isartalbahnhofs und hatten noch zwölf Minuten.

Wie sie ihren Bruder zum Reden bringen konnte, fragte Elke sich seit dem Aufwachen, denn er wirkte verletzlich.

Vermutlich war er in Erinnerungen an die Nacht mit Valeska gefangen. Vermutlich hatte Volker Sex mit ihr gehabt. Etwas anderes, als dass es sein erstes Mal gewesen war, lag außerhalb ihres Vorstellungsvermögens. Verstohlen und gleichsam ergebnislos hatte sie nach Hinweisen in seinem Verhalten gesucht.

Es war ein seltsames, schwer einzuordnendes Gefühl, dass sie im Gegensatz zu ihrem kleinen Bruder noch so gut wie unberührt war. Ihre erotischen Erfahrungen beschränkten sich auf eine Reihe nasser Küsse und die verschwitzte Hand eines Ammerfeldener Hoferben in ihrem Schlüpfer. Wenig erregende Episoden, die ihren Pragmatismus mit Leichtigkeit über jegliche Neugierde hatten siegen lassen. Während Mutter Zeisig sich schon als Schwiegermutter eines zukünftigen Großbauern gesehen hatte, war es für Elke ein unerträglicher Gedanke gewesen, sich von einer ungewollten Schwangerschaft in eine frühe Ehe zwingen und an ein Leben in Ammerfelden fesseln zu lassen. Sie begrub das Thema. Sie verliebte sich nicht. Sie wollte Kriminalkommissarin sein. Warum sollte sie vermissen, was sie nicht kannte? Schluss jetzt.

Elke blickte zu ihrem Bruder, der mit verschlossener Miene neben ihr stand.

Als sie ihn heute in der Früh schlafend betrachtet hatte, war ihr bewusst geworden, dass er sich natürlich verändert hatte, seit sie nach München gezogen war, vor zwei Jahren. Sie sahen sich nicht mehr regelmäßig, aber doch häufig genug, als dass sie kaum je etwas anderes in ihm gesehen hatte als ihren heranwachsenden kleinen Bruder. Nie hatte sie ihn gefragt, was das für ihn bedeutete, obwohl seine Provokationen sie dazu aufgefordert hatten.

Heute Morgen konnte sie feststellen, dass die wenigen kreuz und quer wachsenden Haare an seinem Kinn sich weich anfühlten, und es hatte sie gerührt, während er im Schlaf ihre Hand wegwischte.

Die Nacht mit Valeska stand zwischen ihnen wie ein fremder Gegenstand, mit dem sie nicht umzugehen wussten.

In der Vergangenheit hatte der Altersunterschied von fast sieben Jahren sie als Geschwister weder zu Verbündeten noch zu Konkurrenten werden lassen. Ihr Zusammengehörigkeitsgefühl, das es zweifellos gab, war etwas Beiläufiges, Selbstverständliches.

Elke spürte, wie die Morgensonne den roten Backstein des Bahnhofsgebäudes in ihrem Rücken wärmte. Inzwischen wartete eine Familie mit ihnen auf dem Bahnsteig, ausgerüstet für einen Sonntagsausflug aufs Land. Das jüngste der Kinder, ein Mädchen von etwa fünf Jahren, saß auf der Bank und spielte selbstvergessen mit zwei Stofftieren.

»Dieses Kind, von dem du erzählt hast …«, hörte sie Volker neben sich fragen, »hat jemand es umgebracht?«

»Nein. Es war ein Unfall.«

»Und das Mädchen in Schwabing?«

Von dem zweiten Mordopfer wusste er noch nichts. Sie hatte noch vier Minuten.

»Nicht jetzt.«

Er schob die Hände in die Hosentaschen und wandte sich ab.

»Volker, was weißt du über Valeska?«
»Nichts.«
»Du warst bei ihr zu Hause. Du hast die Nacht mit ihr verbracht.«
»Trotzdem weiß ich nichts über sie«, sagte er. »Außer dass sie mich bei dir verpfiffen hat.«
»So würde ich das nicht direkt nennen.«
Er blinzelte in die Sonne. Sie hörte den Zug kommen.
»Ich glaube, dass sie mir von dir erzählt hat, war nur ein Vorwand. Dafür hätte sie nicht ins Präsidium kommen müssen. Sie wollte etwas ganz anderes. Sie hat mich nach jemandem gefragt, nach einer Polizistin, die wohl früher mal bei der WKP war. Eine Frau Hauser. Hat sie dir gegenüber auch von ihr gesprochen?«

Jetzt sah Volker sie an. Er war neugierig. Gut.
»Nein. Und? Kanntest du die?«
Elke schüttelte den Kopf. »Meine Chefin weiß auch nichts von dieser Kollegin, ich habe sie gefragt.«
Während lärmend der Zug einfuhr, hob der Familienvater seine Tochter von der Bank, die besorgt ihre Spieltiere umklammerte.
Volker schulterte seinen Rucksack.
»Warum musstest du Mutter anrufen und ihr sagen, dass sie mich vom Bahnhof abholt? Ich wäre lieber gelaufen.«
»Glaub mir, das hätte es nicht besser gemacht.«
Während sie noch überlegte, ob sie ihrem Wunsch nachgeben durfte, ihn zu umarmen, streckte Volker ihr die zu Fäusten geschlossenen Hände entgegen.
»Rechts oder links?«
»Links, wo das Herz ist.«

»Falsch.« Er öffnete die rechte, und sie nahm das zusammengeknüllte Papierstück von seiner Handfläche.

Krachend schloss sich die Waggontür hinter Volker, für den sie schon keinen Blick mehr hatte.

Während der Zug aus dem Bahnhof rollte, versuchte Elke zu verstehen, was sich ihr auf dem grobkörnigen Foto des abgegriffenen Zeitungsausschnitts zeigte.

Junge Mädchen auf dem Anhänger eines Pferdegespanns. Einige standen noch dahinter, zwei wurden an den Händen auf die Ladefläche gezogen. Sie trugen Kopftücher, Kittelkleider und Holzpantinen, konnten zwischen vierzehn und zwanzig Jahre alt sein – es war schwer zu schätzen.

Neben dem Pferdegespann zwei Frauen in dunkler Uniform. War das Foto während des Kriegs aufgenommen worden? Ein hoher Zaun, hinter dem sich flache Gebäude erstreckten.

Zur Rübenernte eingeteilt: Zöglinge ...

Der Rest der Bildunterschrift war abgerissen. Oder aufgelöst mit den Jahren, die dieses Stück Papier aufgehoben worden war.

Behutsam, als könnte das Bild unter ihren Händen zerfallen, faltete Elke es zusammen. Wer waren diese Mädchen?

Wer waren diese Frauen, die sie bewachten?

Hatte es mit Valeskas Auftauchen im Präsidium zu tun?

Elke blickte den sonnigen Bahnsteig entlang. Unter der Bank, wo das Mädchen gespielt hatte, schimpften ein paar Spatzen – heftig und aufgebracht –, als wollten sie ihr abraten, weiter darüber nachzudenken.

*

Seit einer Stunde schrieb Ludwig Maria an seinem Artikel für die Montagsausgabe und kämpfte damit, dass ihm die Objektivität abhanden gekommen war.

Die Schlacht von Samstag auf Sonntag übertraf an Brutalität alles, was sich in den Nächten zuvor in Schwabing abgespielt hatte, das war die Bilanz.

Aus dem Polizeipräsidium gab es eine Verlautbarung über vierzehn Schwerverletzte. Einer davon war Mayr. Man hatte ihm seine Kamera ins Gesicht gedrückt, während er fotografierte. Mit einer Wucht, die ihm die Nase brach und die Braue über dem rechten Auge zerriss. Ludwig Maria, der abgedrängt worden war, fand den Fotografen blutend am Boden liegen, seine Kamera mit überkreuzten Armen und angezogenen Knien vor der Brust bergend.

Mehr als in den Nächten zuvor waren Unbeteiligte von Polizeiknüppeln getroffen worden. Etwa, weil sie – durchaus entfernt vom Zentrum der Unruhen – versehentlich in eine Hatz gerieten, nicht begriffen, was um sie herum beängstigend plötzlich und erbarmungslos geschah.

Die Redaktion wusste von schwangeren Frauen, die es getroffen hatte, alten Leuten, vom türkischen Vizekonsul und dem Leiter des Stadtjugendamts, der seinen Ausweis nicht schnell genug fand.

Die sonntägliche Redaktionssitzung hatte Gunzmann mit einem Text ihres Londoner Korrespondenten eröffnet, der mit Scotland Yard gesprochen hatte und dort auf Befremden über das Vorgehen der Münchner gestoßen war. *»Bobbys kennen Gummiknüppel nicht«* würde auf Seite drei erscheinen.

Der Bürgermeister hatte am frühen Morgen eine Sondersitzung des Ältestenrats und des Polizeiausschusses einberufen, eine schulterklopfende Angelegenheit, deren Ergebnis es war, dass man einander und vor der Presse versicherte, alles richtig gemacht zu haben.

Die Sonntagsbesetzung der Redaktion hatte Gunzmann heute aufgestockt. Alle Sekretärinnen waren am Platz. Die Telefone klingelten unablässig.

München – Stadt mit Schmerz, titelte Ludwig Maria gerade, als Milla sich neben der Schreibmaschine an seinen Tisch lehnte. Sie wirkte aufgekratzt wie ein verknallter Teenager. Sie musste eine verdammt gute Story am Haken haben – was im Feuilleton für seine Begriffe nicht sehr oft vorkam.

»Gib mir eine Zigarette, Schatz«, sagte Milla. »Ich werde gleich James Garner treffen.«

»Sieh in meiner Jacke nach.«

Sie beugte sich vor, um nach dem Jackett über seiner Lehne zu greifen. Als ihr sachter Chanelduft ihn anflog, fiel ihm gerade noch ein, dass er sie besser nicht in seinen Taschen wühlen ließ.

»Warte«, sagte er und steckte ihr seine Zigarette zwischen die Lippen.

»Ich glaube, ich habe noch welche in der Schublade.«

Er hoffte, dass es so war. In seiner Jackentasche steckten die Jetrium-Tabletten für Chet. Carol hatte immer noch nicht auf seine Nachricht reagiert.

»Wer ist James Garner?«, fragte er, während er die Schubladen durchsuchte.

»Wir haben ihn mal zusammen in einem Film gesehen, *Sayonara* mit Marlon Brando, erinnerst du dich? Du fandest ihn seifig. Jedenfalls dreht er gerade in München und ...«

Sie machte eine kleine Kunstpause.

Also doch eine gute Story.

»Garner war gestern Nacht in Schwabing.«

Ludwig Maria fand eine zerdrückte Schachtel Lucky Strike. Milla zündete sich die nächste Zigarette an, zu aufgeregt, um seine ansteigende Nervosität zu bemerken.

»Unsere grandiose Polizei hat ihn auf der Leopoldstraße angehalten. Wahrscheinlich, weil er gefährlich gut aussieht.« Milla blies den Rauch in kurzen Abständen über ihn hinweg. »Jedenfalls war Garner mit ein paar AFN-Reportern unterwegs, einer von denen in Uniform, das war den Herren Polizisten aber egal, ich meine, wie blöd muss man sein? Sie haben Garner Brieftasche und Pass abgenommen, was er sich natürlich nicht gefallen ließ, der Cowboy, und die AFN-Kollegen, schnell wie Schlangen, haben ihm gleich mal inmitten des ganzen Tumults das Mikro hingehalten für ein Interview. Das gefiel unseren Ordnungshütern nun gar nicht.«

Sie winkte Lehmann zu, der für Mayr eingesprungen war und auf sie wartete.

»Die sind in einer ganzen Horde auf die Amis los, haben denen das Mikro weggerissen und auf die Straße geworfen, bitte stell dir das vor.« Milla drückte die Zigarette aus. »Einem der Reporter haben sie die Zähne eingeschlagen.«

»Ich vermute, es war der in Uniform.«

»Ich hasse es, wenn man mir die Pointe versaut.«

Sie ging, um ihre Tasche von ihrem Schreibtisch zu holen.

Ludwig Maria warf ihr die Luckys zu, als sie mit Lehmann im Schlepptau an ihm vorbeieilte.

»Du siehst ziemlich fertig aus, Schatz«, sagte sie. »Vielleicht sollte ich mal wieder für dich kochen.«

»Viel Spaß mit James Garner.«

»Werde ich haben.«

Er wartete, bis sie außer Hörweite war, bevor er zum Telefon griff und zum x-ten Mal an diesem Vormittag die Nummer des Paloma wählte.

Zehn Minuten später war er auf dem Weg nach Haar. Miss Jackson hatte alle Rechnungen bezahlt und das Hotel eine halbe Stunde zuvor mit dem gesamten Gepäck in Begleitung ihres Anwalts verlassen. Mehr wisse man nicht.

Das konnte nur heißen, dass Chet aus der Klapse freikam und ausreisen durfte.

Während Ludwig Maria über die sonntäglich leeren Straßen Richtung Osten stadtauswärts raste, versuchte er, seine Wut in den Griff zu kriegen.

Chet hält Sie für einen Freund.

Es kränkte seine Eitelkeit, dass es ihr gelungen war, ihn zu manipulieren. Es schlug ihm auf den Magen, stieß ihm auf wie eine ätzende Flüssigkeit. Er hasste es, sich fragen zu müssen, ob ihm diese Kränkung mehr zu schaffen machte als die Tatsache, gegen seine Überzeugung Drogen für Chet besorgt zu haben. Ganz abgesehen davon, dass er sich Mickys Sprüche hatte anhören müssen.

Kein Problem, L. M., es freut mich doch, dass ich mal wieder was für dich tun kann, alter Freund. Apropos, mal was von Carlos gehört? Wenn du mich fragst, ich glaube, der ist in Südamerika, Rio oder so. Ich seh schon, du willst nicht drüber reden. Ich hoffe, der Scheiß hier ist nicht für dich. Hoppla, da kommt das Fräulein von der Polizei, das passt ja wie die Faust aufs Auge.

Die Zeisig hatte er ganz vergessen, und er vergaß sie im selben Moment wieder. Vor ihm kamen die Gemäuer des

Bezirkskrankenhauses in Sicht. In der Auffahrt vor dem Direktionsgebäude glänzte silbern ein Straßenkreuzer in der Sonne. Vor dem Portal hatte sich ein kleines Abschiedskomitee eingefunden, zwei Ärzte, zwei Schwestern, eine von ihnen die hübsche Blonde. Der Anwalt war im Gespräch mit Carol, die heute Rosa trug. (Was ihr nicht stand.)

Chet verabschiedete sich artig von den Weißkitteln, setzte seine Sonnenbrille auf und bemerkte ihn schließlich als Erster.

Während Ludwig Maria den Karmann zum Stehen brachte, brach rings um den Chevrolet Hektik aus.

Carol hastete zur Fahrertür, warf sich hinter das Steuer und ließ den Motor an. Chet, der irritiert versuchte zu erkennen, wer da auf ihn zurannte und seinen Namen rief, wurde vom Anwalt ins Auto geschoben.

Kies flog unter den Reifen auf, als der Chevrolet davonschoss. Der Wagen jagte durch das Tor und bog schlingernd auf die Straße ab. Der Anwalt trat Ludwig Maria in den Weg. Die Ärzte und Schwestern waren im Gebäude verschwunden.

»Sie sind von der Presse?«

Der Mann hatte einen wahrhaftigen Löwenschädel. Markante Züge, dicht gelocktes Haar. Ludwig Maria kannte seine imposante Präsenz bisher nur aus dem Gerichtssaal, er war ihm noch nie persönlich begegnet.

»Seitz, Münchner Zeitung.«

»Sie müssen gute Quellen haben, Herr Seitz. Wir wollten das hier ohne Aufsehen abwickeln.«

Ludwig Maria blickte die Auffahrt hinunter zur Straße und schwieg.

»Vermutlich ist Ihnen dann auch bekannt, dass die Verfahren wegen Urkundenfälschung und Betrug gegen Mr Baker eingestellt sind«, sagte der Anwalt neben ihm.

»Haben Sie ihn mal spielen hören?«

»Nein.«

Der Anwalt schob die Hände in die Hosentaschen. Mit Melancholie konnte er wohl nichts anfangen. »Und fürs Erste werde ich wohl kaum dazu kommen. Mr Baker hat drei Jahre Aufenthaltsverbot im gesamten Bundesgebiet.«

»Wissen Sie«, rief der Anwalt ihm noch nach, als Ludwig Maria zu seinem Wagen ging, »es geht ihm gut. Sie werden heiraten. Carol erwartet ein Kind von ihm.«

Im Auto schaltete Ludwig Maria das Radio ein, suchte AFN und hoffte, sie würden spielen, was er jetzt brauchte. Er fuhr die Prinzregentenstraße entlang. Vor ihm stach pompös der Friedensengel in den Himmel. Und Muddy Waters sang *Baby, Please Don't Go*. Nicht zu fassen.

*

Vergeblich versuchte Elke, sich im flackernden Licht der Neonröhren zu orientieren. Vor ihr verzweigten sich die labyrinthischen Kellergänge des Präsidiums.

Ein altes Emailleschild mit Sütterlinschrift wies ihr schließlich den Weg. Am Ende eines langen Ganges klopfte sie an die graue Stahltür des Archivs und lauschte einen Moment, während sie fieberhaft nach einer Ausrede suchte, warum sie ohne Auftrag, ohne Dienstanweisung, ohne was immer sie dafür fraglos benötigen würde, alte Akten der WKP einsehen wollte. Es würde sich ergeben, beschloss sie, wenn sie den Archivar vor sich hatte.

Sie drückte die Klinke hinunter und trat ein. Die trockene Luft trug den Geruch von staubigem Papier.

Die Schreibtischlampe auf dem Tisch des Archivars war eingeschaltet, doch sein Platz war leer. Vor den deckenhohen Regalfluchten, vollgestopft mit den Geheimnissen Tausender Verbrechen, die sich in dieser Stadt ereignet hatten, wirkte der Schreibtisch winzig, wie die Schulbank eines Kindes.

Irgendwo aus den Tiefen des Archivs hörte sie ein Geräusch. Eine der Archivkisten wurde zurück in ein Regal geschoben. Jemand räusperte sich den Staub aus den Atemwegen, klopfte ihn von den Kleidern. Feste Schritte, die sich näherten, rieten ihr, sich nicht erwischen zu lassen.

Weg hier. Weg hier.

Auf Zehenspitzen hastete Elke zwischen die Regalreihen, während die Schritte mit einem Mal verstummten. Als sie sich umdrehte, begegnete sie dem überraschten Blick von Kommissar Murnau, der mit einem Stapel Akten unter dem Arm am Schreibtisch des Archivars stand.

»Auch heute im Dienst?«, fragte er höflich.

Murnau legte den Aktenstapel ab und begann, die Signaturen in das Ausgangsbuch einzutragen.

»Äh, ja«, sagte Elke mit belegter Stimme.

»Die Luft hier unten macht einem zu schaffen, was?«

Sie nickte, obwohl er noch immer über das Buch gebeugt war und schrieb. Er hatte die Ärmel seines weißen Hemdes hochgerollt und die Krawatte gelockert. Sein dichtes, dunkles, kurz geschnittenes Haar erinnerte sie einen hysterischen Moment lang an Mecki, den Igel. Unmöglich, hier weiter stocksteif stehen zu bleiben, bis er ihre Nervosität bemerkte.

»Gut, dann also ...« Sie wandte sich ab und setzte ihren Weg zwischen den Regalen fort.

»Karner müsste gleich zurück sein«, hörte sie Murnau noch sagen, »falls Sie Hilfe benötigen.«

»Danke.«

Als sie am Ende der Regalreihen zurückblickte, war Murnau nicht mehr da.

Der Schreck saß ihr noch in den Knochen. Sie musste jetzt schnell sein.

An den Stirnseiten der Stellagen befanden sich Papptafeln mit Kürzeln der Abteilungen und Jahreszahlen, denen sie immer weiter in die Vergangenheit folgte.

Wenn Warneck die Kollegin namens Hauser nicht kannte, musste diese vor Kriegsende bei der Münchner WKP gearbeitet haben.

Wann war Kommissarin Warneck dazugekommen? Noch während des Krieges, ja, sie erwähnte es hin und wieder, doch das konnte auch erst 1944 oder 1945 gewesen sein.

Valeska war nicht viel älter als zweiunddreißig, dreiunddreißig, was bedeutete, dass sie in jener Zeit ein Mädchen von vierzehn, fünfzehn Jahren gewesen war.

Elke erreichte den Gang zwischen den Regalen 1943 bis 1945, als sie ein Ächzen hörte. Stuhlbeine quietschten auf dem Kellerboden. Der Archivar.

Lautlos bewegte sie sich weiter. Ihr Blick hetzte über die Beschriftungen an den grauen Archivkästen, während ihr im Nacken der Schweiß ausbrach. Und dann, in einem der oberen Fächer, in gerade noch greifbarer Höhe, entdeckte sie, wonach sie suchte.

Sie hob den Kasten mit den Personalakten der Weiblichen Kriminalpolizei an, zog ihn heraus, behutsam über ihrem Kopf balancierend. Überrascht von seinem Gewicht, konnte sie ihn eben auf dem Boden absetzen, bevor er ihr aus den Händen rutschte.

Hastig ging sie durch die alphabetisch geordneten Personalordner.

Keine Akte Hauser.

Sie war enttäuscht, und gleichzeitig wuchs ihr Widerwillen dagegen, einfach aufzugeben. Sie wollte wissen, wonach Valeska suchte, was sie mit der Polizistin Hauser verband, mit den Mädchen auf dem Foto.

Sie wollte wissen, wofür sie Volker als Vorwand benutzt hatte. Wahllos griff Elke eine der Akten heraus und begann sie zu überfliegen.

```
Furter, Sieglinde - geboren 4. Januar 1914 als
   Tochter eines Polizeiassistenten
 - 1937 Probejahr als Wohlfahrtspflegerin
 - August 1938 Anstellung bei der Weiblichen
   Kriminalpolizei, Abteilung K 5 D, PPMünchen
 - September 1939 Eignungsprüfung im 1. Ausbil-
   dungslehrgang f. Polizeianfänger m. Note 1
 - Juli 1940 Verbeamtung als Kriminalwachtmeiste-
   rin und Eintritt in die NSDAP
 - 1941 Beförderung z. Kriminaloberassistentin
 - 1942 Ernennung zum Vertrauensmann beim Kame-
   radschaftsbund der Polizeibeamtinnen
 - 1944 Anstellung auf Lebenszeit

Dienstliche Würdigung 1940
Gut veranlagte und strebsame Beamtin, die auch
praktisch zu arbeiten versteht. Die Vernehmungen
```

sind klar und deutlich. Die ihr zugeteilten Arbeiten erledigt sie zugewandt und erschöpfend. In Bezug auf ihr Äußeres etwas von sich eingenommen.

- Dezember 1945 Entlassung aus dem Dienst durch die amerikanische Militärregierung wegen NSDAP-Zugehörigkeit

Vorne hüstelte der Archivar. Elke steckte die Akte zurück und stemmte den Archivkarton in das Regalfach. Der Deckel rutschte und ging mit einem flappenden Geräusch zu Boden.
»Hallo?«
Sie hörte, wie der Archivar den Stuhl zurückschob.
»Ist da jemand?«
Hastig bückte sie sich nach dem Deckel und schob ihn über die Personalakten. Sie lauschte. Während der Archivar sich murmelnd zwischen den Regalreihen auf die Suche machte, lief Elke Richtung Ausgang und schlüpfte hinaus.

Minuten später schloss sie die Tür zu ihrem Büro hinter sich. In den Schreibtischen suchte sie nach einer Lupe, von der sie vage wusste, dass es sie gab, und fand sie schließlich (in der Gesellschaft von Kamm und Spiegel) bei Doris.

Nichts auf dem zerknitterten Zeitungsfoto, das Volker ihr am Bahnhof in die Hand gedrückt hatte, war in der Vergrößerung besser zu erkennen. Schon gar nicht, ob es sich bei einem dieser Mädchen womöglich um Valeska handelte.

Alle hatten die Haare mit Kopftüchern aus den jungen Gesichtern gebunden. Sie konnte jede oder keine von ihnen sein.

Wo war dieses Foto entstanden? Die Uniformen der Bewacherinnen waren neutral. Und trotzdem. Elke schossen Bilder von den Konzentrationslagern der Nationalsozialisten durch den Kopf. In ihrem letzten Schuljahr hatte sie einen amerikanischen Film über die Befreiung der Lager gesehen. Als die Klassenlehrerin damals anregte, mit den Schülern nach München zu fahren, um den Film im Kino anzuschauen, hatte das im Dorf hohe Wellen geschlagen. Nur sieben der insgesamt zweiundzwanzig Zehntklässler bekamen von den Eltern die Erlaubnis. Unter ihnen – nach einem erbitterten Streit mit der Mutter, die es für falsch hielt, derart grauenhafte Dinge wieder aufzuwühlen und unschuldige Kinder damit zu beschweren – auch Elke. (Als sie wochenlang Albträume hatte, von Kofferbergen, Brillenbergen, Leichenbergen, sah ihre Mutter sich im Recht und verweigerte jegliches Mitgefühl.)

Elke legte die Lupe zurück in Doris' Schreibtisch. Irgendwo klingelte ein Telefon.

Die Mädchen auf dem Foto trugen keine gestreifte Lagerkleidung. Es gab Stacheldrähte.

Zöglinge.

Der verstaubte Begriff für Kinder und Jugendliche in Erziehungsheimen war Elke aus pädagogischen Lehrbüchern geläufig, die sie während ihrer Ausbildung zur Fürsorgerin hatte lesen müssen. In Berichten mancher Jugendamtsmitarbeiter tauchten sie mitunter heute noch auf, die Zöglinge.

Ob sie Warneck das Foto zeigen sollte? Vielleicht würde sie erkennen, wo es entstanden war. Doch wie sollte sie erklären, von wem sie es hatte? Mit einer weiteren Lüge?

Ratlos, was sie mit dem sinnlosen Sonntag anfangen sollte, beschloss Elke zu gehen. In Warnecks Büro traf sie auf Fräulein Hanke, die mit einem Zettel in der Hand eingetreten war.

»Fräulein Zeisig«, sagte sie überrascht, »ich wusste gar nicht, dass Sie heute hier sind. Ich wollte Ihnen gerade eine Nachricht auf den Tisch legen.«

»Ich hatte was vergessen. Meinen Block. Ich wollte noch mal ein paar Notizen durchgehen.«

Hinter ihren funkelnden Brillengläsern riss Fräulein Hanke die Augen auf.

»Wegen der Morde an den Mädchen? Hat es heute Nacht etwa wieder einen gegeben?«

»Nicht dass ich wüsste«, sagte Elke. Hätte Murnau ihr unten im Keller nicht gesagt, wenn es ein weiteres Opfer gab? Sie senkte den Blick, als sie kurz darüber nachdachte. Unter dem Schreibtischstuhl der Warneck leuchtete ein weißer Fleck. Ein kleines Stück Papier. Wie abgerissen.

»O Gott«, sagte Fräulein Hanke, »dann hoffen wir mal ...« Stirnrunzelnd schüttelte sie den Kopf.

»Unser Beruf kennt keine Bürozeiten, ist es nicht so?« Sie seufzte. »Die Chefin war heute auch schon hier.«

Ein Papierschnitzel unter Warnecks Stuhl zog Elkes ganze Aufmerksamkeit auf sich, während Fräulein Hanke sich zu besinnen schien, warum sie eigentlich hier war.

»Das Schwabinger Krankenhaus hat angerufen. Dort ist heute Nacht ein Mädchen eingeliefert worden.« Sie sah auf den Zettel in ihrer Hand. »Monika Seefeld. Sie will mit Ihnen sprechen.«

Wie betäubt nahm Elke die Notiz entgegen.

Sobald Hanke gegangen war, hob sie den Papierschnipsel unter Warnecks Stuhl auf. Es war ein Stück des Blatts von ihrem Notizblock, auf dem sie Valeskas Adresse notiert und das sie zerrissen und weggeworfen hatte. Sie war sicher, die Bleistiftschwünge ihres Doppel-l und des e zu erkennen.

Ainmillerstraße.

*

Im Tempo eines ruhigen Herzschlags tropfte klare Flüssigkeit aus dem Infusionsbeutel in den Schlauch, der zum rechten Arm des Mädchens führte. Die linke Gesichtshälfte war schwarz von Blutergüssen, das Auge zugeschwollen.

Monika schlief, jedenfalls schien es so. Möglicherweise wollte sie Elke nicht ansehen, solange der Arzt neben ihr am Bett stand. Er war jung und übermüdet. Er roch nach schnell gerauchten Zigaretten und abgestandenem Kaffee.

»Zwei angebrochene Rippen und Milzriss«, sagte er. »Wir haben sie heute Nacht noch operiert.«

»Waren die Eltern schon da?«

Der Arzt nickte.

»Die Mutter. Kurz, heute Morgen. Das Mädchen hat nur geweint.«

»Was ist mit ihr passiert?«

»Sie ist bei diesen Unruhen in Schwabing gestürzt, mitten in einer Menschenmenge. Anhand ihrer Verletzungen nehme ich an, dass erst mal ein paar Leute über sie weggerannt sind, bevor sich jemand um sie gekümmert hat. Ein Wahnsinn, was sich da abspielt. Heute Nacht sind mehr als ein Dutzend Schwerverletzte eingeliefert worden, die meisten mit Schlagverletzungen. Die Polizei ist offensichtlich völlig außer Kontrolle geraten.«

Er unterbrach sich, keineswegs verlegen.

»Entschuldigen Sie.«

»Dafür gibt es keinen Grund.«

Neugierig sah er sie an.

»Das Mädchen wollte unbedingt Sie sprechen«, sagte er. »Um ehrlich zu sein – ich wusste gar nicht, dass es Frauen gibt bei der Polizei.«

Er reichte ihr die Hand zum Abschied und ging.

Elke sah sich nach einem Stuhl um. Zwei weitere Betten des Sechserzimmers waren belegt. Die Patientinnen taten so, als läsen sie in ihren Frauenzeitschriften. Zweifellos hatten sie ihrem gedämpften Gespräch mit dem Arzt zu folgen versucht.

Als Elke sich setzte, sah Monikas gesundes Auge sie an.

»Wie fühlst du dich?«

Monika schluckte trocken. Ihre Lippen waren spröde.

»Sie müssen ihr was zu trinken geben«, sagte eine der Frauen, »sonst bringt sie kein Wort raus.«

»Auf dem Tisch gibt's Kamillentee«, sagte die andere.

Elke stützte den Nacken des Mädchens und hielt die Schnabeltasse. Monika nahm einige kleine Schlucke zu sich. Kraftlos lehnte sie sich zurück.

»Es hat die Falsche erwischt«, flüsterte sie heiser.

»Was meinst du?«

»Hat er gesagt.«

»Wer?«

»Er halt.«

»Dein Stiefvater.«

Das Mädchen schluckte. »Die Falsche hat sterben müssen, hat er gesagt.«

Dieser elende Mensch. Elkes Hände zitterten vor unterdrückter Wut, während sie die Tasse mit dem Tee noch einmal an die Lippen des Mädchens führte.

»Komm, trink noch einen Schluck.«

»Eine Schlampe bin ich, und eine Diebin.«

»Monika, was wolltest du in Schwabing?«

»Ich lüge, wenn ich den Mund aufmach.«

»Warst du mit jemandem verabredet?«

»Es hat nicht geklappt.«

»Was hat nicht geklappt?«

Ihre Lippen bebten.

»Was ich wollte.«

Elke, die dicht über das weinende Mädchen gebeugt war, spürte schmerzhaft die Verkrampfung ihres Rückens und kämpfte die leise aufsteigende Ungeduld nieder. Zu gut erinnerte sie sich an die Verzweiflung, die so oft in diesen Mädchenjahren über sie hereingebrochen war. Das bodenlose Gefühl der Einsamkeit und des Verlassenseins. Das schwarze Loch der Ausweglosigkeit, in Tagebüchern ausgebreitet. Elke hatte die ihren verbrannt.

Sie schloss ihre Hand um die des Mädchens.

»Monika, warum wolltest du mich sprechen?«

»Bitte«, flüsterte sie. »Helfen Sie mir.«

*

Draußen setzte sich Elke auf eine der Bänke vor dem Klinikportal. Obwohl sie nicht wusste, ob sie Monikas Überstellung in ein Erziehungsheim würde verhindern können, hatte sie es ihr versprochen.

Sie legte den Kopf in den Nacken und sah zu den Steinsäulen mit den bronzenen Schlangen hoch, die vor dem Krankenhaus aufragten.

Drei Mädchen hatten etwas Verbotenes getan. Drei Mädchen waren tot. Johanna gehörte für sie noch immer dazu, auch wenn ihr Herz an jedem anderen Tag, an jedem anderen Ort hätte stillstehen können. Betti und Valentin musste es wie die Strafe Gottes erschienen sein. Schließlich sah er alles.

Schmerz, Schuld, Strafe.

»Haben Sie einen Krankenbesuch gemacht?«

Der Reporter stand vor der Bank, mit dem Rücken zur Straße, von der er vermutlich gekommen war. Er nahm die Sonnenbrille ab und strich sich eine Strähne seiner blonden Haare zurück, die ihm der aufkommende Wind in die Stirn geweht hatte.

»Nicht Ihr Bruder, hoffentlich.«

»Nein.«

»Unser Fotograf ist heute Nacht den Ordnungskräften zu nahe gekommen.« Er hob eine Papiertüte hoch, die er bei sich trug. »Ich bringe ihm was gegen die Schmerzen.«

»Oh.«

»Ja.« Er holte seine Zigaretten aus der Jackentasche. »Was dagegen, wenn ich mich einen Moment setze?«

»Ja, wenn Sie mich aushorchen wollen.«

Er grinste und setzte sich.

»Rauchen Sie?«

Sie schüttelte den Kopf.

»Ist Ihr Bruder aufgetaucht?«, fragte er, nachdem er seine Zigarette angezündet hatte.

»Er ist wieder zu Hause. Hoffe ich.« Elke zögerte für einen Moment. Tatsächlich, stellte sie fest, interessierte es sie, wie der Reporter dachte. »Er findet jedenfalls, ich bin auf der falschen Seite.«

»Immerhin sind Sie unbewaffnet.«

Beinahe Mickys Worte.

Oho, bist du bewaffnet, Zeiserl?

Der Reporter blies den Rauch zu den Steinsäulen.

»Wie ist das passiert mit Ihrem Fotografen? Waren Sie dabei?«

Während er es ihr erzählte, war sie versucht, ihn um eine Zigarette zu bitten.

»Ich verstehe das alles nicht«, sagte sie. »Ich weiß nicht mehr, was ich denken soll.«

»Die Polizei macht gerade eine Menge falsch. In der ersten Nacht, als das alles losging, waren die einfach überfordert, denke ich. Junge Leute, die in lauer Sommerluft Musik hören wollten, haben sich widersetzt, schlimmer noch – sie haben sich lustig gemacht. Aber dann … na ja, der Fisch, mit Verlaub, stinkt vom Kopf her. Der Polizeipräsident schickt seine Leute los wie zur Jagd auf Schwerverbrecher in einer Knastrevolte.«

Sie wusste nichts darauf zu antworten, und das beschämte sie. Dem Polizeipräsidenten war sie noch nie persönlich begegnet. Sie hatte keine Ahnung, was in den täglichen Krisensitzungen im Präsidium besprochen wurde. Vermutlich hatte Seitz recht.

Als er seine Zigarette zu Boden warf, wünschte sie plötzlich, er bliebe noch, ein wenig nur.

»Sind Sie ein Freund von Micky?«
Er lehnte sich zurück und sah sie an.
»Sie mögen ihn nicht.«
»Meine Freundin Theres mag ihn.«
»Die Kellnerin.«
Sie nickte.
»Wir sind im selben Viertel aufgewachsen, in der Au. Später gehörten wir beide zur Anker-Blasen.«
Er sagte *Blos'n*.
»Eine Bande von Jungs zwischen dreizehn und zwanzig«, erklärte er. »Manche kannten sich aus der Schule. Von den anderen wusste man nur die Vor- oder Spitznamen. Weißbier-Toni, Speedy, Micky, Metzger-Leo.« Er hielt seine Sonnenbrille an einem der Bügel und ließ sie leicht hin und her schwingen. »Carlos«, setzte er hinzu. Er hatte schöne Hände. Kein Ehering.
»Wir haben jede Menge Dinger gedreht.«
»Kriminelle Dinger.«
»Absolut.«
»Wie hat man Sie genannt?«
»L. M. Meine liebe Mutter hat mich mit dem schönen Namen Ludwig Maria beschenkt.«
»Und, L. M.«, sagte sie, »profitieren Sie noch manchmal von Ihren alten Kontakten?«
Sein Blick streifte ihre nackten Beine.
»Hin und wieder.«
Er stand auf und schob seine Sonnenbrille vor die braunen Augen.
»Grüßen Sie gelegentlich Ihren Bruder. Scheint ein netter Kerl zu sein.«
Sie sah ihm nach, wie er auf das Krankenhaus zuging,

eine Hand in der Hosentasche, in der anderen die Papiertüte, die todsicher eine Flasche Whisky enthielt. Sicher war er kein Mann, der sich binden oder Kinder zeugen wollte.

Er blieb stehen und wandte den Kopf zur Seite. Er schien noch etwas sagen zu wollen, ließ es dann aber und lief weiter. Vielleicht war er ein guter Kandidat für den Plan, mit dem sie sich seit Kurzem befasste. Sie hatte beschlossen, ihre Jungfräulichkeit zum Teufel zu schicken.

*

Im Rückspiegel sah Manschreck seine Tochter durch das Tor des Internats gehen. Stärker als je zuvor war er sich des Privilegs bewusst, Marie diese Schule besuchen lassen zu können. Sie war in Sicherheit.

Marie war vernünftig.

Er setzte den Blinker und bog auf die Südliche Allee ein. Er musste nicht befürchten, dass sie nachts aus dem Fenster und über Mauern kletterte.

Mal ehrlich, Paps, warum sollte ich mich in Gefahr bringen wollen, kannst du mir das mal sagen?

Hinter ihm ging die Sonne über dem Schloss unter. Eine Schwanengruppe schwamm auf der glänzenden Fläche des Kanals und brachte die Spiegelbilder der Baumkronen auf dem Wasser in Bewegung.

Marie war in Sicherheit. Etwas anderes zu denken kam nicht infrage.

»Vielleicht ist es vorbei«, sagte Kommissar Murnau, mit dem Manschreck eine halbe Stunde später im K11 zusammentraf. »So, wie es aussieht, gibt es kein neues Opfer.«

»Oder es wurde noch nicht gefunden.«

»Bisher hat sich der Täter keine große Mühe gegeben, die Leichen zu verstecken. Warum sollte er das jetzt ändern? Außerdem sind in Schwabing verstärkt Streifen im Einsatz, das könnte ihn abschrecken.«

»Regine Weber starb gegen drei Uhr morgens.« Manschreck zündete sich die nächste Zigarette an. »Susanne Lachner gegen vier Uhr dreißig. Das heißt, unser Mann wartet, bis die Vorstellung vorbei ist und die Gäste nach Hause gehen. Sie könnten mit Ihrer Vermutung recht haben, dass der Täter in Schwabing wohnt.«

Murnau lief vor dem Schreibtisch seines Chefs auf und ab.

»Ich habe mir die Tötungsdelikte der letzten zehn Jahre vorgenommen. Drei Sexualmorde an jungen Frauen, zwei Prostituiertenmorde. Keine Mädchenmorde, die den aktuellen Fällen ähneln.«

Manschreck verkniff sich die Bemerkung, dass er ihm das hätte sagen können.

»Übrigens habe ich Fräulein Zeisig im Archiv getroffen. Sie wirkte ein wenig verstört.«

»Das kann nur an Ihnen gelegen haben«, sagte Manschreck und lachte mit Murnau, obwohl er selbst seine Entgegnung nur mäßig fand.

»Irgendetwas an Gemeinsamkeiten?«, fragte er dann. »Zwischen den Mädchen?«

Murnau schüttelte den Kopf.

»Verschiedene Stadtteile, verschiedene Schulen, verschiedene Freundeskreise. Wir haben keine Hinweise darauf, dass sie sich kannten. Keine gemeinsamen Tanzkurse oder Sportvereine, nichts.«

»Zwei Mädchen in etwa demselben Alter, viel zu jung, um nachts auf der Straße zu sein.«

»Das ist dann wohl die Verbindung«, sagte Murnau. »Viel zu jung, um nachts auf der Straße zu sein.«

Marie ist in Sicherheit, dachte Manschreck. Doch das reichte nicht.

Die vierte Nacht

Am Abendhimmel über den Schwabinger Häusern schob die Dämmerung letztes, graues Licht vor sich her, als Elke dem Haus in der Ainmillerstraße immer näher kam. Sie zweifelte, ob es irgendeinen Sinn machte, was sie tat.

Vielleicht ging es hier um eine sehr persönliche Geschichte, bei der es keinen Grund gab, sich einzumischen.

Und doch. Valeska hatte ihren Fuß in die Tür zu Volkers Leben gesetzt, indem sie Kontakt zu Elke aufgenommen hatte. Valeska hatte Unruhe gestiftet.

Sie hatte eine Spur ausgelegt, der nicht nur Elke folgte. Jemand musste im Büro ihre zerrissene Notiz aus dem Papierkorb geholt und zusammengesetzt haben, um sie zu lesen.

Wer sonst außer der Warneck sollte das gewesen sein?

Elke gelang es nicht, sich vorzustellen, wie die Kommissariatsleiterin verstohlen im Papierkorb ihrer Untergebenen wühlte.

Es sei denn, sie misstraute ihr.

Elke lehnte ihr Fahrrad an die Hauswand und schloss es gerade ab, als oben ein Fenster aufgestoßen wurde. Leise Musik wehte auf die Straße. Gegenüber sprang zitternd die Beleuchtung des Apothekenschildes an.

Elke drückte den Klingelknopf, konnte hören, wie das Schrillen die Musik durchschnitt.

Fast erschrak sie, als unerwartet der elektrische Türöffner summte und sie ins Haus ließ.

Falls Valeska überrascht war, sie zu sehen, zeigte sie es nicht. Sie trug ihre kühl amüsierte Miene wie ein perfektes Make-up, während sie abwartend im Türrahmen lehnte. Barfuß in ihren schwarzen Hosen, rauchend, ein Glas mit bernsteinfarbener Flüssigkeit in der Hand, Whisky vielleicht oder Cognac. Bestimmt kein billiger Tokajer, wie Elke ihn mit Theres trank.

»Volker hat mich gebeten, Ihnen etwas zurückzugeben«, sagte Elke. Sie zog den Zeitungsausschnitt aus ihrer Umhängetasche. »Es gehört doch Ihnen?«

Valeska wandte den Blick von Elke ab und sah auf das Foto, das sie ihr hinhielt. Ihr Gesicht wurde hart. Asche fiel von ihrer Zigarette zu Boden, als sie Elke den Zeitungsausschnitt abnahm. Im Hausflur ging das Licht aus.

»Danke, und jetzt gehen Sie.«

Sie wollte die Tür schließen.

»Wo ist das?«, fragte Elke.

Valeska trat zu der Kommode im Flur und drückte ihre Zigarette in einem Aschenbecher neben dem Telefon aus.

»In der Uckermark«, sagte sie. »Vor dem Mädchenkonzentrationslager.«

In einer Ecke des Wohnzimmers war eine Stehlampe mit dunkelrotem Schirm eingeschaltet, die den Raum kaum erhellte. Ein schlankes Sofa, zwei leichte Sessel. Auf einem dreibeinigen Tischchen lagen amerikanische Modemagazine. Zigaretten neben dem Aschenbecher aus grünem Glas, das goldene Feuerzeug. In der Musiktruhe an der Wand drehte sich klickend eine Schallplatte auf der letzten Rille.

Valeska nahm den Tonarm herunter.

»Sind Sie Jüdin?«, fragte Elke in die Stille.

»Nein.« Valeska ging zu dem Tischchen, nahm eine Zigarette und zündete sie an. Sie hatte Elke nicht angeboten, sich zu setzen, und verzichtete selbst ebenfalls darauf.

»Die Jüdinnen waren gleich nebenan, im Frauen-KZ, zusammen mit den Politischen und den Kriminellen. Ravensbrück. Schon mal gehört, Fräulein Zeisig?«

»Ja.« Sie hatte die Namen aller Konzentrationslager der Nationalsozialisten am Ende des amerikanischen Films gesehen, aufgelistet mit den Zahlen der Menschen, die darin umgekommen waren. Das gelähmte Schweigen in dem dunklen Kinosaal würde sie nie vergessen.

»Sie sind eines der Mädchen auf dem Foto.«

Valeska legte den Zeitungsausschnitt auf den geordneten Stapel der Modemagazine und ging wortlos aus dem Zimmer. Den ganzen Tag über hatte Elke das Bild immer wieder angesehen. Sie nahm es vom Tisch und trat damit an die Lampe.

Valeska kam mit einer Flasche Whisky zurück. Sie füllte ihr geleertes Glas und beobachtete, wie Elke auf das Zeitungsfoto starrte, als könnte sie jetzt, hier in diesem Zimmer, etwas darauf entdecken, was ihr bislang nicht aufgefallen war.

»Warum suchen Sie nach dieser Kommissarin Hauser?«

»Kluge kleine Polizistin«, sagte Valeska. »Dafür gibt's eine Belohnung.«

Sie hielt ihr das Glas hin.

»Nein danke.«

»Kommen Sie schon. Wir sind doch nicht im Dienst, oder?«

»Sie sagten, dass Kommissarin Hauser …«

»So wird das nichts«, sagte Valeska. Der Whisky warf eine sachte Welle im Glas. »Wissen Sie, eigentlich rede ich nicht gern über das alles. Ich habe noch nie darüber geredet. Tut mir nicht gut.«

Sie sog an ihrer Zigarette, inhalierte tief, näher kommend, bis sie dicht vor Elke den Rauch ausstieß.

»Sie werden hier kein Verhör führen.«

»Natürlich nicht.«

Valeska fixierte sie mit einem Blick, unter dessen Kälte Wut aufbrach, Abscheu. Schmerz, den sie nicht erkennen lassen wollte. Sie wandte sich ab.

»Ich sehe wirklich nichts von deinem Bruder in dir.«

Sie entfernte sich ein paar Schritte, stellte die Flasche ab und nahm einen Schluck aus ihrem Glas. Regungslos sah Elke zu der dunklen Silhouette hinüber.

»Er hat mich an jemanden erinnert«, sagte Valeska, »das passiert mir manchmal, immer noch.«

Sie drückte ihre Zigarette aus, zündete sich die nächste an und drehte sich zu Elke um.

»Nein, ich bin nicht auf diesem Foto.« Sie schien mit sich zu ringen, ob sie weiterreden sollte.

»Verhaftet ihr eigentlich immer noch Kinder?«

»Wenn sie eine Straftat begangen haben.«

Valeska lachte leise.

»Eine Straftat, natürlich. Wir reden von Diebstahl, ja? Herumtreiberei? Sittliche Verwahrlosung. Damit kenne ich mich am besten aus. Unter uns: Aus mir konnte gar nichts anderes werden, die Verdorbenheit habe ich nämlich im Blut.«

Sie kippte einen weiteren Schluck.

»Ich weiß das, weil ich das unverschämte Glück hatte, meine Akte zu lesen.«

Wieder schwieg Valeska für einen Moment. Dann hatte sie sich entschieden.

»Die Weibliche Kriminalpolizei war damals noch im ersten Stock. Ich bin erst mal ein bisschen herumgeirrt, gestern«, begann sie.

»Ich war oft da, in dieser Zeit. Jedes Mal, wenn ich wieder aus dem Fürsorgeheim ausgerückt war. Die Hauser blätterte dann in der Akte, während ich vor ihr saß, und wenn ich etwas sagte, weil sie jede Menge Fragen hatte, dann hat sie was dazu geschrieben. Hatte ich richtig geantwortet? Oder das Falsche gesagt? Ich wusste es nicht. Eigentlich war ich sowieso immer nur wütend. ›Was sollen wir nur mit dir machen?‹, sagte sie dann. ›Manchmal glaube ich, du verstehst gar nicht, dass wir dir helfen wollen, ein besserer Mensch zu werden.‹«

Valeska hatte begonnen, im Zimmer auf und ab zu gehen.

»An diesem Tag, da … Die Hauser musste aus dem Zimmer und steckte die Akte in die Schublade. ›Du wartest, und du fasst hier nichts an.‹ Und ich dachte, geh nur, hau ab, woher willst du wissen, was ich anfasse, wenn du nicht da bist. Ich habe alle ihre Sachen auf dem Schreibtisch angefasst. Die Lampe, das Telefon, die Bleistifte und dieses Ding, mit dem sie über die Tinte schaukelte, um sie zu trocknen. Ich stand auf und ging um den Tisch und setzte mich auf ihren Stuhl. Man konnte sich drehen mit dem. Das war … erhebend, glaube ich. So wollte ich mich immer fühlen, wie da auf diesem Stuhl, keiner würde mir was verbieten, und ich mache, was ich will. Ich öffne also die Schublade und ich lese meinen Namen auf dieser Akte, die alles über mich weiß. Ich hatte nicht mal Angst vor dem, was da über mich stehen konnte. Ich war neugierig, was die so dachten, wer ich bin.

›Ungünstige Familienverhältnisse. Die unverheiratete Mutter wurde mehrfach in Nachtlokalen aufgegriffen. Verkehrt geschlechtskrank mit Wehrmachtsangehörigen. Schädigt und schwächt die deutsche Wehrmacht!‹ Wenn ich gewusst hätte, dass ich das nie mehr vergessen kann, kein einziges dieser Worte, die sie über uns in die Maschine gehämmert hatten … Aber es war zu spät. Ich konnte nicht mehr aufhören zu lesen. ›*Alles in allem ist die Mutter moralisch minderwertig. Kindesentziehung Dezember 1941.*‹

Und dann ging es um mich. ›*Nachweislich biologisch verdorben, in jeder Form verwildert. Triebhaft. Sittlich gefährdet. Verbrecherische Neigung. Von einer Gefahr des Zöglings für die gesunde Jugend ist sicher auszugehen.*‹

Ich versuchte zu verstehen, was da über mich stand. Ich saß auf dem Stuhl und war ganz leer im Kopf. Als die Hauser zurückkam, saß ich immer noch da. Sie hat mir nichts getan. Sie schrie mich nicht an. Sie blieb ruhig. Ich kannte sie nicht anders, sie blieb immer ruhig. Sie sagte: ›Ich gebe dir eine letzte Chance. Ich schreibe nicht auf, was du hier gerade getan hast, weil ich nicht die Einzige bin, die Einblick in deine Akte nimmt. Aber ich vergesse es nicht. Wenn du nicht endlich zur Vernunft kommst, gräbst du dir dein eigenes Grab.‹ Dann hat sie mich zurückgebracht, zu den Barmherzigen Schwestern, ins Heim.«

Seit einer Viertelstunde stand Elke wie festgefroren. Jetzt bewegte sie sich in die Nähe des Fensters. Die Vorhänge blähten sich in einem plötzlichen Windstoß und fielen wieder zusammen wie ein schlaffes Segel.

»An wen hat Sie mein Bruder erinnert?«

Valeska füllte ihr Glas nach. Sie trank und rauchte und schwieg und zog mit den nackten Zehen unsichtbare Kreise auf dem Parkett. Elke bereute ihre Frage. Sie hatte es verdorben.

»Ich sollte jetzt gehen«, sagte sie.

»Nicht weit vom Heim war eine Rüstungsfabrik«, fuhr Valeska mit einem Mal fort, »die hatten Zwangsarbeiter aus Polen. Wir Mädchen mussten bei den Bauern aus der Umgebung zur Ernte, Kartoffeln ziehen und Rüben. Zwischen den Feldern führte ein Weg in den Wald, da kamen die Polen an uns vorbei, mit ihren Bewachern, auf dem Weg in die Fabrik. Wir durften nicht hinschauen zu denen und die nicht zu uns, sonst gab es sofort Schläge und Geschrei und nichts zu essen am Abend. Aber die Bewacher und unsere Aufpasserinnen hatten ihre Augen auch nicht überall, und natürlich wurde geguckt. Eines Tages, als ich aufsah, schaute mir dieser Junge direkt ins Gesicht. Er lächelte. Ich fand es so schön, dass es wehtat. Nach ein paar Tagen wusste ich, er wird in der Mitte der Kolonne sein. Die Männer gingen zu zweit nebeneinander, und irgendwie schaffte er es, immer außen in der Reihe zu gehen, auf der Seite zu den Kartoffeläckern, und ich versuchte, möglichst weit am Rand zu arbeiten. Jeden Tag war ich aufgeregt, ob wir es wieder schaffen würden, uns ins Gesicht zu sehen, und ich war so glücklich, wenn es klappte. Es füllte meine Tage und Nächte, dieses Glück, und nichts war mehr schwer, weil es ihn gab. Ich weiß, ihm ging es genauso. Ich konnte es sehen. Und ich konnte sehen, dass er wie ich wusste, dass es vorbei sein würde, wenn die Kartoffeln geerntet waren. Und dieser Tag kam. Ich kniete im Acker und wartete, ihn zu sehen. Ich flehte um ein Wunder, bei Gott und Jesus und der heiligen Agnes. Die Kolonne mit den Arbeitern zog an uns vorüber, und ich wünschte, sie würden langsamer gehen, damit ich noch Zeit hatte, mich auf ihn zu freuen, damit er nicht vorbeiging und es das letzte Mal gewesen war. Als er neben mir war, schaute er mich nicht an, ich konnte es nicht glauben, aber dann sah ich etwas aus seiner Hand fallen, während er weiterging, etwas Weißes, einen zusammengefalteten Zettel. Eine der Aufpasserinnen war aufmerksam geworden, vielleicht, weil ich bewegungslos im Acker kniete, ich hatte nicht gemerkt, dass sie in der Nähe war, aber sie hatte alles gesehen. Sie schrie und kam angerannt, mit gerafften Röcken, und ihre Haube flatterte, als säße eine riesige Krähe auf ihrem Kopf. Auch ich rannte. Ich wollte nichts anderes als seine Nachricht an mich, die da im Gras lag. Die Schwester war schnell, es war eine von den Jüngeren. Sie trat mit dem Fuß darauf, als müsste sie etwas Ekelhaftes zerquetschen. Ich stieß sie, biss ihr in die Arme, als sie mich festhalten wollte, schlug ihr mit den Fäusten ins Gesicht. Doch Gott hatte ihr übermenschliche Kräfte verliehen, damit sie mich vor der Sünde schützte. Ich kam ins Loch. Wasser und Brot. Mir war alles egal. Ich habe gebetet, dass ihm nichts passiert ist, dass keiner gesehen hatte, wie er den Zettel warf. Zwei Tage später kam die Hauser und holte mich ab. ›Deine Zeit hier ist vorbei‹, sagte sie, ›ich habe dich gewarnt.‹ Wir gingen zum Polizeiwagen, der vor dem Tor wartete. Als ich wissen wollte, wohin sie mich bringen, blieb sie stehen und sah mich an, mit einem geduldigen, fast mütterlichen Blick. ›Es wird das letzte Mal sein, dass wir unter vier Augen sprechen‹, sagte sie. ›Willst du wissen, was auf dem Zettel stand?‹ Und ich dachte, vielleicht gibt sie ihn mir, wenn sie mir den Zettel gibt, soll mir jede Strafe recht sein. ›Dieser polnische Dummkopf‹, sagte sie, ›du hast ihm wohl ganz schön den Kopf verdreht. Es war ein Herz gemalt, und er hat seinen Namen daruntergeschrieben. Łukasz. Gestern haben sie ihn aufgehängt.‹«

Mit zitternden Händen zündete Valeska die nächste Zigarette an. Als sie wieder zu sprechen begann, klang ihre Stimme gepresst, doch sie hatte sich schnell wieder im Griff.

»Die Nacht verbrachte ich mit anderen Mädchen in einer Zelle im Polizeipräsidium. Nach ihnen hat mich niemals wieder jemand weinen sehen. Am Morgen holte uns die Hauser, und sie brachten uns zum Bahnhof. Wir hatten ein eigenes Abteil, davor standen zwei SS-Männer Wache, in einem ganz normalen Zug. Die Hauser saß bei uns. Nach ein paar Tagen, ich weiß nicht, wie lange wir unterwegs waren, hielt der Zug in Ravensbrück. Auf dem Bahnsteig waren SS-Leute, Männer und Frauen, und manche von denen ließen ihre Hunde auf uns los, nur so aus Spaß. Sie wollten uns schreien hören.

Zuerst brachten sie uns ins Frauenlager, vor die SS-Ärzte, zur Untersuchung. Wir mussten nackt vor ihnen antreten, und dann hieß es: Läuse, Haare weg. Manche Mädchen, die hübschen, die gut gewachsen waren, haben sie ihre Haare behalten lassen. Ich gehörte dazu. Wir haben erst später verstanden, warum.«

Elke starrte auf das Foto in ihrer schweißnassen Hand und wagte nicht zu fragen, ob eine der Frauen Hauser war.

»Zum Mädchenlager war es eine halbe Stunde Fußweg«, hörte sie Valeska sagen, »die Hauser ging neben einer der SS-Frauen und unterhielt sich mit ihr. Am nächsten Tag habe ich sie mit der Lagerleiterin über das Gelände gehen sehen. Die kannten sich. Sie wusste genau, was da passierte.«

Im Halbdunkel des Zimmers waren Valeskas Augen schwarz vor Hass.

»Ich wollte nie darüber sprechen. Ich wollte vergessen, wie viel Macht sie über mich hatten. Ich ertrug es nicht, daran zu denken. Denn dann wäre ich wieder fünfzehn gewesen und kein Mensch mehr.«

Draußen stieß der Wind kurze Böen durch die Straße. Vielleicht würde es Regen geben. In einem Haus gegenüber flog krachend ein Fenster zu. Scheiben klirrten.

»Ich wollte nie wieder in diese Stadt zurück«, sagte Valeska, »aber dann … ich habe amerikanische Freunde, an denen ich ein wenig hänge. Ihnen bin ich hierher gefolgt, alles schien gut. Es war Zeit genug vergangen, dachte ich. Und dann treffe ich diesen Jungen, der ein bisschen wie Łukasz aussieht. Und er hat eine Schwester bei der Weiblichen Kriminalpolizei.«

Elke war ans Fenster getreten.

»Da unten steht eine Frau«, sagte sie unvermittelt. Sie sprach einfach aus, was sie sah, vielleicht weil sie sonst nichts zu sagen wusste. Im selben Moment, als sie Valeskas Nähe hinter sich spürte, wich sie hastig zurück. Ihr Herz raste.

»Wer ist das?«, fragte Valeska.

Warneck, dachte Elke, das könnte die Warneck sein. Ich täusche mich. Ich kann nicht mehr klar denken.

»Ich weiß es nicht«, sagte sie.

Die Frau, deren Umrisse sie nur für den Bruchteil einer Sekunde gesehen hatte, war aus dem Licht der Apothekenbeleuchtung zurück ins Dunkel getreten.

»Du lügst«, sagte Valeska.

Sie drängte an ihr vorbei und beugte sich aus dem Fenster. Elke flog gegen die Wand, als Valeska sie gleich darauf zur Seite stieß und losrannte. Sie hörte die Wohnungstür in den Angeln krachen, das Tappen der nackten Füße auf der Treppe.

Auf der Straße entfernte sich die Gestalt aus dem Dunkel. Sie ging schnell, keineswegs hastig, festen, bestimmten Schrittes.

Elke war auf der Höhe der Apotheke, als sie Valeska ein paar Häuser weiter stehen sah.

»War sie das?«, fragte Valeska tonlos. »Die Hauser?«

»Wie soll ich das wissen?« Elke zitterten die Knie. »Ich kenne diese Kommissarin Hauser nicht, das ist die Wahrheit.«

»Ihr seid alle gleich.« Valeska spuckte vor ihr aus. »Immer noch.«

Mit brennendem Gesicht sah Elke ihr nach, wie sie barfuß die Straße überquerte.

Von der Kreuzung bog lärmend ein Pulk Mopeds ein. Einige der Jungen hatten Mädchen hinter sich. Johlend rasten sie an Elke vorbei Richtung Leopoldstraße.

Montag, 25. Juni 1962

SCHWABINGER KESSELTREIBEN
**Von unserem Redaktionsmitglied
Ludwig Maria Seitz**

Nach der vierten Krawallnacht klafft der Riss zwischen Jugend und Ordnungshütern tief wie die Weißbachschlucht bei Schneizlreuth. Der Polizeiführung möchte man zurufen, weniger über Schlachtpläne, sondern über den Grund für die Grabenkämpfe in Schwabing nachzudenken. Wie soll das zerschlagene Verhältnis wieder gekittet, wie Vertrauen – falls je vorhanden – wiederhergestellt werden?
Niemand, auch unsere Zeitung nicht, will Aufrührer und Unruhestifter decken, doch es wäre gleichermaßen fatal, über die enthemmte Prügellust in den Reihen der Münchner Polizei hinwegzusehen. Dafür hat der Berichterstatter zu oft in wutverzerrte Gesichter der Uniformierten geblickt, so etwa, als der Fotograf unserer Zeitung an seiner Arbeit gehindert und krankenhausreif geprügelt wurde. Umso mehr verwundert es, dass Journalistenkollegen anderer Münchner Presseorgane die »Opfer« beharrlich in Anführungsstriche setzen.
Wenn die Polizei strafbare Handlungen der eigenen Leute deckt, stellt sie damit den Schlägern unter den Uniformierten einen Freibrief aus. Wenn der Polizeipräsident den Einsatz gegen einen »Sauhaufen« befiehlt, macht er damit die Marschmusik.
Schwabings guter Ruf wurde in den vergangenen Nächten nicht durch jugendliche Nihilisten ruiniert, sondern durch die

galoppierende Unvernunft der Polizeieinsätze. Es ist kurzsichtig, wenn sich die Stadt der Verantwortung für die Entgleisungen ihrer Einsatzkräfte entziehen will. Was Hunderte auf den Straßen Schwabings erlebt haben, kommt unweigerlich ans Licht.

Wenn München eine weltoffene, moderne Metropole sein will, muss sich dies nicht zuerst in der Toleranz seiner eigenen Jugend gegenüber zeigen? Schwabing ist mehr als nur eine berühmte Bummel-Avenue. Mit seinen Künstlerateliers, Jazzkellern und Studentenkneipen fasziniert es uns doch vor allem mit dem munteren Charme einer neuen, von Zwängen befreiten Zeit.

Brutale Polizeieinsätze werden daran nichts ändern.

Manschreck blätterte weiter zum Lokalteil, zu den Leserbriefen, auf die am Ende des Kommentars verwiesen wurde. Er gab Seitz im Stillen recht. In der vergangenen Nacht war er selbst in Schwabing gewesen, entschlossen, Marie am nächsten Wochenende bessere Antworten geben zu können.

Auch die Idee, sich im selben Gewässer treiben zu lassen wie dieser Mann, der zwei Mädchen getötet hatte und der möglicherweise auf der Suche nach seinem nächsten Opfer war, hatte Manschreck nach Schwabing gezogen. Trotz aller Aussichtslosigkeit wollte er wenigstens *da* sein.

Was die Krawalle anging, so hatte er die Fronten sich aufeinander zubewegen sehen, er hatte Rauflust gesehen und Imponiergehabe, Provokation und Willkür.

Er hatte sich als Zuschauer eines grotesken Spektakels gefühlt, das ihn in Bedrängnis brachte. Er war mit Leib und Seele Polizist. So hatte es sich von Beginn an verhalten, während er noch in der Ausbildung war und Streifendienst versah, so war es erst recht, als er später Mordermittler wurde. Er war es, bis ihm ein Fall den Boden unter den Füßen weggezogen und er sich freiwillig zum Kriegsdienst gemeldet hatte. Und er war es wieder, seit er ein Jahr nach dem Krieg zurück zur Münchner Kriminalpolizei gegangen war.

Heute Nacht hatte ihn verheerendes Schädelweh den Schlaf gekostet, als er vergeblich nach einer Lösung für sein Dilemma suchte. Nur weil er Chefermittler der Mordkommission und nicht zuständig war, konnte er dem Geschehen auf den Straßen nicht einfach den Rücken zukehren. Die Einsatzkräfte wurden von Männern befehligt, die seine Kollegen und Vorgesetzten waren. Er war Teil des Apparats.

Resigniert legte Manschreck die Zeitung zur Seite.

Er hatte zwei Morde aufzuklären. Darauf musste er sich jetzt konzentrieren.

»Chef?«

Mit einem knappen Klopfen kam Murnau ins Zimmer.

»Eine junge Frau hat sich gemeldet«, sagte er. »So, wie es aussieht, ist sie unserem Mann nur knapp entkommen letzte Nacht.«

*

»Was ist los mit dir?«, fragte Doris. »Du warst stumm wie ein Fisch.« Sie nahm die Hülle von der Schreibmaschine und zog eine Schublade auf.

Sie hatten die montägliche Besprechung mit der Chefin und den Kolleginnen hinter sich und saßen sich in ihrem Büro gegenüber.

»Ich glaube, der Warneck ist es auch aufgefallen«, sagte Doris und zündete sich eine Zigarette an.

Elke glaubte das nicht. Sie hatte der Chefin nichts anmerken können. Keine Untertöne, keine prüfenden Blicke. Warneck hatte die Besprechung geführt, wie sie es immer tat. Sie war in einem Maße sie selbst gewesen, dass Elke sich inzwischen ganz und gar infrage stellte, ihren Instinkt, ihre Loyalität, ihre Wahrnehmungsschärfe. Womöglich war sie beeinflusst von Valeskas Wut, ihrer Trauer und Bitterkeit. Sie fühlte sich vollkommen kraftlos.

»Hörst du mir eigentlich zu?«

Gewohnt, Doris' Geplapper an sich vorbeifluten zu lassen, hatte sie offenbar etwas Bedeutendes verpasst. Gekränkt starrte Doris sie über die beiden Schreibtische hinweg an.

»Entschuldige«, gab Elke zurück, »ich glaube, ich hätte gern eine Zigarette.«

Doris fehlten kurz die Worte. Dann warf sie ihr die Zigarettenschachtel zu und kam um den Tisch.

»Dass du mit dem Rauchen anfängst, nur weil ich kündige, soll ich das glauben?«

Sie gab ihr Feuer und lehnte sich gegen Elkes Schreibtisch.

»Der Hans will endlich heiraten. Ich fänd's schön, wenn du meine Trauzeugin wärst.«

»Fräulein Zeisig?«

Oberkommissarin Warneck stand in der Tür und ließ sie ihre stumme Missbilligung spüren, bevor sie sich abwandte.

»Kommen Sie doch bitte für einen Moment in mein Büro, Kollegin Zeisig.«

Elke warf die kaum gerauchte Zigarette aus dem Fenster, während Doris an einen der Aktenschränke floh.

»Schließen Sie bitte die Tür.«

Warneck hatte hinter ihrem Schreibtisch Platz genommen und notierte etwas in einer Akte, die vor ihr lag, bevor sie zu Elke aufblickte.

»Die Sache mit den Mädchen geht Ihnen vielleicht etwas zu nahe, oder täusche ich mich?«, fragte sie.

Sie bot ihr nicht an, sich zu setzen.

»Sie meinen die ermordeten Mädchen.«

»Ich meine die ermordeten Mädchen, ja«, sagte Warneck milde. »Oder gibt es noch etwas anderes, das Sie belastet?«

Elke schwieg hilflos.

In ihrem Kopf schwirrten die Gedanken wie ein Schwarm gefangener Vögel. Wenn es wirklich die Warneck gewesen war, die sie gestern Abend vor Valeskas Haus gesehen hatte, dann, weil sie diese Kommissarin Hauser kannte, einen anderen Grund gab es nicht. Sie hatte jedoch abgestritten, sie zu kennen, also verbarg sie etwas. Sie hatte herausfinden wollen, wer nach der Frau gefragt hatte. Wie oft sprach sie von ihrer Arbeit während des Krieges? Sie mussten Kolleginnen gewesen sein. Und wenn es, wie Valeska glaubte, diese Hauser selbst gewesen war, da unten auf der Straße, dann hatte die Warneck sie tatsächlich gewarnt. Warum? Weil sie ein gemeinsames Geheimnis hatten?

»Fräulein Zeisig!« Die Stimme Warnecks trieb Elke Tränen in die Augen. Plötzlich hoffte sie, sich verrannt zu haben. Wenn es so war, hatte sie nichts zu verlieren.

»Falls es um Monika Seefeld geht, ich werde heute im Jugendamt mit der Sachbearbeiterin sprechen«, hörte sie die Chefin sagen.

»Das Mädchen-KZ Uckermark«, sagte Elke, hastig, damit sie der Mut nicht verließ, »wissen Sie etwas darüber?«

Irmgard Warneck straffte die Schultern. Sie wirkte kaum erschrocken.

»Warum fragen Sie mich das?«

»Jemand hat mir davon erzählt.«

Der Schreibtischstuhl ächzte, als die Kommissarin sich vorlehnte und die Hände über der Akte zusammenlegte.

»War es dieselbe Person, die nach dieser ... Kollegin Hauser gefragt hat?«

Elke rang mit sich, während die Warneck sie abwartend ansah.

Nebenan klingelte das Telefon.

»Sie wollen es mir nicht sagen, das finde ich bedauerlich.«

An der Verbindungstür klopfte es.

»Nicht jetzt«, sagte die Warneck scharf.

»Entschuldigung, aber ...«

Doris steckte den Kopf durch die Tür.

»Hauptkommissar Manschreck lässt Fräulein Zeisig bitten, nach unten zu kommen. Er wartet im Wagen.«

*

Thea Grünwald war zwanzig und sah aus wie ein Mädchen von höchstens sechzehn. Die Sommersprossen, mit denen Gesicht, Arme und Beine gesprenkelt waren, gaben ihr etwas Unbekümmertes, Reines.

Die junge Frau bildete mit ihrer Mutter, von der sie allein großgezogen worden war, eine ruhige Einheit. (Sofort hatte Manschreck auf ihre gedehnte Sprechweise reagiert und sie nach ihrer Herkunft gefragt. »Aus Rostock«, bemerkte er, als Ruth Grünwald ihm geantwortet hatte, »kam ein guter

Freund von mir.« Es war seine erste persönliche Äußerung in Elkes Gegenwart.)

Mutter und Tochter sahen sich ähnlich, strohblond, mit ihren wasserblauen Augen, sie waren gute Gefährtinnen, das bemerkte man an ihren Gesten und der Art, wie sie sich ergänzten, wenn sie mit rollendem R und spitzem S sprachen – sie hatten sogar denselben Beruf.

Sie waren Krankenschwestern.

Von der Frauenklinik am Englischen Garten war Thea Grünwald gegen zwei Uhr nachts aufgebrochen, um mit dem Fahrrad nach Hause in die Destouchesstraße zu fahren.

»Meine Schicht war eigentlich schon um zehn zu Ende«, sagte sie, »aber es war so wahnsinnig viel los. Wir hatten vier Frauen gleichzeitig in den Wehen, und spät am Abend wurden noch drei Frauen von ihren Männern gebracht. Es war Betrieb wie bei Vollmond.« Sie lächelte und schien sich im selben Moment darüber zu erschrecken. »Entschuldigen Sie, ich weiß, das ist alles sehr ernst.«

»Sie müssen sich nicht entschuldigen«, sagte Manschreck. »Kommt es oft vor, dass Sie nachts von der Arbeit mit dem Fahrrad heimfahren?«

»So spät selten, meine Schicht ist ja normalerweise schon früher zu Ende oder eben am nächsten Morgen. Die Nachtschicht endet um sieben.«

»Und Sie fahren immer dieselbe Strecke?«

Thea bejahte. Bei schlechtem Wetter und im Winter nähme sie die Tram. Auch sagte sie, dass man ihr in der vergangenen Nacht angeboten hatte, in der Klinik zu schlafen, weil man von den Unruhen in Schwabing wusste.

»Ich wollte aber lieber in mein eigenes Bett«, sagte Thea. »Und mit meiner Mutter frühstücken, wenn sie von der Nachtschicht kommt. Das ist bei uns ein festes Ritual.«

Als hätte sie auf das Stichwort gewartet, kam Ruth Grünwald aus der Küche mit einem Kaffeetablett zu ihnen. Sie trug noch immer ihre Schwesterntracht, nur die Haube hatte sie abgenommen.

Während Elke eine Tasse Kaffee entgegennahm, fragte sie sich, ob Thea in ihrer Berufskleidung wohl erwachsener aussah als jetzt, in diesem Sommerkleid, das mit großen Sonnenblumen bedruckt war.

»Auf dem Weg nach Hause, trugen Sie da Ihre Schwesterntracht, Fräulein Grünwald?«

Thea schüttelte den Kopf. »Sie war ... nun ja, ich musste da raus nach vierzehn Stunden, wenn Sie verstehen. Ich habe mich schnell umgezogen und den Kittel zum Waschen mitgenommen.«

Im Englischen Garten, nachdem sie das alte Seehaus hinter sich gelassen hatte, musste Thea Grünwald feststellen, dass der vordere Reifen ihres Rads Luft verlor. Sie fuhr weiter, bis sie die Lichter von Schwabing sah, und schob ihr Rad dann. Sie stellte fest, dass sich auf der Leopoldstraße nichts Beunruhigendes mehr tat, und beschloss, ohne Umweg nach Hause zu laufen.

»Wo hat der Mann Sie angesprochen?«

»Das war in einer kleinen Straße, ich weiß gar nicht, wie sie heißt, zwischen Clemens- und Destouchesstraße, da steht ein uraltes, unbewohntes Haus mit einem verwilderten Garten, da erntet die ganze Nachbarschaft.« Sie sah ihre Mutter an. »Wir auch.«

Ruth Grünwald nickte. »Johannisbeeren, Äpfel, Pflaumen, sogar einen alten Quittenbaum gibt es.« Sie wirkte, als würde sie gern weiter über Obstgärten sprechen, statt noch einmal zu hören, was jetzt kam.

»Da jedenfalls war es«, sagte Thea.

»Wie war das? Ist der Mann Ihnen gefolgt? Von wo kam er?«

»Ich kann das nicht sagen. Wenn er schon länger hinter mir hergegangen ist, dann habe ich das nicht bemerkt. Als er mich angesprochen hat, dachte ich, er käme von dem Grundstück, aus dem Garten – da ist ja alles offen. Er sagte, dort läge ein Verletzter, er sei bewusstlos, vielleicht vor der Polizei geflohen, einer von den Krawallbrüdern, aber helfen müsse man ja trotzdem. Er wollte zur nächsten Telefonzelle, einen Krankenwagen rufen, ob ich so lange bei dem Verletzten bleiben könnte.«

Thea beschrieb den Mann, der sie um Hilfe gebeten hatte, als älter. »Vielleicht so wie Sie«, sagte sie zu Manschreck. Viel mehr konnte sie zum Äußeren des Mannes nicht angeben. In der Stichstraße gab es nur eine Straßenlaterne, von der sie ein gutes Stück entfernt gestanden hatte. Er habe einen Mantel getragen, einen leichten Sommermantel, und einen Hut.

»Bitte verstehen Sie das nicht als Vorwurf, aber hat es Sie nicht misstrauisch gemacht, dass er Sie auf ein dunkles Grundstück locken wollte?«, fragte Manschreck. »Sie wussten doch von den Morden an den Mädchen?«

»Ich bin Krankenschwester«, sagte Thea ruhig, »ich habe nur daran gedacht, dass ich vielleicht helfen kann. Und das habe ich auch zu ihm gesagt: Da sind Sie an die Richtige geraten. Ich bin Krankenschwester.«

Manschreck tastete nach seinen Zigaretten.

»Wie hat der Mann darauf reagiert?«

»Er wirkte überrascht – ich kenne das. Viele Patientinnen denken, ich bin gerade mal im ersten Ausbildungsjahr.«

Thea stand auf, holte einen Aschenbecher vom Sideboard und stellte ihn auf den Couchtisch.

»Und dann hat er dieses komische Wort gesagt.«

»Was für ein Wort?«, fragte Elke.

Thea setzte sich wieder neben ihre Mutter. »Ich weiß nicht, ich habe es noch nie gehört. Er sagte: Dass so ein … ich weiß nicht was … schon eine fertige Krankenschwester ist. Ich habe es einfach nicht verstanden, dieses Wort, das er benutzte. Vielleicht irgendein Fremdwort. Oder ein Dialekt?«

»Bayerisch?« Elke meinte in Manschrecks Mundwinkeln die Andeutung eines Lächelns zucken zu sehen, als er seine Zigarette anzündete.

Kopfschüttelnd zog Thea die Stirn in Falten. »Nein«, sagte sie nachdenklich. »Ich glaube, Bayerisch war das nicht. Es begann mit so etwas Ähnlichem wie Dock? Oder Dogge?« Hilflos hob sie die Schultern. »Ich kann es wirklich nicht wiedergeben.«

»Vielleicht fällt Ihnen später dazu noch etwas ein, ganz von allein«, beruhigte Elke sie. »Was geschah dann?«

»Ich bat ihn, mir zu zeigen, wo der Verletzte liegt«, fuhr Thea fort, »ich stellte mein Fahrrad ab und folgte ihm in den Garten, es war kaum etwas zu erkennen. Er blieb stehen, deutete in eine Ecke des Grundstücks und sagte, da würde der Mann liegen, hinten am Zaun. ›Den finden Sie ganz leicht‹, sagte er und dass er jetzt schnell einen Krankenwagen rufen würde, bevor vielleicht alles zu spät ist. Ich fragte, ob er sich hier auskennt, ich könnte ihm sonst erklären, wo er die nächste Telefonzelle findet. Aber da war er schon so gut wie weg.«

»Er ging zurück zur Straße?«

»Das dachte ich. Ich sah ihn nicht mehr.«

Die junge Frau schwieg für einen Moment. In ihre Stimme schlich sich ein leichtes Beben, als sie weitersprach.

»Ich tastete mich am Zaun entlang, um den Verletzten zu finden. Aber da war niemand. Ich fing an zu begreifen, dass irgendwas faul war. Jemanden allein ins Dunkel tappen zu lassen, zu einem hilflosen Menschen, der schwer verletzt sein soll, wer macht denn so was? Ich lief zurück, so schnell ich konnte, ohne etwas zu sehen, ich war müde und hatte mir die Strümpfe zerrissen, ich wollte nach Hause, ich … kochte vor Wut, als der Kerl plötzlich vor mir stand wie ein Ölgötze. Ich schrie ihn an: ›Damit macht man keine Scherze, was sind Sie nur für ein Mensch‹, und ich marschierte an ihm vorbei, stocksauer, schnurstracks raus auf die Straße.«

Thea atmete heftig und sah hinunter auf ihre Hände, die sie ineinander verschränkt hatte. Gleich würden die Tränen kommen, dachte Elke, die Wucht der Erkenntnis, dass sie hätte sterben können.

»Er hat nicht versucht, Sie aufzuhalten?«

Thea schüttelte den Kopf. »Er war wie erstarrt. Ich habe mich nicht mehr umgesehen, ob er mir folgte, ich habe mein Fahrrad genommen und bin gegangen, vor mich hin schimpfend wie ein Bierkutscher.«

»Ihre Wut hat Ihnen vielleicht das Leben gerettet«, sagte Manschreck. »Seien Sie weiter wütend auf diesen Mann. Das hilft gegen die Angst.«

»Ich hätte sofort die Polizei verständigen sollen«, sagte Thea gepresst. »Aber ich … mir war gar nicht klar, dass dieser Mann vielleicht … Ich war einfach nur froh, zu Hause zu sein. Als ich dann alles meiner Mutter erzählte ...« Sie begann lautlos zu weinen. »Es tut mir leid.«

Ruth Grünwald schloss ihre Tochter in die Arme und begann sie sachte zu wiegen, als ihr Weinen heftiger wurde. Elke wechselte einen Blick mit Manschreck. Sie standen auf und verabschiedeten sich. Sie mussten Thea Grünwald jetzt Zeit geben.

Sobald sie die Wohnung verlassen hatten, kam das hässliche Gefühl zurück, mit dem sie aus dem Präsidium gegangen war.

Sie hatte sich der Chefin gegenüber in die Bredouille gebracht. Sie brauchte die Ruhe mindestens einer durchwachten Nacht, dachte Elke, um sich klar zu werden, wie sie ihre Fragen stellen und was sie über Valeska preisgeben sollte. Und doch ... Keine Grübelei würde etwas daran ändern, dass sie alles wissen wollte. Sie wollte wissen, was der Warneck bekannt war und worüber sie schwieg.

Elke folgte Manschreck auf die Straße und kämpfte den schmerzhaften Wunsch nieder, ihm alles zu sagen, ihn um Rat zu bitten.

Ihre innere Stimme sagte ihr, dass sie ihm vertrauen konnte. Ihre innere Stimme sagte ihr, dass es der falsche Weg war.

Manschreck schloss die Beifahrertür auf, um sie zuerst einsteigen zu lassen.

Warneck würde am Nachmittag ihre Besprechung im Jugendamt haben und später ihren Vortrag über Schlüsselkinder in der Alfonsschule halten.

»Ich möchte noch einmal zu Monika Seefeld ins Krankenhaus«, sagte Elke unvermittelt. Tatsächlich war es von hier aus ein Fußweg von zehn Minuten.

»Verstehe.« Manschreck schien mit den Gedanken woanders zu sein.

»Wenn Sie natürlich das Protokoll sofort benötigen …« Sie brach ab. Manschreck ging um das Auto und schloss die Fahrertür auf.

»Als Fräulein Grünwald das komische Wort erwähnte und einen Dialekt vermutete«, sagte er, »musste ich an meine Frau denken. Sie kam aus einem kleinen Ort bei Hannover und konnte am Bayerischen verzweifeln.«

Er nickte Elke zu, stieg in den schweren BMW und ließ den Motor an.

*

Murnau arbeitete sich bereits durch einen Stoß verstaubter Akten, als Manschreck zurück ins Präsidium kam. Dieser hatte ihn von unterwegs angerufen und ins Archiv geschickt.

Jetzt, da sie wussten, dass sie einen Täter mittleren Alters in Erwägung ziehen mussten, hatten sie in ihrer Suche nach vergleichbaren Mordfällen noch einige weitere Jahre zurückzugehen, bis in die Dreißiger. Ob sie das weiterbringen würde, wusste allerdings niemand.

Es verging eine Stunde, die wenig Hoffnung machte, bis Manschreck im zähen Dunst seiner zahllos gerauchten Zigaretten seinen Stuhl zurückstieß, die Fenster öffnete und Murnau zu sich rief.

»Sehen Sie sich das an.« Er reichte ihm eine Akte über den Tisch. »Das könnte eine Spur sein.«

»Ein Fall von 1945?«

»Drei Fälle. Drei tote Mädchen.«

»Merkendorf bei ... Ansbach«, las Murnau. »Das ist doch ...«

»Mittelfranken.« Hustend steckte Manschreck sich die nächste Zigarette an. »Die Kreisverwaltung hat damals auf Befehl der Amerikaner Amtshilfe aus München angefordert, deshalb sind die Akten bei uns. Die Fälle wurden nicht aufgeklärt.«

»Mittelfranken. Sie meinen, der Dialekt ...«

»Das Chaos, Murnau«, sagte Manschreck, »das Chaos ist der Schlüssel.«

Er begann vor den Fenstern auf und ab zu gehen, während er wiedergab, was in der Akte stand, die Murnau jetzt studierte.

»Im April 45 stand der Ort tagelang unter massivem Beschuss durch die Amerikaner, es gab heftige Kämpfe, das Dorf brannte. Die wenigen Männer wurden zum Volkssturm zusammengezogen, die Frauen versuchten, sich wo auch immer mit den Kindern zu verstecken. Am 20. April wurde das erste Mädchen, fünfzehnjährig, in der Nähe einer Panzersperre gefunden. Notdürftig vergraben. Erwürgt.«

»Das zweite Opfer, am 22. April, Hedwig Bach, fünfzehn, in einer Scheune«, las Murnau. »Am 23. April fanden amerikanische Soldaten hinter der ausgebrannten Kirche Marianne Furtner, sechzehn, ebenfalls erwürgt.« Er schüttelte den Kopf. »Da überlebst du den Krieg, und dann fällst du am Ende so einem Scheißkerl in die Hände. Was denken Sie? Ob der Täter damals in einem ähnlichen Alter wie die Mädchen war?«

Manschreck schüttelte den Kopf, während Murnau in die Akte vertieft blieb.

»Dann wäre er heute etwa Mitte dreißig. Thea Grünwald sagte aber, der Mann sei etwa so alt wie ich, und da ich nun mal noch älter aussehe, als ich bin ...«

»Chef«, unterbrach Murnau ihn. Gleichzeitig begann das Telefon auf Manschrecks Schreibtisch zu läuten. »Haben Sie das gesehen? Diesen handschriftlichen Nachtrag?« Mit einem Mal stand der ganze Mann unter Spannung. »Es hätte fast noch ein viertes Opfer gegeben in Merkendorf. Gerda Baumgärtl, damals fünfzehn. Sie ist ihm entkommen.«

»Wir müssen die Frau finden, so schnell wie möglich. Vielleicht haben wir Glück, und sie wohnt noch da oder in der Umgebung.«

Manschreck nahm das Telefongespräch an, während Murnau das Büro verließ, um einige Anrufe zu machen.

»Herr Seitz ist da«, hörte er Fräulein Siebert durch den Hörer sagen. »Wollen Sie mit ihm sprechen?«

*

Es war früher Nachmittag, als Ludwig Maria unzufrieden das Polizeipräsidium verließ. Manschreck hatte wegen seines Kommentars in der heutigen Ausgabe verhaltene Zustimmung geäußert, doch dann hatte er ihn verhungern lassen.

Die Dürre der Fakten über die junge Frau, die einem verdächtigen Unbekannten entkommen war, hatte Manschreck mit dem Schutz der Zeugin begründet. Das war einzusehen.

Was Ludwig Maria frustrierte, war die Unnachgiebigkeit, mit der Manschreck zurückhielt, was sie von der Zeugin über den Kerl erfahren hatten.

Er wollte der Redaktion mehr als nur eine Meldung liefern, wie sie nach der Pressekonferenz alle bringen würden. Also hatte Ludwig Maria vorgeschlagen, die zornige Unerschrockenheit, mit der die junge Frau entkommen war, zum Thema zu machen.

Schlug Krankenschwester den Mädchenmörder in die Flucht? Gunzmann würde auf dem Tisch tanzen. Doch Manschreck wollte davon nichts wissen.

»Wir können nicht riskieren, den Mann zu provozieren, Seitz. Wir wissen nicht, was das bei ihm auslöst. Warten Sie mit Ihrer Heldinnengeschichte.«

»Wie lange?«

»Bis wir ihn haben.«

Dann hatte sich der Alte in Einsilbigkeit zurückgezogen wie eine Schildkröte in ihren Panzer. Ein sicheres Zeichen dafür, dass er Witterung aufgenommen hatte. Ludwig Maria hasste es, wenn der Alte so war, wenn er ihn aussperrte wie ein Kind vor der Bescherung, selbst wenn er am Ende eine gute Story bekommen würde, exklusiv, solange er sich an die Spielregeln hielt.

Während seines üblichen Plauschs im Vorzimmer mit Fräulein Siebert dann (die jedes Netz, das er auswarf, auf sich zufliegen sah und auszuweichen wusste, ein Spiel, das sie virtuos miteinander spielten) hatte er bruchstückhaft mitbekommen, dass Manschreck in seinem Büro mit der Zeisig telefonierte. Sie sollte mit einem Fräulein Grünwald »die Strecke abgehen«, hörte er durch die nicht gänzlich geschlossene Tür, bevor die Siebert ihn hinauskomplimentierte.

Damit würde etwas anzufangen sein.

Denn aus einem hatte Manschreck kein Geheimnis gemacht: wo die tapfere Krankenschwester dem Mann, der sie töten wollte, begegnet war.

*

Elke bedankte sich bei Thea Grünwald und wartete, bis sie im Haus verschwunden war. Am Straßenrand gegenüber hatte ein schwarzer Volkswagen mit zwei Zivilbeamten Posten bezogen, da Manschreck nicht ausschließen wollte, dass der Mann Thea Grünwald in der Nacht gefolgt war.

Sie hatte gefasst gewirkt, als sie zusammen aufgebrochen waren, um den Weg abzulaufen. Zwei junge Frauen, die durch die belebten Straßen des sommerlichen Schwabings gingen, vermeintlich plaudernd wie Freundinnen, wie Hunderte andere, die auf der Leopoldstraße flanierten, in den Cafés saßen oder in den ruhigeren Straßen ihrer Wege gingen.

Thea hatte ihr zwei Straßencafés und einige Bars gezeigt, die noch offen gehabt hatten, als sie in der Nacht auf dem Heimweg gewesen war. Sie hatten von ihren Berufen gesprochen und über das Leben in der Stadt, während ihre Blicke die Leute streiften, auch wenn Elke nicht daran glaubte, dass der Mann sich zu dieser Zeit unter die Menschen mischte.

Er suchte die Stille, die Dunkelheit.

Vermutlich ging er tagsüber einem Beruf nach, unauffällig, zurückhaltend, als jemand, den man leicht übersah. Oder er zog sich zurück wie ein Nachttier und hielt seine Geister im Dämmerschlaf, bis sie ihn nachts auf die Straße trieben.

Als sie in die kleine Stichstraße einbogen, wo sich das verlassene Haus befand, spürte Elke, wie Thea sich an ihrer Seite verspannte.

»Er wird nicht hier sein«, sagte Elke beruhigend.

Thea schüttelte sich, als hätte ein verabscheuungswürdiger Jemand sie an der Schulter berührt.

»Ich muss immer daran denken, dass er hier vielleicht irgendwo wohnt.«

»Heute Mittag hat der Erkennungsdienst das gesamte Grundstück nach Spuren abgesucht, das wird einiges Aufsehen erregt haben. Er wird wissen, dass die Polizei auch nach ihm sucht.«

»Haben sie etwas gefunden? Hier, meine ich?«

Elke bezweifelte es.

»Ich weiß es nicht«, sagte sie.

Die Sonne brachte ein gerissenes Absperrband auf dem Gehweg zum Glitzern, als sie vor dem verwilderten Garten standen. In das hohe Gras waren Pfade getreten, von denen manche zu den Bäumen auf dem Grundstück führten. An den Seiten des Hauses, das sich mit bröckelndem Putz und zerschlagenen Fenstern vor der Nachbarschaft duckte, wuchsen erste Johannisbeeren, wie Theas Mutter es erzählt hatte.

Als Elke jetzt wieder an dem Garten vorbeikam, flogen kleine grüne Geschosse aus den Bäumen, unreife Äpfel, von denen einer sie am Hals traf. In den dichten Blättern hörte sie Kinder kichern, die sich ihren Spielplatz zurückerobert hatten.

Am Ende der kleinen Straße blickte Elke über die ruhige Straßenkreuzung. Nichts zog sie zurück ins Büro. Zuvor war sie dermaßen erleichtert gewesen, die Warneck bei ihrer Rückkehr nicht anzutreffen, dass sie Doris versprochen hatte, ihre Trauzeugin zu werden. Entschlossen überquerte Elke die Straße. Sie würde Theas Weg noch einmal allein gehen, auch wenn es sinnlos erschien.

*

Ludwig Maria ging vom Gas und blieb auf Abstand, während sie ausschritt wie eine Pfadfinderin, mit einem Block statt einem Kompass in der Hand. Fräulein Zeisig. Er fühlte etwas Ähnliches wie Glück, wobei es vermutlich nichts anderes als Fassungslosigkeit war darüber, dass etwas gut ging, nach zwei beschissenen Tagen. Er hatte sie entdeckt, sobald er in die Clemensstraße eingebogen war.

Er folgte ihr noch ein Stück mit dem Wagen, stellte ihn dann gegenüber seiner Wohnung ab. Während er ausstieg, sah er das Fräulein Schöpplers Laden ansteuern. Hastig schloss er den Karmann ab und eilte ihr nach.

Schöppler grüßte ihn mit einem ergebenen Nicken über ihre Schulter hinweg. Sie sah sich nicht um. Sie stand mit durchgedrücktem Rücken vor den Apfelkisten und stellte ihre Frage.

»Um welche Zeit schließen Sie für gewöhnlich?«

Schöppler taxierte das Fräulein misstrauisch. Die in wirren Locken aufspringenden Haare, das schlecht sitzende graue Kostüm, die schwere lederne Umhängetasche.

»Sind Sie von irgendeinem Amt?«

»Herr Schöppler behandelt die Schließzeiten flexibel im Dienste des Kunden«, sagte Ludwig Maria. »Ich hoffe, ich darf das so sagen, ohne ihn in Schwierigkeiten zu bringen.«

Als sie sich umwandte, war es schwer für ihn, festzustellen, ob sie nur überrascht oder verärgert war. Doch er konnte ihr ansehen, wie sie es sich verkniff zu fragen, was zum Teufel er hier zu suchen hatte.

»Der Herr Seitz«, ließ Schöppler verlauten, »immer einen kecken Spruch auf der Lippe, das muss eine Berufskrankheit sein.«

»Da hören Sie's.«

Fräulein Zeisig war aus dem Konzept gebracht, es tat ihm fast leid, das zu sehen. Hinter ihnen betraten zwei kleine Mädchen den Laden, vielleicht fünf und sechs Jahre alt. Zeisigs Blick wich zu ihnen aus.

»Das Übliche für die jungen Damen?«

Schöppler stellte ein großes Glas mit Kirschlutschern auf den Verkaufstisch. Die Mädchen stürmten los. Jede von ihnen wollte die Erste sein. Die Jüngere stolperte über die Apfelkiste, und obwohl Fräulein Zeisig das Kind auffing, ganz und gar geistesgegenwärtig, begann es zu weinen, weil es ins Hintertreffen geraten war.

»Na komm her, Doggerla«, beschwichtigte Schöppler, seinem Sinn für Gerechtigkeit folgend. »Du darfst zuerst nehmen.«

Ludwig Maria sah Fräulein Zeisig erstarren, während das Mädchen in dem Glas nach einem Lutscher griff.

Als sie hastig den Laden verließ, folgte er ihr. Oben auf der Straße wartete die Mutter der Kinder. Fräulein Zeisig ging an ihr vorbei und blieb dann unschlüssig stehen.

»Es tut mir leid«, sagte er, »sollte ich Sie bei der Arbeit gestört haben.«

Sie wirkte alarmiert und versuchte, es vor ihm zu verbergen.

»Wohnen Sie hier?«, fragte sie fahrig.

»Da oben.« Er deutete über die Straße.

Die kleinen Mädchen liefen, versöhnt mit ihren Kirschlutschern, die Treppen hinauf zur Mutter.

»Dieses Wort«, sagte Fräulein Zeisig, »Doggerla, was bedeutet das?«

»Das müssen Sie Schöppler fragen. Er ist Franke.«

»Verstehe«, sagte sie. Grußlos wandte sie sich ab und ging.

Ludwig Maria schob die Hände in die Hosentaschen und sah zur Ladentür, die Schöppler vor der schwülen Hitze verschlossen hatte.

Später.

Er musste zurück in die Redaktion.

Die fünfte Nacht

Am Ende war der Krieg in ihrem Dorf angekommen. Es war der 18. April 1945, als Gerda Baumgärtl sich in einem Schuppen auf dem Hof ihrer Eltern versteckte, während ihre Mutter vergeblich nach ihr suchte und schließlich mit den jüngeren Geschwistern zur Brauerei aufbrach, wo die Merkendorfer Frauen sich mit den Kindern im Felsenkeller versteckten. Doch Gerda wollte den Vater nicht allein zurücklassen, der auf den Feldern war. Der Boden musste für die Aussaat bereitet werden, und nichts konnte ihn davon abhalten.

Hätte Gerda von Franzi gewusst, die schon tot war und erst später gefunden wurde, wäre sie vielleicht nicht allein auf dem Hof geblieben, aber dafür würde sie noch heute nicht die Hand ins Feuer legen. Sie hing sehr an ihrem Vater, um den sie in schlimmste Angst geriet, als plötzlich das Dröhnen der Jagdbomber in der Luft war.

Gerda rannte über den Hof zur Scheune. Sie konnte sehen, wie die Bomber über die Felder flogen und schossen. Dann war es sehr still. Selbst die Vögel hatten angstvoll das Singen eingestellt.

Gerda grub sich aus dem Heu, in dem sie sich versteckt hatte. Sie stolperte durch die Scheune zum Tor, so sehr zitterte sie. Als sie draußen das Schnauben eines Pferdes hörte, wollte sie weinen vor Glück. Der Vater, dachte sie.

Aber es war ein fremdes Pferd, das vor den leeren Leiterwagen gespannt war, wie die Bauern ihn sommers für die

Krauternte benutzten. Kein Mensch war zu sehen, der ihn gefahren haben könnte. Der Wagen stand da wie ein Geistergefährt in der Stille. Gerda hörte nichts. Auch nicht den Mann, der von hinten kam. Dessen Hände sich wie Schraubstöcke um ihren Hals schlossen, der sie stumm würgte, während sie zappelte wie ein Kaninchen, mit den Händen um sich schlug und an der Scheunenwand einen Wendehaken zu fassen bekam. Sie wusste, dass sie ihn getroffen hatte, als er losließ. Sie stieß das Scheunentor vollständig auf und rannte, rannte, ohne sich umzusehen, rannte und schrie, bis sie die Felder erreichte und den Vater mit Pferd und Egge kommen sah. Als sie zum Hof zurückkamen, war der Leiterwagen verschwunden.

Gerda Baumgärtl, die heute den Namen ihres Mannes trug, mit dem zusammen sie den Hof ihrer Eltern übernommen hatte, konnte erst Wochen später, als die Polizisten nach Kriegsende aus München kamen und alle befragten, darüber sprechen, was ihr geschehen war. Als man die anderen toten Mädchen fand, hatte das ihre Angst vor dem Mann, der nie gefunden wurde, noch größer gemacht. Jahrelang war sie nachts schreiend aus dem Schlaf aufgeschreckt. Erst nach ihrer Heirat schlich sich die Furcht vor dem Fremden, dem sie entkommen war, langsam davon.

Als Manschreck und Murnau ihr von den Morden in Schwabing berichteten, war sie in Tränen ausgebrochen.

Seit sie wieder auf der Autobahn waren, schwiegen sie. An einem Landgasthof hatten sie angehalten und etwas gegessen, obwohl ihnen nicht danach war. Das Bier hatte etwas geholfen.

Murnau fuhr in die einsetzende Dunkelheit, während Manschreck über Funk im Präsidium versuchte, von der Einsatzleitung Beamte zu bekommen. Zusätzlich zu den diensthabenden Leuten vom K11 wollte er, dass Polizisten in den Seitenstraßen Schwabings patrouillierten, mindestens in einem Radius, den die Fundorte der Opfer markierten.

Man könne keine Beamten abziehen, hieß es, doch die Einsatzkräfte seien überall in Schwabing unterwegs. Man wolle das Viertel strategisch durchkämmen, um die Unruhen nicht erneut aufflammen zu lassen.

Immerhin hatten sie ihnen die Beamten zur Observierung des Hauses der Grünwald-Frauen nicht abgezogen.

*

»Der Herr Reporter.«

Erfreut ließ Schöppler ihn ein und sperrte hinter ihm ab, wie er es um diese Zeit immer tat. Wie immer um diese Zeit brannte nur das funzelige Licht der zerbeulten Lampe auf dem Verkaufstisch, vor dem die Äpfel mürbe wurden.

»Zigaretten?«

»Ja bitte«, sagte Ludwig Maria.

Schöppler legte zwei Schachteln auf den Tisch. Ludwig Maria kramte nach Geld.

»Dieses Fräulein mit seinen Fragen heute«, fragte Schöppler verschmitzt, »sagen Sie mal, was war denn das für eine? Sie kannten die doch.«

Während Ludwig Maria bejahte, überlegte er, ob es klug war, mit der Wahrheit herauszurücken. Es wäre interessant zu sehen, wie Schöppler darauf reagieren würde.

»Sie ist Kriminalpolizistin«, sagte er und legte ihm das Geld hin.

»Jetzt verschaukeln Sie mich aber, Herr Seitz.« Der Franke zog mit dem Zeigefinger das Fünfmarkstück zu sich heran und öffnete die Kassenschublade. Der Schirm seiner speckigen Kappe beschattete sein Gesicht.

»Ganz und gar nicht«, legte Ludwig Maria nach. »Sie unterstützt die Mordkommission bei ihren Ermittlungen. Sie wissen schon, die Mädchen.«

»Also wirklich.« Kopfschüttelnd gab Schöppler ihm das Wechselgeld. »Was sind denn das für neue Methoden?«

Ludwig Maria steckte die Zigaretten ein.

»Tja, wer weiß, irgendwas werden die Herren sich wohl davon versprechen.« Er zuckte mit den Schultern. »Aber was, das habe ich auch noch nicht herausgefunden.«

Schöppler kam hinter dem Verkaufstisch hervor.

»Dabei haben Sie doch so gute Kontakte zur Polizei, Herr Seitz.«

»Wie geht es Ihrer Frau Mutter?«, fragte Ludwig Maria. *Die du am Samstag besucht hast, Schöppler, als es kein Mordopfer gab.*

Schöppler winkte betrübt ab. »Was soll man sagen. Sie wird nicht jünger.«

Widerwillig erwog Ludwig Maria zu gehen. Nach dem seltsamen Treffen mit Fräulein Zeisig hatte er aus der Redaktion im Präsidium angerufen, doch Manschreck war nicht da. Vielleicht war auch alles Nonsens, was er sich zusammenreimte. Er würde es selbst herausfinden müssen.

An der Tür wandte sich Ludwig Maria noch einmal zu Schöppler um.

»Dieses Wort, das Sie heute Nachmittag zu dem kleinen Mädchen gesagt haben ...«

Neugierig blickte der Franke ihn an.

»Was bedeutet das?«, fragte Ludwig Maria. »Doggerla?«

»Warum wollen Sie das nun wieder wissen?«

Er zögerte. »Die Polizistin hat mich danach gefragt«, sagte er dann. »Sie schien es irgendwoher zu kennen, wusste aber nicht, was es bedeutet. Fast kam es mir vor, als könnte es wichtig für die Ermittlungen sein.«

Schöppler lächelte. »Dann freut es mich, helfen zu können. Doggerla sagt man im Fränkischen zu kleinen Mädchen. Es bedeutet Puppe. Oder Püppchen, ganz wie Sie wollen.«

Er griff an Ludwig Maria vorbei und zog den Schlüssel aus der Tür.

»Kommen Sie, Herr Seitz. Ich will Ihnen etwas zeigen.«

Schöppler ging auf einen schmalen Gang zu, der in den hinteren Teil des Ladens führte, wo Ludwig Maria Lagerräume vermutete.

»Na kommen Sie, Herr Reporter, sind Sie nicht neugierig?«

Während Ludwig Maria dem Mann folgte, fiel ihm ein, dass er ihn irgendwann mal gefragt hatte, ob er hinter dem Laden wohnte.

An die Antwort konnte er sich nicht mehr erinnern.

*

Bereits über zwei Stunden wartete Elke auf die Rückkehr von Manschreck und Murnau. Fräulein Siebert hatte ihr gesagt, dass die Kommissare einer Spur folgten, die sie zu einem alten Fall geführt hatte, mehr nicht. Die Siebert hatte aber nichts dagegen einzuwenden, dass die zunehmend beunruhigt wirkende junge Kommissarin weiter im K11 wartete, als sie selbst nach Hause ging. Der Chef schien immerhin große Stücke auf sie zu halten.

Elke hatte begonnen, in den alten Akten zu lesen, die auf Murnaus Schreibtisch gestapelt lagen, ohne auf etwas zu stoßen, was von Interesse sein mochte. Sie sprang auf, als Murnau, gefolgt von Manschreck, das Büro betrat.

»Entschuldigen Sie«, stammelte sie, »ich wollte nicht ...«

»Natürlich wollten Sie.« Murnau nahm ihr die Akte, in der sie gelesen hatte, aus der Hand und legte sie zurück auf den Stapel.

Manschreck sah Elke abwartend an.

»Es geht um das Wort«, sagte sie. »Ich habe es heute Nachmittag jemanden sagen hören, nachdem ich Fräulein Grünwald nach Hause begleitet hatte. Sie erinnern sich? Das komische Wort.«

»Der mutmaßliche Dialekt«, sagte Manschreck.

Elke nickte. »Doggerla. Ich weiß nicht, was es heißt, aber der Mann sagte es zu einem kleinen Mädchen. Es ist fränkisch, sagt Seitz.«

»Seitz?«

Sie erklärte ihnen, wo sie den Reporter getroffen hatte und dass er den Mann namens Schöppler, der, wie es schien, seinen Laden oft länger als üblich geöffnet hielt, offensichtlich gut kannte.

»Wir fahren sofort hin.«

Für einen frohen Moment hoffte Elke, dass er sie meinte, doch Murnau war schon an der Seite des Chefs.

»Gute Arbeit, Fräulein Zeisig«, sagte Manschreck. »Und es war auch gut, dass Sie auf uns gewartet haben.«

Murnau wandte sich noch einmal um, als Manschreck bereits aus der Tür war.

»Gehen Sie nach Hause«, sagte er. »Für Sie gibt es hier nichts mehr zu tun.«

Elke dachte nicht daran. Als sie im zweiten Stock aus dem Paternoster stieg, sah sie auf die Uhr. Es war fast zehn. Hanke und Pohl hatten Nachtdienst. Doris war also nicht da. Sie würde allein im Büro sein, und sie würde warten.

Vergeblich drückte sie die Klinke herunter. Die Tür ließ sich nicht öffnen. War die Warneck noch mal da gewesen und hatte abgeschlossen? Verdammt. Ihr eigener Schlüssel war in ihrer Tasche. Ihre Tasche stand im Büro neben dem Schreibtisch.

Elke legte ein Ohr an die Tür und lauschte. Sie meinte eine gedämpfte Stimme zu hören. Wütend.

»Hallo?«

Sie wollte schon klopfen, als der Schlüssel sich innen drehte. Abrupt wurde die Tür aufgerissen. Elke sah die Warneck an ihrem Schreibtisch sitzen, die Hände flach vor sich auf die Tischplatte gelegt. Sie wirkte ruhig, obwohl eine Waffe auf sie gerichtet war.

»Reinkommen«, sagte die Frau in Schwarz. »Abschließen.«

»Valeska.«

»Stell dich ans Fenster, hinter deine Chefin.«

»Das ist Beate Schachmeyer, der Sie gestern einen Besuch abgestattet haben«, sagte die Warneck. »Ich muss sagen, ich hätte sie nicht wiedererkannt.«

»Als Sie mich das letzte Mal gesehen haben, Kommissarin Hauser, geborene Warneck, hatte ich noch lange Zöpfe.«

Valeska genoss es, Elkes Erschrecken zu sehen.

»Ich habe einen kleinen Wissensvorsprung«, sagte sie. »Wir unterhalten uns schon ein Weilchen. Frau Kommissarin war verheiratet.«

»Nur kurz«, schnappte Warneck. Als sei es eine bedauernswerte Verfehlung. »Er ist in den ersten Wochen gefallen.«

»Da will man nicht wissen, wer mehr Glück hatte. Sie oder Soldat Hauser. Auf jeden Fall dürfte es Ihnen zupassgekommen sein, den Namen wechseln zu können, als Führers Reich unterging.«

»Ich habe noch vor Kriegsende meinen Mädchennamen wieder angenommen. Ich hatte nichts zu verbergen. Es schien mir unpassend, den Namen eines Mannes zu tragen, mit dem mich rein nichts mehr verband.«

Valeska lehnte sich gegen die Verbindungstür zu Elkes Büro und ließ ihre um den Revolver geschlossenen Hände sinken. Den Finger hielt sie am Abzug. Für den Bruchteil einer Sekunde wirkte sie erschöpft.

»Die Haare, Frau Kommissarin«, sagte sie müde. »Wussten Sie, warum manche Mädchen im Lager ihre schönen Haare behalten durften?«

Die Warneck schwieg.

»Wussten Sie es?«

»Nein.«

»Hat Ihnen die Lagerleiterin bei Ihrem Rundgang damals nicht die Baracke neben der Küche gezeigt, gleich neben dem Eingang?«

»Ich erinnere mich nicht.«

»Ich meine das Lager-Bordell.«

»Was reden Sie denn da.«

Warnecks Stuhl quietschte, als sie sich vorlehnte. »Das Lager wurde von einer Kriminalrätin geleitet«, entgegnete sie scharf. »Charlotte Toberentz war eine führende WKP-Beamtin. Sie hätte das niemals geduldet.«

Valeska sah die Warneck an, als suche sie etwas in ihr, was sie von früher kannte.

»Wir waren zum täglichen Gebrauch für die SS-Männer da. Die mussten manchmal einfach Ablenkung haben von den Gaskammern in Ravensbrück, das schien Lotte Toberentz wohl einzuleuchten.« Sie redete weiter, ohne den Blick von der Frau am Schreibtisch abzuwenden. »Ein paar Tage bevor sie mich zum ersten Mal für diesen ehrenvollen Dienst abkommandierten, brachte man mich auf die Krankenstation. Ich hatte keine Ahnung, was mit mir passiert war, als ich aus der Narkose aufwachte. Eine Schwester, der ich mit meinen Fragen auf die Nerven ging, sagte mir irgendwann, um ihre Ruhe zu haben, man hätte einen Eingriff gemacht, um mich vor schlimmen Krankheiten zu schützen. Dass man mich sterilisiert hatte, erfuhr ich erst Jahre später von einem Frauenarzt, der mich nach meiner Narbe fragte.«

Es tut mir leid, drängte es Elke, an Warnecks Stelle zu sagen, die vor ihr saß wie ein Klotz, *es tut mir so unendlich leid, und ich glaube dir jedes Wort.* Doch sie wusste, dass Valeska kein Mitleid wollte.

»Das Bordell, die Appelle, die Demütigungen, die Schläge und der Hunger, die Arbeit im Moor und das Schiffeentladen an der Havel, manchmal rede ich mir ein, ich hätte es schon irgendwie verkraftet.«

Valeska legte den Revolver auf den Aktenschrank, wo sie ihre Tasche abgestellt hatte, und griff nach Zigaretten und

Feuerzeug. Regungslos beobachtete Warneck, wie sie sich eine Zigarette anzündete. Vielleicht wollte sie tatsächlich das Ende der Geschichte hören.

»Ich war nicht eine von denen«, fuhr Valeska fort, »die in der Nähwerkstatt Stecknadeln geschluckt haben, um zu verrecken. Ich wollte an diesem Ort nicht sterben. Ich wollte raus. Ich wollte mich nicht brechen lassen. Und dann habt ihr es doch fast geschafft.«

Leicht stieß Valeska den Lauf des Revolvers auf dem Aktenschrank an, sodass er sich drehte.

»Als das Lager geteilt wurde und sie die meisten von uns zurück in die Heime schickten, blieb die Toberentz mit zwanzig Mädchen zurück. Ich war eins von ihnen ... Dann brachten sie die Frauen aus Ravensbrück. Die Entkräfteten, Kranken und Alten. Sie haben sie aushungern lassen. Später wurden sie in den Wald gebracht und erschossen.«

Elke starrte auf Warnecks Nacken, auf ihren festen Haarknoten, aus dem sie noch nie eine Strähne sich hatte lösen sehen. Sie fragte sich, ob sie schwitzte, ob ihr Puls raste, ob es irgendeine Regung in ihrem Innern gab, die ihr breiter Körper energisch verborgen hielt.

»Wir haben gesehen, wie sie die Frauen auf Lastwagen stießen, wir haben die Schüsse gehört. Überall um das Lager war Wald.«

Verdeckt von ihrem abgewinkelten Arm, wie sie dachte, tippte Warnecks Zeigefinger kaum merklich einen hastigen Rhythmus auf die Tischplatte. Aber man konnte es sehen. Elke sah es. Valeska würde es sehen. Vielleicht war es Nervosität, vielleicht Ungeduld. Es war ein Fehler.

*

In dem Zimmer mit den geschlossenen Fensterläden gab es außer dem abgewetzten Sofa, auf dem Schöppler ihn gebeten hatte Platz zu nehmen, und dem Tisch, hinter dem er wie gefangen saß, einen Gaskocher, einen halbhohen Kühlschrank mit Rostflecken, einen Stuhl. Ein schweres, dunkles Küchenbuffet, auf dem die Zeitungen der letzten Wochen und Tage gestapelt lagen.

Neben dem Buffet befand sich eine weitere Tür. Vielleicht das Zimmer, in dem Schöppler schlief.

Er hatte ihm ein dickes, ledergebundenes Album hingelegt und sah zu, wie er darin blätterte.

Von unserem Redaktionsmitglied Ludwig Maria Seitz.

Es waren unzählige Artikel, die Schöppler über Jahre ausgeschnitten und eingeklebt haben musste.

»Sie haben eine Menge gesammelt«, sagte Ludwig Maria.

»Ich bin eben ein Bewunderer Ihrer Kunst, Herr Seitz.«

Der Franke ächzte, als er sich zum Kühlschrank bückte.

»Ich glaube, Sie sind ein Weintrinker.« Scherzhaft drohte Schöppler ihm mit dem Finger, während er eine Flasche Bocksbeutel auf den Tisch stellte. »Auch wenn Sie bei mir keinen kaufen. Habe ich recht?«

»Wenn Sie meinen.«

Laufen lassen, dachte Ludwig Maria. Ihn sein Spiel machen lassen. Keine Ablenkung. Er besah die Flasche.

»Die Gegend, wo Ihre Mutter wohnt?«

Schöppler hatte Gläser aus dem Schrank geholt.

»Allmächtiger, nein. Was haben Sie nur immer mit meiner Mutter?«

Er nahm ihm die Flasche ab und schenkte ein. Er war ganz aufgekratzt. Vielleicht hatte er schon vorher getrunken.

»Die Gegend, wo ich herkomme, ist eher für ihr Kraut bekannt«, sagte er. »Merkendorfer Krautland, aber ich fürchte, das ist Ihnen kein Begriff?«

In Schöpplers Sammelalbum, dem er sich wieder zugewandt hatte, stieß Ludwig Maria auf seine Artikelserie über Vera Brühne.

»Das!«, rief Schöppler schwärmerisch. »Eine dolle Sache war das! Großartig geschrieben, Herr Seitz. Obwohl ich am Ende das Gefühl hatte, Sie hielten sie für unschuldig, diese Madame.«

»Ich hielt die Beweisführung für uneindeutig.«

Schöppler nickte versonnen.

»Wissen Sie, ich habe mir immer gewünscht, Sie würden mal etwas über mich schreiben.«

Ludwig Maria steckte sich eine Zigarette an. Er hatte ihn. Ein untrügliches Gefühl.

»Machen Sie mich neugierig.«

»Aber erst stoßen wir an. Es freut mich so, Sie hierzuhaben, Herr Seitz. Das kann ich gar nicht sagen.«

Schöppler stellte sein Glas ab und fuhr sich mit der Hand über den Mund.

»So, jetzt will ich Sie aber nicht länger auf die Folter spannen.«

Er verschwand im Nebenzimmer. Wie ein Peitschenhieb schoss Ludwig Maria das Adrenalin ins Blut, als er zurückkam.

In jeder Hand hielt Schöppler ein Paar Mädchenschuhe.

»Ich glaube, Sie werden über mich schreiben«, sagte er und stellte die Schuhe sorgfältig vor ihm auf den Tisch. »Habe ich recht?«

*

Gelassen blickte Warneck in die Mündung der Waffe, die Valeska wieder auf sie gerichtet hatte.

»Ich bin von den Amerikanern befragt worden«, sagte sie hart. »Ich musste nichts verschweigen, nicht das Geringste. Die Amerikaner wussten, dass die WKP Mädchen in die Uckermark überstellt hat, und ich habe es nicht abgestritten. Ich habe ihnen die Wahrheit gesagt damals. Dass die Uckermark kein von der SS geführtes Konzentrationslager war, sondern eine polizeiliche Einrichtung für asoziale und kriminelle Jugendliche.«

Sie stand auf und zog ihre Kostümjacke glatt. »Was Sie vergessen haben, Beate, ist, dass Sie es sich allein zuzuschreiben haben, dass Sie in der Uckermark gelandet sind. Ebenso wie Sie allein die Schuld am Tod Ihres jungen Polen tragen. Ihnen mag Unrecht geschehen sein, in diesem Lager. Der Krieg hat eben seine eigenen Gesetze. Aber für mich gibt es nichts, wessen ich mich schuldig bekennen müsste, das kann ich reinen Gewissens sagen.«

Warneck zwängte sich am Schreibtisch vorbei. Valeska lief ein Strom von Tränen über das Gesicht. Alle Tränen, dachte Elke, die sie sich in den vergangenen Jahren verboten hatte, weil sie ihre Wut am Leben erhalten wollte.

»Ich gehe jetzt«, sagte Warneck. »Machen Sie, was Sie wollen.«

Sie schloss die Tür auf und wandte sich an Elke. »Sie sollten mitkommen, Fräulein Zeisig.«

Als Warnecks feste Schritte sich auf dem Flur entfernten, löste Elke sich langsam vom Fenster.

»Valeska«, sagte sie sanft. »Geben Sie mir Ihre Waffe.«

Mit dem Handrücken wischte sich Valeska Rotz und Tränen aus dem Gesicht. Zu spät bemerkte Elke, dass sie es nur tat, um auszuholen. Ein harter, metallener Schlag traf ihre Stirn und warf sie nach hinten.

Elke spürte nicht, wie ihr warmes Blut die Schläfe hinablief. Sie sah nur, dass Valeska nicht mehr da war.

Hanke und Pohl stürzten aus ihrem Büro, als Elke hinaus auf den Flur rannte und Valeskas Namen schrie.

Valeska sah sich noch einmal um, bevor sie in den gemächlich hinabruckelnden Paternoster sprang. Zu Warneck, die den Paternoster hasste.

Hanke und Pohl erreichten Elke, als die Kabine aus ihrem Blickfeld glitt. Dann hörten sie den ersten Schuss.

Als der zweite fiel, rannte Pohl ins Büro der Chefin zum Telefon. Fräulein Hanke griff nach Elkes Hand.

*

Schöppler hatte ihm Papier und Stift hingelegt.

»Die Idee mit den Schuhen habe ich ja sozusagen von Ihnen«, sagte er, als er jetzt mit einem Arm voller Lumpen aus dem Nebenzimmer wiederkam. »Natürlich war das nicht wirklich Ihre Idee«, korrigierte er sich. »Sie haben einfach nur wieder so brillant darüber geschrieben, Herr Seitz. Eine traurige Geschichte mit dieser Kleinen da in Sendling. Bevor man erfuhr, dass es sich nur um einen Unfall handelte, war die Sache mit den verschwundenen Schuhen ein so herrlich beunruhigendes Detail. Ich habe mich inspirieren lassen.«

Ludwig Maria füllte Seite um Seite, schweigend bislang, um Schöpplers Redeschwall nicht abreißen zu lassen. Doch das zu befürchten, bestand im Grunde wenig Anlass.

Als würde er ihm die diffizilen Details einer Bienenzucht erklären, mit der unaufgeregten Begeisterung eines Imkers selbstredend, hatte Schöppler von seinen ersten Morden in Merkendorf berichtet.

Dass er im Nachbarort auf dem kleinen Hof seiner Eltern gelebt hatte, den er mit der verwitweten Mutter bewirtschaftete, weshalb er nicht zum Kriegsdienst eingezogen worden war. Wie ihm das erste Mädchen zufällig »in die Hände« geraten war, als sie Schutz vor den Tieffliegern suchte. Wie das zweite Mädchen ihm eins über den Schädel gezogen hatte und ihm entkommen war. (Schöppler nahm an dieser Stelle seine Kappe ab und hielt ihm seinen blanken Schädel hin, damit er die Narbe betrachten konnte.) Wie es ihm gelang, noch zwei Mädchen zu töten, bevor die Amerikaner kamen. Wie er in München gelandet war, nachdem er Mutter und Hof zurückgelassen hatte, wie die Jahre vergingen und er schließlich den Laden fand, den er günstig kaufen konnte. (Ermüdende Passagen wie diese schrieb Ludwig Maria nur lückenhaft mit.)

Seine Verbrechen, die Morde, die toten Mädchen, das alles hatte Schöppler in seinem empathielosen Selbst versenkt und vergessen. Bis die Unruhen in Schwabing ausbrachen.

»Das war wie Krieg. Das war wie damals. Das hat was in mir geweckt.«

»Was eigentlich?« Ludwig Maria steckte sich eine nächste Zigarette an, während er den Franken vor der Tür zum Verkaufsraum auf die Knie gehen sah. »Was genau wurde in Ihnen geweckt, Schöppler?«

»Das habe ich befürchtet«, ächzte Schöppler und kam wieder hoch. »Dass Sie mich nach einem Motiv fragen würden.« Bedauernd hob er die Schultern und ging zum Küchenbuffet. »Die Wahrheit ist, ich weiß nicht, was ich darauf antworten soll. Ich habe es einfach gemacht.«

Schöppler sah albern aus, wie er vor dem Küchenbuffet auf die Zehenspitzen ging und mit den Händen darauf herumtastete. Wie ein altes, dickliches Kind, das nach der versteckten Keksdose angelte. Ludwig Maria war zu fasziniert, um reagieren zu können, als Schöppler fand, wonach er suchte.

Eine langstielige Axt geschultert, trat er an den Tisch. Er zupfte ihm die Zigarette aus den Fingern und nahm ihm das Feuerzeug weg.

»Sie müssen aufhören zu rauchen, Herr Seitz.«

Erst jetzt wurde ihm klar, was der Franke an der Tür zu schaffen gehabt hatte. Sie war jetzt mit den Lumpen aus dem Nebenzimmer abgedichtet, ebenso wie die andere Tür. Ludwig Maria schluckte trocken.

»Das ist schlecht. Ich kann nicht schreiben, ohne zu rauchen.«

»Natürlich können Sie das, Sie werden sehen.«

Schöppler ging zum Gaskocher und öffnete die Hähne. Zischend zog das Gas in den stickigen Raum.

»Wollen Sie uns in die Luft jagen?«

Schöppler warf Ludwig Marias Zigarette zu Boden und trat sie gründlich aus.

»Ach was. Dann könnte doch unsere Geschichte nicht erscheinen, habe ich recht?«

Er zog den Stuhl heran, setzte sich ihm gegenüber und legte die Axt über die Knie.

Ludwig Maria brach der Schweiß aus, als das dünne Bimmeln der Türglocke zu hören war.

»Wir kommen jetzt langsam zum Ende, Herr Seitz«, sagte Schöppler ungerührt, »und dann schlafen wir zusammen ein.«

*

Draußen stand Manschreck unter dem Fenster und roch das Gas. Er gab Murnau ein Zeichen und wartete, bis dieser vorn die Tür aufgebrochen hatte. Dann riss er die Läden auf und zerschlug mit seiner Waffe die Scheiben.

*

Von ihrem Bett starrte Elke aus dem Fenster in die Nacht. Manschreck hatte sie persönlich heimgefahren.

Morgen, gleich in der Früh, würde sie zu Hause anrufen. Volker sollte von ihr erfahren, dass Valeska erst der Warneck und dann sich selbst in den Kopf geschossen hatte. Der Mutter hatte sie versprochen, am Wochenende nach Ammerfelden zu kommen.

Elke hörte Theres nach Hause kommen und blieb stumm, als sie an ihre Tür klopfte. Zum Glück kam sie trotzdem herein.

Theres legte sich zu ihr, als sie zu weinen begann, und hielt sie fest, bis sie eingeschlafen war.

*

Im Polizeipräsidium saß Manschreck allein im Halbdunkel seines Büros. Er schob den vorläufigen Bericht über die Verhaftung Helmut Schöpplers aus dem Lichtkreis seiner Schreibtischlampe und zündete sich eine Zigarette an. Das akribische Geständnis der insgesamt fünf Morde hatte fast zwei Stunden gedauert, die Schöppler mit seiner Selbstgefälligkeit dehnte. Mitunter war es schlecht auszuhalten gewesen. Manschreck hatte gesehen, wie Murnau manchmal die Fäuste ballte, und er hatte registriert, wie auch Schöppler Murnaus Wut auffiel und dass es ihn zu befriedigen schien – als hätte er etwas richtig gemacht.

Manschreck stand auf. Am Fenster rauchte er seine Zigarette weiter und blies den Rauch in die Nachtluft über der Stadt. Er dachte an Seitz, der es abgelehnt hatte, sich wegen des eingeatmeten Gases aus Schöpplers Herd ärztlich untersuchen zu lassen, und er dachte an Elke Zeisig, die er weiter fördern würde, auch wenn aus den Reihen der männlichen Kollegen mit Widerständen zu rechnen war. Fräulein Zeisig war auf dem Weg, eine außergewöhnliche Kriminalpolizistin zu werden.

*

In Schwabing war Ruhe eingekehrt. Glassplitter auf den Straßen und irrlichterndes Blaulicht letzter Polizeiwagen gaben Auskunft über das Ende der fünften Krawallnacht. Am kommenden Tag würde zu berichten sein, dass der Zulauf erfreulich abgenommen hatte, was zweifellos dem umsichtigen Einsatz der Polizeikräfte zu verdanken war.

Die sechste Nacht

*E*ndlich hatte der Regen eingesetzt. Dicke Tropfen zersprangen auf den Scheiben der Dachfenster, während Ludwig Maria barfuß mit einem Glas Whisky aus der Küche kam.

Chet Baker sang für ihn *The Thrill Is Gone*.

Sie hatten ihm geschrieben. Der Brief war heute in der Redaktion eingetroffen.

Visit us in Milano. Carol & Chet

Es klingelte. Wer immer es war, er wollte niemanden sehen. Als es erneut klingelte, überwog doch die Neugier. Berufskrankheit.

Er drückte auf den Türöffner. Mit einem Ploppen sprang das Flurlicht an. Auf den Holztreppen hörte er leichte Schritte.

Dann stand sie vor der Tür.

Wasser tropfte von ihren Haaren, Bluejeans und Pulli durchnässt. In der Hand hielt sie ihre triefenden Segeltuchschuhe, die sie unterwegs ausgezogen haben musste.

»Fräulein Zeisig.«

Sie riss ihren Blick von seinen nackten Füßen los. »Würden Sie mit mir schlafen?«

»Jetzt?«

»Nicht?«

»Vielleicht kommen Sie erst mal herein.«

Drinnen schweifte ihr Blick kurz durch das Halbdunkel des großen Zimmers.

»Ich bin noch Jungfrau, stört Sie das?«

»Es ist nett, dass Sie fragen«, sagte er. »Nein, ich glaube, es stört mich nicht.«

Er reichte ihr ein Glas Whisky und holte ein Handtuch für sie aus dem Bad.

»Mögen Sie Musik?«

Sie legte den Kopf ein wenig auf die Seite und lauschte. Chet spielte inzwischen, quasi im strömenden Regen, *But Not for Me*.

»Diese Musik mag ich«, sagte sie.

Er nahm ihre Hand.

»Tanzen?«

»Ich kann nicht tanzen.«

»Versuch es.«

»Duzen wir uns jetzt?«

»Nur heute Nacht.«

»Einverstanden.«

*

Schwabing war nahezu menschenleer. Auf der Leopoldstraße patrouillierten Doppelposten. Niemand hatte mehr Lust auf Krawall.

Von einem Laternenpfahl löste der Regen einen Zettel, den ein Witzbold früher am Abend dort angeklebt hatte:

```
Wetterbedingt fallen die Polizeispiele
            heute aus.
```

Danksagung

Über alle Maßen zu danken habe ich Bettina Blum, Oliver Peschel, Karl Stankiewitz und der ehemaligen Kriminalpolizistin Maria S. für ihre wertvolle Unterstützung bei der Recherche.

Von Herzen danke ich Stefan als kriminalistischem Ratgeber und Schallplattenunterhalter, Dagmar als Profilerin, Matthias als Mann an der Basis, Maik fürs Zuhören, Juliane für die Übersetzungshilfe und meinem Bruder Sven als Mann vom Bau.

Astride Bergauer und Andrea Hartmann gilt mein tiefer Dank dafür, dass sie an Fräulein Zeisig glaubten.

*Mechtild Borrmann erzählt
auf drei verschiedenen Zeitebenen
die dramatische Geschichte der Geschwister Schoening*

MECHTILD BORRMANN

Grenzgänger

Roman

Bei einer gefährlichen Kaffee-Schmuggeltour über das Hohe Venn an der Grenze zwischen Deutschland und Belgien stirbt eines der Kinder der Familie Schoening.
Der Vater überstellt daraufhin die anderen drei Geschwister in verschiedene von Nonnen und Diakonissinnen mit harter Hand geführte Kindererziehungsheime, wo der kleine Matthias 1951 unter dramatischen Umständen stirbt. Es wird Jahre dauern, bis seine ältere Schwester die wahren Hintergründe für Matthias' Tod herausfindet.
Dann geschieht nach einer Anhörung vor Gericht Dramatisches …

*Ein psychologisch dichter Thriller
mit ungewöhnlicher Heldin
und Gänsehaut-Garantie!*

URSULA POZNANSKI

Vanitas – Schwarz wie Erde

Thriller

Auf dem Wiener Zentralfriedhof ist die Blumenhändlerin Carolin ein so gewohnter Anblick, dass sie beinahe unsichtbar ist. Ebenso wie die Botschaften, die sie mit ihren Auftraggebern austauscht, verschlüsselt in die Sprache der Blumen – denn ihre größte Angst ist es, gefunden zu werden. Noch vor einem Jahr war Carolins Name ein anderer; damals war sie als Polizeispitzel einer der brutalsten Banden des organisierten Verbrechens auf der Spur. Kaum jemand weiß, dass sie ihren letzten Einsatz überlebt hat. Doch dann erhält sie einen Blumengruß, der sie zu einem neuen Fall nach München ruft – und der sie fürchten lässt, dass sie ihren eigenen Tod bald ein zweites Mal erleben könnte …
Der Auftakt zur neuen Thrillerreihe von Spiegel-Bestsellerautorin Ursula Poznanski. Eine Blumenhändlerin mit dunkler Vergangenheit ermittelt gegen ein skrupelloses Verbrecher-Syndikat …

*Kommissar Oppenheimers vierter Fall
um eine Mordserie
im zerbombten Berlin*

HARALD GILBERS

Totenliste

Roman

Berlin 1946. Nach Kriegsende nutzt Kommissar Oppenheimer seinen kriminalistischen Spürsinn, um Vermisste ausfindig zu machen. Routinemäßig besucht er dazu die Berliner Flüchtlingslager. Als der verunstaltete Leichnam eines vertriebenen »Volksdeutschen« aufgefunden wird, bekommt Oppenheimer von dem sowjetischen Oberst Aksakow den Befehl, sich mit der Sache zu beschäftigen. Weitere brutale Morde lassen nicht lange auf sich warten. Offenbar arbeitet der Täter eine Liste mit NS-Schergen ab, um späte Rache zu nehmen …

»Historisch sehr akkurat, atmosphärisch dicht und zudem noch ungemein spannend.« Frankfurter Allgemeine Zeitung online